Publicado originalmente em 1950

AGATHA CHRISTIE

CONVITE PARA UM HOMICÍDIO

· TRADUÇÃO DE ·
Samir Machado de Machado

Rio de Janeiro, 2024

Título original: A Murder is Announced
Copyright © 1950 Agatha Christie Limited. All rights reserved.
Copyright de tradução © 2021 por HarperCollins Brasil

THE AC MONOGRAM, AGATHA CHRISTIE, and MISS MARPLE are registered trade marks of Agatha Christie Limited in the UK and/or elsewhere. All rights reserved.

Todos os direitos desta publicação são reservados à Casa dos Livros Editora LTDA. Nenhuma parte desta obra pode ser apropriada e estocada em sistema de banco de dados ou processo similar, em qualquer forma ou ameio, seja eletrônico, de fotocópia, gravação etc., sem a permissão do detentor do copyright.

Diretora editorial: *Raquel Cozer*
Gerente editorial: *Alice Mello*
Editor: *Victor Almeida*
Copidesque: *André Sequeira*
Preparação de texto: *Camila Carneiro*
Revisão: *Isabela Sampaio*
Design gráfico de capa e miolo: *Túlio Cerquize*
Produção de imagens: *Buendía Filmes*
Produção de Objetos: *Fernanda Teixeira e Yves Moura*
Fotografia: *Vinicius Brum*
Diagramação: *Abreu's System*

CIP-Brasil. Catalogação na Publicação
Sindicato Nacional dos Editores de Livros, RJ

Christie, Agatha, 1890-1976
Convite para um homicídio / Agatha Christie; tradução Samir Machado de Machado. – 1. ed. – Rio de Janeiro: Harper Collins Brasil, 2021.

Tradução original: Murder is announced
ISBN 978-65-5511-175-0

1. Ficção policial e de mistério (Literatura inglesa) I. Título.

21-65654   CDD-823.0872

Aline Graziele Benitez – Bibliotecária – CRB-1/3129

Os pontos de vista desta obra são de responsabilidade de seu autor, não refletindo necessariamente a posição da HarperCollins Brasil, da HarperCollins Publishers ou de sua equipe editorial.

HarperCollins Brasil é uma marca licenciada à Casa dos Livros Editora LTDA.
Todos os direitos reservados à Casa dos Livros Editora LTDA.
Rua da Quitanda, 86, sala 601A — Centro
Rio de Janeiro, RJ — CEP 20091-005
Tel.: (21) 3175-1030
www.harpercollins.com.br

Para Ralph e Anne Newmanat,
em cuja casa provei pela primeira vez a "Delícia Mortal"!

Sumário

1.	Um assassinato é anunciado	**9**
2.	Café da manhã em Little Paddocks	**22**
3.	Às 18h30	**29**
4.	O Hotel Spa Royal	**42**
5.	Miss Blacklock e Miss Bunner	**50**
6.	Julia, Mitzi e Patrick	**62**
7.	Entre os que estavam presentes	**70**
8.	Miss Marple entra em cena	**85**
9.	A respeito de uma porta	**101**
10.	Pip e Emma	**110**
11.	Miss Marple vem para o chá	**122**
12.	Atividades matinais em Chipping Cleghorn	**127**
13.	Atividades matinais em Chipping Cleghorn (continuação)	**139**
14.	Excursão para o passado	**154**
15.	Delícia Mortal	**163**
16.	O Inspetor Craddock retorna	**172**
17.	O álbum	**178**

18.	As cartas	**186**
19.	Reconstituição de um crime	**200**
20.	Miss Marple desaparece	**212**
21.	Três mulheres	**224**
22.	A verdade	**238**
23.	Entardecer na casa do vigário	**241**
	Epílogo	**265**

Capítulo 1

Um assassinato é anunciado

Toda manhã, entre as 7h30 e as 8h30, exceto aos domingos, Johnnie Butt percorria o vilarejo de Chipping Cleghorn em sua bicicleta, assobiando furiosamente por entre os dentes, e parando em cada casa ou chalé para colocar na caixa de correio os jornais que tivessem sido encomendados na revistaria de Mr. Totman, em High Street. Assim, na casa do coronel e de Mrs. Easterbrook, ele entregou o *The Times* e o *Daily Worker*; na de Miss Hinchcliffe e Miss Murgatroyd, ele deixou o *Daily Telegraph* e o *News Chronicle*; na de Miss Blacklock, ele colocou o *Telegraph*, o *The Times* e o *Daily Mail*.

Em todas essas casas, e em praticamente toda residência de Chipping Cleghorn, ele entregava todas as sextas-feiras um exemplar do *North Benham News* e da *Gazeta de Chipping Cleghorn*, conhecida na região como "a Gazeta".

Assim, nessas manhãs, após uma rápida olhada nas manchetes do jornal do dia — "Situação internacional crítica!", "A ONU se reúne hoje!", "Cães farejadores procuram assassina de datilógrafa loira!", "Três minas de carvão paradas", "Vinte e três morrem de intoxicação alimentar no Seaside Hotel" etc. —, a maioria dos habitantes de Chipping Cleghorn abre ansiosamente a Gazeta e mergulha nas notícias locais. Depois de uma rápida olhada nas Cartas dos Leitores (onde as rivalidades e os ódios apaixonados da vida rural apareciam com toda a força), nove entre dez assinantes se voltam então para a coluna Pessoal. Ali são agrupados artigos desordenados de compra e venda, apelos urgentes por ajuda doméstica, inúmeras menções a cães, anúncios sobre aves e equipamentos de jardim e vários outros itens de natureza interessante para aqueles que vivem nesta pequena comunidade.

Esta sexta-feira em particular, 29 de outubro, não foi exceção à regra.

Mrs. Swettenham, afastando os lindos cachos grisalhos da testa, abriu o *The Times* nas páginas centrais, estudou a da esquerda com um olhar sem brilho e decidiu que, como de costume, caso houvesse alguma notícia emocionante, o jornal conseguira camuflá-la de maneira impecável. Deu uma olhada nos Nascimentos, Casamentos e Mortes, particularmente, no último. Então, cumprida sua obrigação, deixou de lado o *The Times* e pegou avidamente a *Gazeta de Chipping Cleghorn*.

Quando seu filho Edmund entrou na sala logo em seguida, ela já estava mergulhada na coluna Pessoal.

— Bom dia, querido — disse Mrs. Swettenham. — Os Smedley estão vendendo seu Daimler 1935. Isso foi há muito tempo, não foi?

O filho grunhiu, serviu-se de uma xícara de café, pegou dois arenques defumados, sentou-se à mesa e abriu o *Daily Worker*, que apoiou no porta-torradas.

— "Filhotes de Bulmastife" — leu Mrs. Swettenham. — Eu realmente não sei como as pessoas conseguem alimentar cães grandes hoje em dia, realmente *não sei*... Hum, Selina Lawrence está novamente buscando uma cozinheira. Eu poderia dizer a ela que é perda de tempo anunciar atualmente. Ela não colocou seu endereço, apenas um número de caixa, isso é *bem* fatal. Eu poderia ter dito a ela que os serviçais sempre insistem em saber para onde estão indo. Eles gostam de um bom endereço. "Dentes postiços..." Não consigo imaginar por que dentes falsos estão tão populares. "Melhores preços... lindos bulbos. Nossa seleção especial." Me parece coisa barata... Há uma garota aqui que quer uma "posição interessante — disposta a viajar". E quem não quer? "Dachshunds..." Eu mesma nunca me importei muito com Dachshunds... Não digo por eles serem *alemães*, porque já superamos isso... Eu só não me importo com eles, só isso. Sim, Mrs. Finch?

A porta foi aberta, surgindo a cabeça e o torso de uma mulher de aparência sombria, com uma boina de veludo envelhecida.

— Bom dia, senhora — disse Mrs. Finch. — Posso começar a limpar?

— Ainda não. Não terminamos — respondeu Mrs. Swettenham. E acrescentou, de forma sugestiva: — Estamos quase terminando.

Mrs. Finch olhou para Edmund e seu jornal, fungou e se retirou.

— Eu estou apenas começando — disse Edmund.

E sua mãe observou:

— Preferiria que você não lesse esse jornal horrível, Edmund. Mrs. Finch não gostou *nem um pouco*.

— Não vejo o que minhas opiniões políticas têm a ver com Mrs. Finch.

— E não é como se você fosse funcionário de alguém — continuou Mrs. Swettenham. — Você não faz trabalho algum.

— Isso não é nem um pouco verdade — disse Edmund, indignado. — Estou escrevendo um livro.

— Quis dizer trabalho de verdade. E Mrs. Finch é importante. Se ela tomar desgosto de nós e não vier mais, quem poderemos conseguir?

— Anuncie na Gazeta — disse Edmund, grunhindo.

— Acabei de falar que não adianta. Ah, minha nossa, hoje em dia, a menos que alguém tenha uma velha babá na família, que vai para a cozinha e faz tudo, a pessoa fica *perdida*.

— Ora, e por que não temos uma velha babá? Que negligência de sua parte não ter me fornecido uma. Onde estava com a cabeça?

— Você teve uma *aia*, querido.

— Não me lembro disso — murmurou Edmund.

Mrs. Swettenham estava mais uma vez mergulhada na coluna Pessoal.

— "Vende-se cortador de grama motorizado usado." Quero só ver... Cruzes, que preço!... Mais Dachshunds... "Mande notícias ou escreva: Arganel Desesperado." Que apelidos idiotas as pessoas usam... Cocker Spaniels... Lembra da querida Susie, Edmund? Ela parecia *gente*, de fato. Entendia cada palavra que dizíamos para ela... "Vende-se aparador Sheraton. Antiguidade de família, genuína. Tratar com Mrs. Lucas, em Dayas Hall." Que mentirosa essa mulher! Um Sheraton, até parece!

Mrs. Swettenham fungou e continuou sua leitura:

— "Foi tudo um mal-entendido, meu bem. Amor eterno. Sexta-feira, como de costume. — J" Imagino que tiveram uma briga de namorados, ou você acha que pode ser algum código entre ladrões? Mais Dachshunds! Realmente, acho que as pessoas enlouqueceram um pouco com a criação de Dachshunds. Digo, existem outros tipos de cães. Seu tio Simon costumava criar Manchester Terriers. Coisas tão graciosas. Eu gosto de cachorros com pernas. "Senhora de partida para o exterior vende seu terninho azul-marinho de duas peças." Nenhuma medida ou preço indicado... "Um casamento é anunciado"... Não, um assassinato. O quê? Edmund, Edmund, escute isso:

"Um assassinato é anunciado para ocorrer na sexta-feira, 29 de outubro, em Little Paddocks, às 18h30. Aos amigos, favor aceitar este único convite."

— Que coisa extraordinária! *Edmund!*

— O que foi? — Edmund ergueu o olhar do jornal.

— Sexta-feira, 29 de outubro... Ora, isso é hoje.

— Deixe-me ver. — O filho tomou o jornal dela.

— Mas o que será que significa isso? — perguntou Mrs. Swettenham, com genuína curiosidade.

Edmund Swettenham coçou o nariz em dúvida.

— Algum tipo de festa, suponho. Como um jogo de detetive, esse tipo de coisa.

— Ah — disse Mrs. Swettenham, ainda não convencida.

— Me parece um jeito muito estranho de se anunciar isso. Apenas colocando assim, num anúncio como esse. Não faz o estilo de Letitia Blacklock, que sempre me pareceu ser uma mulher muito sensata.

— Ela provavelmente foi instigada por aqueles jovenzinhos brilhantes tem em casa.

— É um aviso muito em cima. Hoje. Acha que deveríamos dar uma passada?

— Diz "aos amigos, favor aceitar este único convite" — apontou seu filho.

— Bem, eu acho esses jeitos modernos de se fazer convites uma coisa muito cansativa — disse Mrs. Swettenham, decidida.

— Tudo bem, mãe, a senhora não precisa ir.

— Não — concordou Mrs. Swettenham.

Houve uma pausa.

— Você realmente *quer* essa última torrada, Edmund?

— Pensei que eu estar bem alimentado fosse mais importante do que deixar aquela bruxa velha limpar a mesa.

— Shhh, querido, ela vai escutar você... Edmund, o que acontece em um jogo de detetive?

— Não sei exatamente. Eles prendem pedaços de papel na gente ou algo assim. Não, acho que são tirados de um chapéu. Alguém é a vítima e outra pessoa é o detetive, então eles apagam as luzes, alguém dá um tapinha no seu ombro e então você grita, deita-se e finge estar morto.

— Parece muito emocionante.

— Provavelmente uma chatice monumental. Eu não vou.

— Bobagem, Edmund — disse Mrs. Swettenham, resoluta. — Eu vou e você vai comigo. Está decidido!

— Archie — disse Mrs. Easterbrook ao marido —, escute *isto*.

O Coronel Easterbrook não deu atenção, pois já estava bufando de impaciência devido a um artigo no *The Times*.

— O problema com essa gente — disse ele — é que nenhum deles sabe qualquer coisa sobre a Índia! Qualquer coisa!

— Eu sei, querido, eu sei.

— Se soubessem, não teriam escrito essas palhaçadas.

— Sim, eu sei, Archie, agora escute: "Um assassinato é anunciado para ocorrer na sexta-feira, 29 de outubro"... Isso é hoje... "em Little Paddocks, às 18h30. Aos amigos, favor aceitar este único convite".

Ela fez uma pausa, triunfante.

O Coronel Easterbrook a olhou de modo condescendente, mas sem muito interesse.

— É um jogo de detetive — falou.

— Ah.

— É só isso. Mas veja bem — ele ficou menos carrancudo —, pode ser muito divertido, se for bem feito. Mas precisa de uma boa organização, feita por alguém com experiência. Você tira a sorte. Uma pessoa é o assassino, ninguém sabe quem. As luzes se apagam. O assassino escolhe sua vítima. A vítima tem que contar até vinte antes de gritar. Então, a pessoa escolhida para ser o detetive assume o comando. Interroga todo mundo. Onde estiveram, o que estavam fazendo, tenta enganar o verdadeiro assassino. Sim, é um bom jogo, se o detetive, er... conhecer um pouco do trabalho da polícia.

— Como você, Archie. Você teve todos aqueles casos interessantes para julgar em seu distrito.

O Coronel Easterbrook sorriu com indulgência e puxou o bigode, complacente.

— Sim, Laura — disse ele. — Ouso dizer que poderia dar-lhes uma ou duas dicas.

E endireitou os ombros.

— Miss Blacklock deveria ter pedido a você para ajudá--la a organizar tudo.

O coronel bufou.

— Ah, bem, ela está com aquele rapazote hospedado com ela. Imagino que seja ideia dele. Um sobrinho ou algo assim. É uma ideia estranha, contudo, anunciar assim no jornal.

— Foi na coluna Pessoal. Poderíamos nem ter visto. Suponho que *seja* um convite, não, Archie?

— Um convite estranho. Mas só digo uma coisa: incluam--me fora dessa.

— Ah, Archie — a voz de Mrs. Easterbrook elevou-se num lamento estridente.

— Muito em cima da hora. Pelo que todos sabem, estou ocupado.

— Mas você não está, não é, querido? — Mrs. Easterbrook baixou a voz de um modo persuasivo. — E eu acho, Archie, que você realmente *deveria* ir... apenas para ajudar a pobre Miss Blacklock. Tenho certeza de que ela está contando com você para fazer disso um sucesso. Digo, você sabe muito sobre o trabalho e os procedimentos da polícia. A coisa toda vai desmoronar se você não ajudar a fazer disso um sucesso. Afinal, é preciso manter a boa vizinhança.

Mrs. Easterbrook virou de lado sua cabeça loira e arregalou seus olhos azuis.

— É claro, Laura, colocando desse modo... — O Coronel Easterbrook torceu o bigode grisalho outra vez, com imponência, e olhou com indulgência para sua esposa. Mrs. Easterbrook era pelo menos trinta anos mais jovem que o marido. — Colocando *desse modo*, Laura.

— Eu realmente acho que é seu dever, Archie — disse Mrs. Easterbrook de modo solene.

A *Gazeta de Chipping Cleghorn* também fora entregue em Boulders, os três chalés pitorescos transformados em um, habitado por Miss Hinchcliffe e por Miss Murgatroyd.

— Hinch?

— O que foi, Murgatroyd?

— Onde você está?

— No galinheiro.

— Ah.

Caminhando cautelosamente pela grama úmida, Miss Amy Murgatroyd se aproximou da amiga. Miss Hinchcliffe vestia calças de veludo cotelê e uma camisa do exército, e estava ocupada em atirar punhados de ração balanceada numa bacia fumegante, cheia de cascas de batata cozida e restos de repolho.

Ela virou a cabeça, com seu corte de cabelo curto e semblante castigado pelo tempo, na direção da amiga.

Miss Murgatroyd, gorducha e bondosa, usava uma saia de tweed xadrez e um pulôver folgado, de um azul-marinho brilhante. Seu cabelo grisalho encaracolado estava bastante desarrumado e ela respirava ofegantemente.

— Na Gazeta — arfou. — Apenas ouça... o que isso significa?

"Um assassinato é anunciado para ocorrer na sexta-feira, 29 de outubro, em Little Paddocks, às 18h30. Aos amigos, favor aceitar este único convite."

Ela fez uma pausa, sem fôlego, ao terminar, e esperou algum pronunciamento oficial.

— Bobagem — disse Miss Hinchcliffe.

— Sim, mas o que você acha que *significa*?

— Significa um drinque, pelo menos — falou Miss Hinchcliffe.

— Você acha que é uma espécie de convite?

— Vamos descobrir o que significa quando chegarmos lá. Xerez barato, suponho. É melhor sair da grama, Murgatroyd. Você ainda está de pantufas. Elas estão encharcadas.

— Ai, céus! — Miss Murgatroyd olhou, com tristeza, para seus pés. — Quantos ovos hoje?

— Sete. Essa galinha maldita ainda está chocando. Tenho que colocá-la na gaiola.

— É uma maneira engraçada de colocar as coisas, não acha? — perguntou Amy Murgatroyd, voltando ao anúncio na Gazeta. Sua voz estava ligeiramente intrigada.

Mas sua amiga era mais forte e obstinada. Ela estava decidida a lidar com aves recalcitrantes e nenhum anúncio em jornal, por mais enigmático que fosse, conseguiria distraí-la.

Ela cambaleou pesadamente na lama e se lançou sobre uma galinha malhada. Houve um grito alto e indignado.

— Por isso prefiro patos — disse Miss Hinchcliffe. — Dão muito menos trabalho.

— Ah, que ótimo! — disse Mrs. Harmon do outro lado da mesa do café para seu marido, o Reverendo Julian Harmon. — Vai haver um homicídio na casa de Miss Blacklock.

— Um homicídio? — falou ele, ligeiramente surpreso. — Quando?

— Esta tarde... ou melhor, à tardinha, às 18h30. Ah, que pena, querido, você tem que fazer os preparativos da catequese. É uma pena. E você adora assassinatos!

— Eu realmente não sei do que você está falando, Docinho.

Mrs. Harmon, cujo rosto e corpo rechonchudos fizeram com que seu nome de batismo, Diana, fosse substituído pelo apelido de Docinho, passou a Gazeta para o outro lado da mesa.

— Ali, entre os pianos de segunda mão e as dentaduras velhas.

— Que anúncio extraordinário.

— Não é? — disse Docinho, faceira. — Quem iria imaginar que Miss Blacklock se importasse com jogos, assassinatos e coisas assim, não é? Imagino que foram os jovens Simmons que a instigaram... embora eu seja levada a pensar que Julia

Simmons teria achado assassinato um tanto de mau gosto. Contudo, aí está, e eu acho, querido, que seria *uma pena* você não estar lá. De todo modo, eu irei e conto tudo a você, ainda que seja uma perda de tempo para mim, já que não gosto muito de jogos que acontecem no escuro. Eles me assustam. Só *espero* que não seja eu a assassinada. Se alguém colocar a mão no meu ombro de repente e sussurrar "você morreu", sei que meu coração vai dar um pulo que é capaz de me matar *de verdade*! Você acha que isso é possível?

— Não, meu Docinho. Eu acho que você vai viver para se tornar uma mulher bem, bem velha... ao meu lado.

— E morrer no mesmo dia e ser enterrada na mesma cova. Isso seria adorável.

Docinho sorriu de orelha a orelha com essa perspectiva agradável.

— Você parece muito feliz, meu amor — disse o marido, sorrindo.

— Quem não ficaria feliz no meu lugar? — perguntou Docinho, um tanto confusa. — Com você, Susan e Edward, todos vocês que gostam de mim e não se importam que eu seja um pouco burra... E o sol brilhando! E esta casa grande e linda para morar!

O Reverendo Julian Harmon olhou ao redor da grande sala de jantar vazia e concordou sem muita convicção.

— Algumas pessoas pensariam ser o fim da picada ter de viver neste lugar grande e cheio de correntes de ar.

— Bem, eu gosto de quartos grandes. Todos os cheiros agradáveis lá de fora podem entrar e ficar ali. E você pode ser desorganizado e deixar as coisas do lado de fora que elas não bagunçam você.

— Sem nenhum eletrodoméstico ou aquecimento central? Isso significa muito trabalho para você, Docinho.

— Ah, Julian, não é verdade. Levanto às 6h30, acendo a caldeira e corro feito uma máquina a vapor. Às oito horas já está tudo feito. E eu mantenho tudo bem, não é? O chão encerado, os móveis polidos e grandes potes de folhas secas. Não é muito mais difícil manter limpa uma casa grande do que uma pequena. Você pode andar por aí com esfregões e as coisas muito mais rápido, porque seu traseiro nem sempre esbarra nos móveis como se estivesse em uma sala pequena. E eu gosto de dormir em um quarto grande e frio, é tão aconchegante ficar debaixo das cobertas sentindo frio apenas na ponta do nariz. E qualquer que seja o tamanho da casa em que se more, você descasca a mesma quantidade de batatas e lava a mesma quantidade de pratos e tudo mais. Pense em como é bom para Edward e Susan ter uma grande sala vazia para brincar, onde eles podem fazer chá de bonecas e ferrovias por todo o chão, e nunca ter de guardá-las? É bom ter pedaços extras onde você pode deixar as pessoas viverem. E Jimmy Symes e Johnnie Finch teriam de morar com seus genros, se não fosse assim. E você sabe, Julian, não é bom morar com genros e noras. Sei que você adora a mamãe, mas não ia gostar de ter começado nossa vida de casados morando com meus pais. E eu não teria gostado também. Eu continuaria me sentindo uma garotinha.

Julian sorriu para ela.

— Você é um pouco como uma garotinha, meu Docinho.

Julian Harmon, por sua vez, era o exemplo desenhado pela natureza de um homem de 60 anos, mesmo que ainda lhe faltassem 25 para alcançar este propósito da natureza.

— Eu sei que sou meio burra...

— Você não é burra, Docinho. Você é muito inteligente.

— Não, não sou. Não sou nem um pouco intelectual. Embora eu tente... E eu realmente adoro quando você fala comigo sobre livros, história e coisas assim. Acho que talvez não tenha sido uma ideia muito boa ler Gibbon em voz alta para mim à noite, porque se faz um vento frio e está gostoso e quente perto do fogo, há algo em Gibbon que nos deixa... meio que... com vontade de dormir.

O reverendo riu.

— Mas adoro ouvir você, Julian. Conte-me a história novamente sobre o velho vigário que pregou sobre Assuero.

— Você sabe isso de cor, Docinho.

— Apenas me conte novamente. Por favor.

Seu marido obedeceu.

— Era o velho Scrymgour. Alguém deu uma olhada em sua igreja um dia. Ele estava descendo do púlpito e pregando fervorosamente para duas velhas faxineiras. Ele estava sacudindo o dedo para elas e dizendo: "Ahá! Eu sei o que está pensando. *Você* acha que o Grande Assuero da Primeira Lição era Artaxerxes II. Mas *não era!*" E então, terminou triunfal: "Era Artaxerxes III."

O próprio Julian nunca achou que essa fosse uma história particularmente engraçada, mas nunca deixava de divertir Docinho.

Sua gargalhada gostosa preencheu o ar.

— O coitado do velhinho! — exclamou ela. — Acho que um dia você ficará exatamente igual, Julian.

Julian pareceu um pouco desconfortável.

— Eu sei — disse, com humildade. — Percebo nitidamente que nem sempre consigo a abordagem simples mais adequada.

— Eu não me preocuparia — disse Docinho, levantando-se e começando a empilhar os pratos do café da manhã em uma bandeja. — Mrs. Butt me disse ontem que o marido, que nunca ia à igreja e era praticamente o ateu local, vem agora em todos os domingos com a intenção de ouvir você pregar.

Ela continuou, fazendo uma imitação muito boa da voz superelegante de Mrs. Butt:

— "E meu marido estava dizendo dia desses, senhora, a Mr. Timkins, de Little Worsdale, que aqui em Chipping Cleghorn temos cultura de verdade. Não como Mr. Goss, em Little Worsdale, que fala para a congregação como se fossem crianças que não tiveram educação alguma. Cultura de verdade, é isso o que *nós* temos. Nosso vigário é um cavalheiro altamente educado... Em Oxford, não em Milchester, e ele nos passa todos os benefícios de sua educação. Ele sabe tudo sobre gregos e romanos, e também sobre os babilônios e os assírios. E até o gato do paróquia tem nome de rei assírio!" Portanto, há glórias para você — concluiu Docinho, triunfante. — Meu Deus, tenho que continuar com as coisas ou nunca terminarei. Venha, Tiglate-Pileser, você fica com os ossos do arenque.

Abrindo a porta e segurando-a habilmente entreaberta com o pé, ela disparou com a bandeja carregada, cantando em uma voz alta, e não particularmente melodiosa, sua própria versão de uma canção esportiva.

"Hoje o dia será de matar
Gostoso como um banho de mar
E os detetives da aldeia se foram."

Um barulho de louça sendo despejada na pia abafou os versos seguintes, mas quando o Reverendo Julian Harmon saiu de casa, ele ouviu o triunfante final:

"E vamos todos assassinar!"

Capítulo 2

Café da manhã
em Little Paddocks

Também em Little Paddocks o café da manhã estava em andamento.

A dona da casa, Miss Blacklock, uma mulher de sessenta e poucos anos, sentou-se à cabeceira da mesa. Usava trajes de tweed para o campo — e com eles, de modo um tanto incongruente, uma gargantilha de grandes pérolas falsas. Estava lendo Lane Norcott no *Daily Mail*. Julia Simmons lançava olhares lânguidos para o *Telegraph*. Patrick Simmons se distraía com as palavras cruzadas do *The Times*. Miss Dora Bunner dava sua atenção completa para o semanário local.

Miss Blacklock deu uma risadinha contida, e Patrick murmurou:

— Aderente, não grudento, foi aí que eu errei.

De repente, veio de Miss Bunner um cacarejo alto, feito uma galinha assustada.

— Letty... Letty, você viu isso? O que isso pode significar?

— Qual é o problema, Dora?

— O mais extraordinário dos anúncios. Diz claramente que é em Little Paddocks. Mas o que isso pode significar?

— Se você me deixar ver, Dora querida...

Miss Bunner obedientemente entregou o papel na mão estendida de Miss Blacklock, apontando para o item, com o indicador trêmulo.

— Olhe só, Letty.

Miss Blacklock olhou. Suas sobrancelhas se ergueram. Ela lançou um rápido olhar examinador ao redor da mesa. Então, leu o anúncio em voz alta.

— "Um assassinato é anunciado para ocorrer na sexta-feira, 29 de outubro, em Little Paddocks, às 18h30. Aos amigos, favor aceitar este único convite." — Ao terminar, perguntou, feroz: — Patrick, isso foi ideia sua?

Seu olhar recaiu de modo inquisitivo sobre o rosto bonito e despreocupado do jovem do outro lado da mesa.

Patrick Simmons desfez-se rapidamente de qualquer responsabilidade.

— Não mesmo, tia Letty. O que lhe deu essa ideia? Por que eu deveria saber alguma coisa sobre isso?

— Eu não ficaria surpresa se fosse você — disse Miss Blacklock, severamente. — Achei que poderia ser sua ideia de uma brincadeira.

— Uma brincadeira? Não desse tipo.

— E você, Julia?

— Claro que não — respondeu Julia, parecendo entediada.

Miss Bunner murmurou:

— Você acha que Mrs. Haymes... — E olhou para um lugar vazio onde alguém havia tomado café da manhã.

— Ah, não acho que nossa Phillipa tentaria ser engraçadinha — ponderou Patrick. — Ela é uma garota séria, é sim.

— Mas qual é a questão, afinal? — perguntou Julia, bocejando. — O que isso significa?

— Eu suponho — disse Miss Blacklock, lentamente — que seja algum tipo bobo de farsa.

— Mas por quê? — exclamou Dora Bunner. — Qual é a intenção disso? Parece uma brincadeira muito idiota. E de muito mau gosto.

Suas bochechas flácidas estremeceram indignadas e seus olhos míopes brilharam de indignação.

Miss Blacklock sorriu para ela.

— Não se preocupe com isso, Bunny. É apenas a ideia de humor de alguém, mas gostaria de saber de quem.

— Diz "hoje" — apontou Miss Bunner. — Hoje às 18h30. O que acham que vai acontecer?

— *Morte!* — disse Patrick, em tom sepulcral. — Uma Delícia Mortal.

— Fique quieto, Patrick — pediu Miss Blacklock, enquanto Miss Bunner dava um gritinho.

— Eu apenas me referia à torta especial que Mitzi faz — falou ele, desculpando-se. — Você sabe que *sempre* a chamamos de Delícia Mortal.

Miss Blacklock sorriu um pouco distraída.

— Mas Letty, o que você realmente acha... — insistiu Miss Bunner.

Sua amiga a interrompeu com uma alegria tranquilizadora.

— Eu sei de uma coisa que vai acontecer às 18h30 — disse ela, secamente. — Teremos metade do vilarejo aqui em cima, cheio de curiosidade. É melhor eu me certificar de que temos um pouco de xerez em casa.

— Você *está* preocupada, não está, Lotty?

Miss Blacklock estava sobressaltada. Estava sentada à escrivaninha, distraída, desenhando peixinhos no mata-borrão. Ela olhou para o rosto ansioso de sua velha amiga.

Ela não tinha certeza do que dizer a Dora Bunner. Bunny, ela sabia, não podia ficar preocupada ou chateada. Ela permaneceu em silêncio por um instante, pensando.

Dora Bunner e ela estudaram juntas. Na época, Dora era uma garota bonita, de cabelos loiros e olhos azuis, um tanto burra. O fato de ela ser assim não importava, porque sua alegria, seu bom humor e sua beleza a tornavam uma companhia agradável. Ela deveria, pensou sua amiga, ter se casado com algum bom oficial do Exército ou um advogado do interior. Ela tinha muitas qualidades boas — afeto, devoção, lealdade. Mas a vida tinha sido cruel com Dora Bunner. Ela teve de ganhar a vida. Havia sido dedicada, mas nunca competente em algo que empreendesse.

As duas amigas haviam perdido contato. Mas havia seis meses uma carta chegara a Miss Blacklock, uma carta desconexa e patética. A saúde de Dora havia decaído. Ela estava morando em um quartinho, tentando sobreviver com sua aposentadoria. Esforçou-se para fazer bordados, mas seus dedos estavam rígidos pelo reumatismo. Ela mencionou os dias de escola — desde então a vida as separou —, mas será que, talvez, sua velha amiga poderia ajudar?

Miss Blacklock respondeu de modo impulsivo. Pobre Dora. Pobre, linda, tola e fofa Dora. Ela, então, agarrou a amiga, levou-a embora, instalou-a em Little Paddocks sob a desculpa reconfortante de que "o trabalho doméstico anda demais para mim. Preciso de alguém para me ajudar a cuidar da casa". Não seria por muito tempo — o médico lhe disse isso —, mas, às vezes, achava que a pobre Dora era uma triste provação. Ela confundia tudo, aborrecia as criadas estrangeiras temperamentais, calculava mal na lavanderia, perdia contas e cartas e, às vezes, reduzia a competente Miss Blacklock a uma agonia de exasperação. Pobre Dora, tão desajeitada, tão leal, tão ansiosa para ajudar, tão satisfeita e orgulhosa de pensar que era útil — e infelizmente, tão pouco confiável para qualquer coisa.

Ela disse bruscamente:

— Não faça isso, Dora. Você sabe que pedi a você...

— Ah — Miss Bunner pareceu sentir-se culpada. — Eu sei. Esqueci. Mas... mas você está, não está?

— Preocupada? Não. Ao menos, não exatamente — adicionou com sinceridade. — Você quer dizer, sobre aquele anúncio idiota na Gazeta?

— Sim, mesmo que seja uma brincadeira, parece-me que é um... um tipo de brincadeira rancorosa.

— Rancorosa?

— Sim. Me parece que há rancor em algum lugar. Digo, não é um tipo de brincadeira legal.

Miss Blacklock olhou para a amiga. Os olhos suaves, a boca longa e obstinada, o nariz ligeiramente arrebitado. Pobre Dora, tão enlouquecedora, tão confusa, tão devotada e tão problemática. Uma velha boa e abobada, e, ainda assim, de um modo estranho, com um senso instintivo de valores morais.

— Acho que você está certa, Dora — disse Miss Blacklock.

— Não é uma brincadeira boa.

— Não gosto disso — confessou Dora Bunner, com um vigor indiscutível. — Isso me assusta. — E acrescentou, de repente: — E isso assusta você, Letitia.

— Bobagem — disse Miss Blacklock, espirituosa.

— É *perigoso*. Tenho certeza de que é. Como aquelas pessoas que enviam bombas em pacotes.

— Minha querida, é apenas um idiota bobo tentando ser engraçado.

— Mas *não teve* graça.

Não teve muita graça mesmo... O rosto de Miss Blacklock traiu seus pensamentos e Dora gritou, triunfante:

— Viu só? Você também pensa assim!

— Mas Dora, minha querida...

Ela se interrompeu. Da porta surgiu uma mulher jovem e tempestuosa, com seios volumosos arfando sob uma camisa justa. Ela usava uma saia dirndl de cor brilhante e tinha tranças pretas e gordurosas enroladas em volta da cabeça. Seus olhos estavam escuros e brilhantes.

— Posso falar com a senhora, sim, por favor, não? — perguntou, ruidosamente.

Miss Blacklock suspirou.

— Claro, Mitzi, o que é?

Às vezes, pensava que seria preferível fazer ela todo o trabalho da casa, bem como cozinhar, em vez de se preocupar com as eternas crises de nervos de sua criada.

— Eu *dizer* à senhora já... *ser* o modo correto, espero? Eu dar meu aviso e *partir*... eu partir *imediatamente*!

— Por que motivo? Alguém a incomodou?

— Sim, eu *estar* incomodada — confirmou Mitzi, de modo dramático. — Eu não *querer* morrer! Eu já *escapar* na Europa. Minha família toda *morrer*... todos *ser* mortos... minha mãe, meu irmão mais novo, minha sobrinha tão doce... todos, todos eles *ser* mortos. Mas eu fugi... me escondi. Eu *vir* para o Inglaterra. Eu *trabalhar*. Eu *fazer* um trabalho que eu nunca, nunca faria em meu próprio país... eu...

— Eu sei de tudo isso — disse Miss Blacklock, seca. Era, de fato, um refrão constante nos lábios de Mitzi. — Mas por que você quer sair agora?

— Porque outra vez eles *vir* me matar!

— Quem?

— Meus inimigos. Os nazistas! Ou talvez desta vez ser os bolcheviques. Eles *descobrir* que eu *estar* aqui. Eles *vir* para me matar. Eu li, sim, está no jornal!

— Ah, você quer dizer na Gazeta?

— *Aqui*, está escrito *aqui*. — Mitzi tirou a Gazeta de onde a segurava às costas. — Veja, aqui *dizer* que haverá um homicídio. Em Little Paddocks. Isso *ser* aqui, não é? Esta noite, às 18h30. Ah! Eu não *esperar* para ser assassinada, não.

— Mas por que isso se aplicaria a você? É só... Nós achamos que é uma brincadeira.

— Um brincadeira? Não *ser* brincadeira matar alguém.

— Não, claro que não. Mas, minha querida criança, se alguém quisesse matar você, não iria anunciar o fato no jornal, iria?

— O senhora não *achar* que eles iriam? — Mitzi parecia um pouco abalada. — O senhora *achar* que talvez eles não *ter* intenção de matar alguém? Talvez seja a *senhora* que eles *pretender* matar, Miss Blacklock.

— Eu certamente não creio que alguém queira me matar — disse Miss Blacklock, com leveza. — E realmente, Mitzi, não vejo por que alguém iria querer matar você. Afinal, por que o fariam?

— Porque eles *ser* povos maus... Pessoas muito más. Eu te digo, minha mãe, meu irmão mais novo, minha sobrinha tão doce...

— Sim, sim — interrompeu-a com habilidade. — Mas eu realmente não consigo acreditar que alguém queira matar você, Mitzi. Claro, se você quiser sair assim a qualquer momento, não posso impedi-la. Mas acho que você seria muito boba se o fizesse.

E acrescentou, com firmeza, enquanto Mitzi parecia hesitar:

— Vamos ter aquela carne que o açougueiro mandou cozida para o almoço. Me pareceu muito dura.

— Eu *fazer* um goulash, um goulash especial.

— Se você preferir chamar assim, certamente. E talvez você pudesse usar aquele pedaço de queijo um tanto duro para fazer alguns canudos de queijo. Acho que algumas pessoas podem vir para beber à tardinha.

— À tardinha? O que a senhora quer dizer com à tardinha?

— Às 18h30.

— Mas essa é a hora no jornal! Quem virá então? *Por que* eles vêm?

— Eles estão vindo para o funeral — disse Miss Blacklock com um piscar de olhos. — Isso basta por ora, Mitzi. Estou ocupada. Feche a porta ao sair — acrescentou com firmeza.

Enquanto a porta se fechava atrás de uma Mitzi de aparência perplexa, ela disse:

— E isso está resolvido por enquanto.

— Você é tão eficiente, Letty — falou Miss Bunner, com admiração.

Capítulo 3

Às 18h30

— Bem, aqui estamos, tudo pronto — disse Miss Blacklock.

Ela verificou a sala dupla com um olhar avaliador. As estampas de rosas de chita, o par de tigelas de crisântemos de bronze, o pequeno vaso de violetas e a cigarreira de prata em uma mesa perto da parede, a bandeja de bebidas na mesa de centro.

Little Paddocks era uma casa de tamanho médio, construída no início do período vitoriano. Tinha uma varanda comprida e baixa e janelas com venezianas verdes. A longa e estreita sala de estar, que perdia bastante luz devido ao telhado da varanda, tinha, originalmente, portas duplas numa das extremidades que conduziam a uma sala pequena com uma janela saliente. A geração anterior removeu as portas duplas e as substituiu por cortinas de veludo. Miss Blacklock dispensou as cortinas e transformou os dois quartos em um. Havia uma lareira em cada ponta, mas nenhum fogo estava aceso, embora um calor suave impregnasse a sala.

— Você ligou o aquecimento central — disse Patrick.

Miss Blacklock confirmou com a cabeça.

— Tem andado tão enevoado e úmido ultimamente. A casa inteira estava úmida. Pedi a Evans para ligá-lo antes de ir.

— O mui precioso coque? — disse Patrick, zombeteiro.

— O mui precioso coque, como você diz. Mas se não fosse isso, seria o ainda mais precioso carvão. Você sabe que o Departamento de Combustível não vai deixar que recebamos nem mesmo o pouco que nos é devido a cada semana, a menos que possamos afirmar, definitivamente, que não temos outro meio de cozinhar.

— Suponho que já houve coque e carvão aos montes para todos? — disse Julia, com o interesse de alguém por ouvir sobre um país desconhecido.

— Sim, e barato também.

— E qualquer um podia sair e comprar tanto quanto quisesse, sem ter que preencher coisa alguma, e não havia escassez? Havia aos montes na época?

— De todos os tipos e qualidades, e *não era* tudo pedras e ardósias como as que se recebe hoje em dia.

— Devia ser um mundo maravilhoso — disse Julia, com admiração na voz.

Miss Blacklock sorriu.

— Olhando para trás, penso que sim. Mas sou uma velha. É natural para mim preferir meu tempo. Mas vocês, jovens, não deveriam pensar assim.

— Eu não precisaria ter um emprego, naqueles tempos — disse Julia. — Poderia simplesmente ficar em casa, cuidando de flores e escrevendo bilhetes... Por que alguém escreveria bilhetes e para quem?

— Para todas as pessoas as quais agora você liga — disse Miss Blacklock, com uma piscadela. — Não creio nem que você *saiba* escrever uma carta, Julia.

— Não no estilo daquele delicioso *O guia completo do missivista* que encontrei outro dia. Céus! Dizia até a maneira correta de se recusar uma proposta de casamento de um viúvo.

— Duvido que você gostaria de ficar em casa tanto quanto pensa — falou Miss Blacklock. — Havia tarefas, sabe? — Sua voz estava seca. — No entanto, eu realmente não sei muito sobre isso. Bunny e eu — ela sorriu afetuosamente para Dora Bunner — entramos cedo no mercado de trabalho.

— Ah, nós entramos, foi *mesmo* — concordou Miss Bunner. — Aquelas crianças travessas, muito travessas. Nunca vou esquecê-las. Claro, Letty era inteligente. Ela era uma mulher de negócios, secretária de um grande financista.

A porta foi aberta e Phillipa Haymes entrou. Ela era alta, loira e de aparência plácida. Olhou ao redor da sala, surpresa.

— Olá — disse ela. — É uma festa? Ninguém me avisou.

— É claro — exclamou Patrick. — Nossa Phillipa não sabe. A única mulher em Chipping Cleghorn que não sabe, aposto.

Phillipa olhou para ele, intrigada.

— Aqui está — disse Patrick, dramaticamente, acenando com a mão. — A cena de um assassinato!

Phillipa Haymes pareceu um pouco confusa.

— Aqui — Patrick indicou as duas grandes tigelas de crisântemo — estão as coroas fúnebres e estes pratos de canudos de queijo e azeitonas representam as carnes assadas no funeral.

Phillipa olhou interrogativamente para Miss Blacklock.

— Isso é alguma brincadeira? — perguntou. — Sou sempre terrivelmente tola em perceber quando estão brincando.

— É uma brincadeira muito desagradável — disse Dora Bunner com energia. — Não gosto disso.

— Mostre o anúncio a ela — pediu Miss Blacklock. — Eu *preciso* sair e recolher os patos. Está escuro. Eles já devem estar por aqui.

— Deixe que eu faço isso — disse Phillipa.

— Certamente não, minha querida. Você encerrou seu dia de trabalho.

— Eu faço isso, tia Letty — ofereceu Patrick.

— Não, não vai — disse Miss Blacklock com energia. — Da última vez você não trancou a porta direito.

— Eu faço isso, Letty querida — exclamou Miss Bunner. — Na verdade, eu adoraria. Vou apenas colocar minhas galochas... E agora, onde coloquei meu cardigã?

Mas Miss Blacklock, com um sorriso, já havia saído da sala.

— Não adianta, Bunny — disse Patrick. — Tia Letty é tão eficiente que nunca suportará alguém fazendo as coisas por ela. Ela realmente prefere fazer tudo sozinha.

— Ela adora — disse Julia.

— Não notei você fazer qualquer oferta de ajuda — disse seu irmão.

Julia sorriu com preguiça.

— Você acabou de dizer que tia Letty gosta de fazer as coisas sozinha — ressaltou. — Além disso — estendeu uma perna bem-torneada em uma meia-calça transparente —, estou com minhas melhores meias.

— Morte em meias de seda! — declarou Patrick.

— Não é seda, é nylon, seu idiota.

— Não fica um título tão bom.

— Alguém pode me explicar, por favor — disse Phillipa, num lamento —, por que há toda essa insistência com morte?

Todo mundo tentou explicar ao mesmo tempo, mas ninguém conseguiu encontrar a Gazeta para mostrar a ela, porque Mitzi a havia levado para a cozinha.

Miss Blacklock voltou alguns minutos depois.

— Pronto — falou ela, rapidamente —, já está feito. — Olhou para o relógio. — 18h20. Alguém deve chegar aqui em breve, a menos que eu esteja totalmente errada quanto ao meu conhecimento sobre meus vizinhos.

— Não entendo por que alguém deveria vir — disse Phillipa, parecendo confusa.

— Não, querida? Ouso dizer que você não entenderia mesmo. Mas a maioria das pessoas é um pouco mais curiosa do que você.

— A atitude de Phillipa em relação à vida é que ela simplesmente não está interessada — disse Julia, de forma bastante desagradável.

Phillipa não respondeu.

Miss Blacklock estava olhando ao redor da sala. Mitzi colocou o xerez e três pratos contendo azeitonas, canudos de queijo e alguns pastéis chiques na mesa no meio da sala.

— Pode mover aquela bandeja, ou a mesa inteira, se preferir, do canto até a janela saliente na outra sala, Patrick, se não se importar. Afinal, *não estou* dando uma festa! Não *convidei* quem quer que seja. E não quero dar a entender que espero que as pessoas apareçam.

— Você deseja, tia Letty, disfarçar sua expectativa?

— Muito bem colocado, Patrick. Obrigada, meu querido menino.

— Agora, podemos todos fazer uma adorável encenação de uma noite tranquila em casa — disse Julia — e ficarmos bastante surpresos quando alguém aparecer.

Miss Blacklock pegou a garrafa de xerez. Ela a segurou numa das mãos, em dúvida.

Patrick a tranquilizou.

— Tem meia garrafa aí. Deve ser o suficiente.

— Ah, sim, sim... — Ela hesitou. Então, com um leve rubor, disse: — Patrick, você se importaria... Há uma garrafa nova no armário da despensa... Traga ela e um saca-rolhas. Eu... digo, nós podemos muito bem ter uma garrafa nova. Isso... isso foi aberto há algum tempo.

Patrick cumpriu sua missão sem dizer uma palavra. Ele voltou com a garrafa nova e tirou a rolha. Olhou com curiosidade para Miss Blacklock enquanto a colocava na bandeja.

— Está levando isso a sério, não está, querida? — perguntou, gentilmente.

— Ah — exclamou Dora Bunner, chocada. — Certamente, Letty, você não pode imaginar...

— Shhh... — fez Miss Blacklock, rapidamente. — É a campainha. Veja, minha expectativa está sendo justificada.

Mitzi abriu a porta da sala de estar e deixou o coronel e Mrs. Easterbrook entrarem. Ela tinha seus próprios métodos de anunciar as pessoas.

— O coronel e Mrs. Easterbrook estão aqui para vê-la — disse, num tom informal.

O Coronel Easterbrook era muito sincero e alegre para disfarçar seu leve constrangimento.

— Espero que não se importe de nós aparecermos — disse ele. Um gorgolejo abafado veio de Julia. — Aconteceu de estarmos passando por aqui... E sabe o quê? Está uma noite bastante amena. Notei que o aquecimento central está ligado. Ainda não instalamos o nosso.

— Não são adoráveis seus crisântemos? — disse Mrs. Easterbrook. — *Tão* bonitos!

— Eles estão bastante murchos, na verdade — disse Julia.

Mrs. Easterbrook cumprimentou Phillipa Haymes com um pouco mais de cordialidade, para mostrar que ela entendia perfeitamente que Phillipa não era realmente uma trabalhadora rural.

— Como está o jardim de Mrs. Lucas? — perguntou Mrs. Easterbrook. — Você acha que algum dia ficará direito de novo? Foi completamente negligenciado durante toda a guerra, e, depois, teve apenas aquele velho horrível, Ashe, que simplesmente não fez coisa nenhuma além de varrer algumas folhas e plantar mudas de repolho.

— Está reagindo ao tratamento — disse Phillipa. — Mas vai demorar um pouco.

Mitzi abriu a porta novamente e informou:

— Aqui estão as senhoritas de Boulders.

— Boa noite — disse Miss Hinchcliffe, caminhando até Mrs. Blacklock e a cumprimentando com seu aperto formidável. — Eu disse a Murgatroyd: "Vamos dar uma passada em Little Paddocks!" Queria perguntar como estão seus patos.

— As noites chegam muito rápido agora, não é? — disse Miss Murgatroyd para Patrick, de uma forma bastante insegura. — Que crisântemos adoráveis!

— Murchos! — disse Julia.

— Por que você não pode cooperar? — murmurou Patrick, à parte, em um tom de reprovação.

— Você está com o aquecimento central ligado — disse Miss Hinchcliffe, num tom acusatório. — Muito cedo.

— A casa fica muito úmida nesta época do ano — afirmou Miss Blacklock.

— Sherry veio? — Patrick sinalizou com as sobrancelhas.

— Ainda não — retrucou Miss Blacklock.

Ela disse ao Coronel Easterbrook:

— Você ainda vai receber alguma muda da Holanda este ano?

A porta se abriu novamente e Mrs. Swettenham entrou um tanto culpada, seguida por um Edmund carrancudo e desconfortável.

— Aqui estamos nós! — disse Mrs. Swettenham com alegria, olhando em volta com franca curiosidade. Então, sentindo-se repentinamente desconfortável, continuou: — Eu só pensei em entrar e perguntar se por acaso a senhora poderia querer um gatinho, Miss Blacklock. Nossa gata está prestes...

— Prestes a dar à luz a descendência de um macho ruivo — disse Edmund. — Receio que o resultado será assustador. Não diga que não foi avisada!

— Ela é uma ótima caçadora de ratos — falou Mrs. Swettenham, apressada. E acrescentou: — Que crisântemos *lindos*!

— Você está com o aquecimento central ligado, não é? — perguntou Edmund, com ares de ineditismo.

— As pessoas são como discos arranhados, não acha? — murmurou Julia.

— Não estou gostando das notícias — disse o Coronel Easterbrook a Patrick, capturando sua atenção. — Não gosto disso. Se me perguntassem, a guerra é inevitável, absolutamente inevitável.

— Nunca presto atenção nas notícias — disse Patrick.

A porta foi aberta outra vez e Mrs. Harmon entrou.

Seu chapéu de feltro surrado estava preso na nuca numa vaga tentativa de estar na moda, e vestira uma blusa de babados um tanto mole em vez do pulôver de costume.

— Olá, Mrs. Blacklock — falou, seu rosto redondo radiante. — Não estou muito atrasada, estou? Quando começa o assassinato?

Houve uma série de suspiros audíveis. Julia deu uma risadinha de aprovação, Patrick enrugou o rosto e Mrs. Blacklock sorriu para seu último convidado.

— Julian está desesperado de raiva por não poder estar aqui — disse Mrs. Harmon. — Ele adora assassinatos. É realmente por isso que ele pregou um sermão tão bom no domingo passado... Suponho que não devo dizer que foi um bom sermão, porque ele é meu marido, mas foi realmente bom, não achou? Muito melhor do que os habituais. Mas, como estava dizendo, foi tudo por causa de *A morte sai da cartola*. Você já leu? A moça da Boots guardou um exemplar especialmente para mim. É simplesmente *desconcertante*. Você fica pensando que sabe para onde a história vai, e então a coisa toda muda, e há uma quantidade adorável de assassinatos, quatro ou cinco deles. Bem, eu o deixei no escritório antes de Julian se trancar lá para fazer seu sermão, e ele o pegou e simplesmente não conseguiu parar! E, por consequência, precisou preparar seu discurso com uma pressa assustadora, e apenas escrever o que queria dizer, de forma muito simples, sem quaisquer voltas acadêmicas, fragmentos ou referências eruditas, e naturalmente foi muito melhor. Ah, querida, estou falando demais. Mas diga-me, quando o assassinato vai começar?

Miss Blacklock olhou para o relógio na lareira.

— Se vai começar — disse ela, alegremente —, deve ser logo. Falta apenas um minuto para as 18h30. Enquanto isso, tome uma taça de xerez.

Patrick moveu-se com entusiasmo ao longo da passagem em arco. Miss Blacklock foi até a mesa perto do arco, onde estava a caixa de cigarros.

— Eu adoraria um pouco de xerez — disse Mrs. Harmon.

— Mas o que a senhora quer dizer com *se*?

— Bem — disse Miss Blacklock —, eu estou tão no escuro quanto vocês. Eu não sei o que...

Ela parou e virou a cabeça quando o pequeno relógio na lareira começou a soar. Tinha um tom doce semelhante a um sino prateado. Todos ficaram em silêncio e ninguém se moveu. Todos olharam para o relógio.

Ele soou um quarto, e depois a metade. Quando a última nota morreu, todas as luzes se apagaram.

Suspiros deliciados e gritinhos femininos de apreço foram ouvidos na escuridão.

— Está começando — exclamou Mrs. Harmon, em êxtase.

— Ah, não gosto disso! — A voz de Dora Bunner bradou, melancólica.

Outras vozes disseram:

— Que terrivelmente, terrivelmente assustador!

— Isso me dá arrepios.

— Archie, onde você está?

— O que eu tenho de fazer?

— Ah, querido, eu pisei no seu pé? Sinto muito.

Então, com um estrondo, a porta se abriu. A forte luz de uma lanterna iluminou a sala rapidamente. A voz rouca e anasalada de um homem, que a todos lembrava as agradáveis tardes no cinema, direcionava o pessoal com firmeza:

— Mãos ao alto! Mãos ao alto, estou avisando! — gritou a voz.

Com prazer, as mãos foram levantadas acima das cabeças.

— Não é maravilhoso? — sussurrou uma voz feminina. — Estou tão emocionada.

E então, inesperadamente, um revólver respondeu. E respondeu duas vezes. O zunido de duas balas rompeu a complacência da sala. De repente, o jogo não era mais um jogo. Alguém gritou...

A figura na porta girou de repente, pareceu hesitar, um terceiro tiro ressoou, ele se dobrou e depois desabou no chão. A lanterna caiu e apagou.

Houve escuridão outra vez. E, com um pequeno gemido de protesto vitoriano, a porta da sala, como era seu hábito quando não estava aberta, fechou-se suavemente e trancou com um clique.

Dentro da sala foi um pandemônio. Várias vozes falaram ao mesmo tempo.

— Luzes.

— Não consegue encontrar o interruptor?

— Quem tem um isqueiro?

— Ah, não gosto disso, não gosto *disso*.

— Mas aqueles tiros eram *reais*!

— Ele tinha um revólver *de verdade*.

— Era um ladrão?

— Ah, Archie, quero sair daqui.

— Por favor, alguém tem um isqueiro?

E então, quase ao mesmo tempo, dois isqueiros se acenderam.

Todos piscaram e olharam uns para os outros. Rostos assustados analisando rostos assustados. Contra a parede, perto do arco, Miss Blacklock estava parada com a mão no rosto. A luz estava muito fraca para mostrar mais do que algo escuro gotejando sobre seus dedos.

Coronel Easterbrook pigarreou e mostrou-se à altura da ocasião.

— Experimente os interruptores, Swettenham — ordenou.

Edmund, perto da porta, obedientemente moveu o interruptor para cima e para baixo.

— Desligado na chave principal, ou foi um fusível — disse o coronel. — Quem está fazendo esse barulho horrível?

Uma voz feminina gritava continuamente de algum lugar além da porta fechada. O tom aumentou, e com ele veio o som de punhos batendo em uma porta.

Dora Bunner, que chorava baixinho, gritou:

— É Mitzi. Alguém está matando Mitzi...

— Não tive essa sorte — murmurou Patrick.

— Precisamos de velas — falou Miss Blacklock. — Patrick, você poderia...

O coronel já estava abrindo a porta. Edmund e ele, com seus isqueiros acesos, entraram no corredor. Quase tropeçaram em alguém caído ali.

— Parece que foi nocauteado — disse o coronel. — Onde aquela mulher está fazendo esse barulho infernal?

— Na sala de jantar — disse Edmund.

A sala de jantar ficava do outro lado do corredor. Alguém estava batendo nos painéis, uivando e gritando.

— Ela está trancada — disse Edmund, abaixando-se. Ele girou a chave e Mitzi saiu saltando feito um tigre.

A luz da sala de jantar ainda estava acesa. Vista contra a luz, a figura de Mitzi apresentava uma imagem de terror insano, e continuava a gritar. Um toque cômico foi introduzido pelo fato de que ela se dedicava à limpeza de prataria e ainda segurava um couro de camurça e um grande talher de peixe.

— Fique quieta, Mitzi — disse Miss Blacklock.

— Chega — disse Edmund, e como Mitzi não mostrou disposição para parar de gritar, ele se inclinou e deu-lhe um tapa forte na bochecha. Mitzi engasgou e soluçou em silêncio.

— Pegue algumas velas — disse Miss Blacklock. — No armário da cozinha. Patrick, você sabe onde fica a caixa de fusíveis?

— Na passagem atrás da copa? Certo, vou ver o que posso fazer.

Miss Blacklock avançou até a luz projetada da sala de jantar e Dora Bunner soltou um suspiro soluçante. Mitzi soltou outro grito estrondoso.

— O sangue, o *sangue!* — Ela engasgou. — Você levou um tiro, Miss Blacklock, o senhora está sangrando para o morte.

— Não seja tão estúpida — retrucou Miss Blacklock. — Eu quase não estou machucada. Pegou de raspão na minha orelha.

— Mas tia Letty — disse Julia —, o sangue.

De fato, a blusa branca, as pérolas de Miss Blacklock e suas mãos eram uma visão terrivelmente sangrenta.

— Orelhas sempre sangram — explicou Miss Blacklock. — Lembro-me de desmaiar no cabeleireiro quando era criança. O homem tinha acabado de cortar minha orelha. Na mesma hora, pareceu haver uma cachoeira de sangue. Precisamos de luz.

— Eu pego as velas — disse Mitzi.

Julia foi com ela e voltaram com várias velas coladas em pires.

— Agora vamos dar uma olhada em nosso malfeitor — disse o coronel. — Abaixe as velas, sim, Swettenham? O máximo que puder.

— Eu vou pelo outro lado — disse Phillipa.

Com a mão firme, ela pegou um par de pires. O Coronel Easterbrook ajoelhou-se.

A figura reclinada estava envolta em uma capa preta tosca com capuz. Havia uma máscara da mesma cor sobre seu rosto e ele usava luvas de algodão pretas. O capuz deslizou para trás, revelando uma cabeça clara e despenteada.

Coronel Easterbrook o virou, sentiu o pulso, o coração... então afastou os dedos com uma exclamação de desgosto, olhando para eles. Estavam pegajosos e vermelhos.

— Atirou em si mesmo — disse ele.

— Está muito ferido? — perguntou Miss Blacklock.

— Hm. Receio que esteja morto... Pode ter sido suicídio, ou ele pode ter tropeçado naquela capa e o revólver disparou quando ele caiu. Se eu pudesse ver melhor...

Naquele momento, como num passe de mágica, as luzes voltaram a se acender.

Com uma estranha sensação de irrealidade, aqueles habitantes de Chipping Cleghorn que estavam no corredor de Little Paddocks perceberam estar diante de uma morte violenta e repentina. A mão do Coronel Easterbrook estava manchada de vermelho. O sangue ainda escorria pelo pescoço de Miss Blacklock sobre sua blusa e seu casaco, e a figura grotescamente esparramada do intruso estava a seus pés...

Patrick, vindo da sala de jantar, disse:

— Parece que foi só um fusível que sumiu... — Ele parou. O Coronel Easterbrook puxou a pequena máscara preta.

— É melhor ver quem é o sujeito — disse ele. — Mas não suponho que seja alguém que conhecemos...

Ele retirou a máscara. Pescoços foram esticados à frente. Mitzi soluçou e engasgou, mas os outros estavam muito quietos.

— Ele é muito jovem — disse Mrs. Harmon, com uma nota de pena na voz.

De repente, Dora Bunner gritou agitada:

— Letty, Letty, é o rapaz do hotel spa em Medenham Wells. Aquele que veio aqui e queria que você desse dinheiro para ele voltar para a Suíça, e você recusou. Suponho que a coisa toda foi apenas um pretexto para espionar a casa... Ah, querida, ele poderia facilmente ter matado você...

Miss Blacklock, no comando da situação, disse, de modo incisivo:

— Phillipa, leve Bunny para a sala de jantar e lhe dê meio copo de brandy. Julia, querida, corra até o banheiro e traga-me o esparadrapo do armário... Faz muita sujeira ficar sangrando feito um porco. Patrick, poderia ligar para a polícia imediatamente?

Capítulo 4

O Hotel Spa Royal

George Rydesdale, chefe da polícia de Middleshire, era um homem quieto. De estatura mediana, olhos astutos sob sobrancelhas bastante espessas, ele costumava ouvir em vez de falar. Então, com sua voz impassível, ele deu um comando breve, e a ordem foi obedecida.

Ele ouvia o Inspetor Dermot Craddock. Craddock era o encarregado oficial do caso. Rydesdale o chamara de volta de Liverpool na noite anterior, onde havia sido enviado para fazer investigações relacionadas a outro caso. Rydesdale tinha uma opinião positiva sobre o inspetor. Ele não só tinha cérebro e imaginação, mas também, o que Rydesdale apreciava ainda mais, a autodisciplina para ir com calma, verificar e examinar cada fato e manter a mente aberta até o fim de um caso.

— O Policial Legg que atendeu a ligação, senhor — contava Craddock. — Ele parece ter agido muito bem, com prontidão e presença de espírito. E não deve ter sido fácil. Cerca de uma dúzia de pessoas, todas tentando falar ao mesmo tempo, incluindo uma daquelas *mitteleuropas* que se descontrolam com a simples visão de um policial. Botou na cabeça que seria presa, e saiu berrando por todo o lugar.

— O morto foi identificado?

— Sim, senhor. Rudi Scherz. Nacionalidade suíça. Trabalha no Hotel Spa Royal, Medenham Wells, como recepcionista. Se concordar, senhor, pensei em conferir o hotel primeiro e depois seguir para Chipping Cleghorn. O Sargento Fletcher está lá agora. Ele vai checar com o pessoal do ônibus e depois irá para a casa.

Rydesdale acenou com a cabeça em aprovação.

A porta se abriu e o chefe da polícia ergueu os olhos.

— Entre, Henry — disse ele. — Temos algo aqui que é um pouco fora do comum.

Sir Henry Clithering, ex-comissário da Scotland Yard, entrou com as sobrancelhas ligeiramente levantadas. Ele era um homem idoso, alto e de aparência distinta.

— Pode agradar até ao seu paladar blasé — continuou Rydesdale.

— Eu nunca fui blasé — disse Sir Henry, indignado.

— A nova moda agora — disse Rydesdale — é anunciar o assassinato de alguém com antecedência. Mostre a Sir Henry aquele anúncio, Craddock.

— *The North Benham News* e a *Gazeta de Chipping Cleghorn* — disse Sir Henry. — Um nome e tanto. — Ele leu o trecho indicado pelo dedo de Craddock. — Uhm, sim, um pouco incomum.

— Alguma ideia sobre quem solicitou este anúncio? — perguntou Rydesdale.

— Pela descrição, senhor, foi entregue pelo próprio Rudi Scherz, na quarta-feira.

— Ninguém questionou isso? A pessoa que aceitou não achou estranho?

— Devo dizer, senhor, que a loirinha com adenoides que recebe os anúncios é totalmente incapaz de pensar. Ela apenas contou as palavras e pegou o dinheiro.

— Qual era a intenção? — perguntou Sir Henry.

— Fazer muitos moradores ficarem curiosos — sugeriu Rydesdale. — Reuni-los em um determinado lugar e, em um determinado momento, segurá-los e roubar dinheiro e objetos de valor. Como ideia, tem sua originalidade.

— Que tipo de lugar é Chipping Cleghorn? — indagou Sir Henry.

— Uma aldeia grande e pitoresca. Açougueiro, padeiro, dono da mercearia, um antiquário bastante bom, duas casas de chá. Conscientemente, um belo local. Recebe turistas que vêm de carro. Também é altamente residencial. Casas antes habitadas por trabalhadores agrícolas, agora convertidas e habitadas por solteironas idosas e casais aposentados. Uma boa parte das construções foi feita na época vitoriana.

— Conheço o tipo — disse Sir Henry. — Senhoras simpáticas e coronéis aposentados. Sim, se eles notassem aquele anúncio, todos viriam farejar às 18h30 para ver o que estava acontecendo. Senhor, eu gostaria de ter minha própria senhorinha por aqui. Ela ia gostar de abocanhar um pouco disso com seus belos dentes. É o tipo de coisa com que está acostumada.

— Quem é sua senhorinha particular, Henry? Uma tia?

— Não — suspirou Sir Henry. — Ela não é parente. — E explicou com reverência: — Ela é simplesmente a melhor detetive que Deus já fez. Um gênio natural cultivado em solo fértil.

Ele se voltou para Craddock.

— Não desdenhe das velhinhas desta sua aldeia, meu rapaz — disse. — Caso isso se torne um grande mistério, o que não imagino nem por um momento que vá acontecer, lembre-se de que há uma solteirona idosa que faz tricô e jardinagem e está muitos passos à frente de qualquer detetive. Ela consegue dizer o que poderia ter acontecido, o que deveria ter acontecido e até o que *realmente* aconteceu! E ela consegue lhe dizer por que isso aconteceu!

— Terei isso em mente, senhor — disse o Inspetor Craddock em seu modo mais formal, e ninguém teria adivinhado que Dermot Eric Craddock era, na verdade, afilhado de Sir Henry, e tinha uma relação aberta e próxima com seu padrinho.

Rydesdale deu um rápido esboço do caso ao amigo.

— Todos apareceriam às 18h30, isso nós sabemos — disse ele. — Mas aquele suíço teria como saber isso? E outra coisa, eles teriam dinheiro o bastante para que valesse a pena?

— Alguns broches antigos, uma gargantilha de pérolas, uns trocados, talvez uma ou duas notas, não mais do que isso — disse Sir Henry, pensativo. — Essa Miss Blacklock mantinha muito dinheiro em casa?

— Ela diz que não, senhor. Umas cinco libras, pelo que sei.

— Meros trocados — comentou Rydesdale.

— O que está se mostrando — disse Sir Henry — é que esse sujeito gostava de um teatro. Não era o saque, era a diversão de jogar e representar o assalto. Coisas de cinema? É bem possível. Como ele conseguiu atirar em si mesmo?

Rydesdale entregou um papel para ele.

— Relatório médico preliminar. O revólver foi disparado à queima-roupa, chamuscando... uhm... nada que indique se foi acidente ou suicídio. Poderia ter sido deliberado, ou ele poderia ter tropeçado e caído, e o revólver, disparado... — Ele olhou para Craddock. — Você terá de interrogar as testemunhas com muito cuidado e fazê-las dizer exatamente o que viram.

O inspetor disse, com tristeza:

— Cada um deles terá visto algo diferente.

— Sempre me interessou — disse Sir Henry — o que as pessoas veem em um momento de intensa excitação e tensão nervosa. O que eles veem e, ainda mais interessante, o que eles não veem.

— Onde está o relatório do revólver?

— Fabricação estrangeira, bastante comum no continente. Scherz não tinha licença, e não o declarou ao entrar na Inglaterra.

— Rapaz mau — disse Sir Henry.

— Falhas de caráter por todo lado. Bem, Craddock, vá e veja o que pode descobrir sobre ele no Hotel Spa Royal.

No Hotel Spa Royal, o Inspetor Craddock foi levado direto para o escritório do gerente.

O gerente, Mr. Rowlandson, um homem alto, corado e de modos cordiais, cumprimentou o inspetor com calorosa expansividade.

— Ficarei feliz em ajudá-lo no que pudermos, inspetor — disse ele. — Uma coisa realmente surpreendente. Eu nunca teria desconfiado, nunca. Scherz parecia um rapaz muito comum e agradável, nem um pouco a ideia que faço de um assaltante.

— Há quanto tempo ele estava com o senhor, Mr. Rowlandson?

— Eu estava pesquisando antes do senhor chegar. Pouco mais de três meses. Muito boas credenciais, as licenças usuais etc.

— E o senhor o achou satisfatório?

Sem deixar transparecer isso, Craddock notou a pausa infinitesimal antes de Rowlandson responder.

— Bastante satisfatório.

Craddock fez uso de uma técnica que considerava eficaz.

— Não, não, Mr. Rowlandson — disse ele, balançando suavemente a cabeça. — Não era bem esse o caso, não é?

— Nós... — O gerente pareceu um pouco surpreso.

— Vamos, havia algo errado. O que era?

— É justamente isso. Não sei.

— Mas o senhor *achou* que havia algo errado?

— Bem... sim, eu achei. Mas eu não tenho algo de concreto para contar. E eu não gostaria que minhas conjecturas fossem usadas como provas e contra mim.

Craddock sorriu agradavelmente.

— Sei exatamente o que quer dizer. Não precisa se preocupar. Mas preciso ter uma ideia de como era esse sujeito, o Scherz. O senhor suspeitou dele... do quê?

Rowlandson disse, com certa relutância:

— Bem, houve problemas, uma ou duas vezes, com as contas. Itens cobrados que não deveriam estar lá.

— O senhor quer dizer que suspeitava que ele cobrasse certos itens que não constavam dos registros do hotel, e embolsava a diferença quando a conta era paga?

— Algo assim... Na melhor das hipóteses, houve um grande descuido de sua parte. Uma ou duas vezes uma grande soma estava envolvida. Francamente, pedi ao nosso contador que revisasse seus livros suspeitando que ele era, bem, um tipo errado, mas, embora houvesse vários erros e um método bem desleixado, as contas batiam. Então cheguei à conclusão de que devia estar enganado.

— Suponha então que não estivesse errado. Se Scherz estivesse embolsando pequenas quantias aqui e ali, ele poderia se cobrir repondo o dinheiro, não?

— Sim, se ele *tivesse* o dinheiro. Mas as pessoas que embolsam essas "pequenas quantias", como o senhor diz, geralmente precisam delas com urgência e gastam-nas na hora.

— Então, se ele quisesse repor as quantias perdidas, ele teria de conseguir o dinheiro com um furto ou algum outro meio?

— Sim. Me pergunto se esta foi sua primeira tentativa...

— Pode ser. Certamente foi muito amador. Há mais alguém com quem ele poderia ter obtido dinheiro? Alguma mulher na vida dele?

— Uma das garçonetes do Grill. O nome dela é Myrna Harris.

— É melhor eu ter uma conversa com ela.

Myrna Harris era uma garota bonita com uma cabeça gloriosa de cabelos ruivos e nariz empinado.

Ela estava alarmada, cautelosa e profundamente consciente da indignidade de ser entrevistada pela polícia.

— Não sei coisa alguma sobre isso, senhor. Nada — protestou. — Se eu soubesse como ele era, nunca teria saído com Rudi. Naturalmente, visto que ele trabalhava na recepção aqui, achei que era um tipo correto. É natural, isso. O que eu acho é que o hotel deveria ser mais cuidadoso ao contratar pessoas, especialmente estrangeiras. Porque a gente nunca sabe em que pé está com eles. O senhor acha que ele estava numa dessas gangues sobre as quais a gente lê?

— Acreditamos que ele estivesse trabalhando sozinho — disse Craddock.

— Imagine só... E ele era tão quieto e respeitável. Você nunca pensaria. Embora algumas coisas tenham desaparecido, pensando agora. Um broche de diamantes e um pequeno medalhão de ouro, eu acho. Mas nunca sonhei que poderia ter sido Rudi.

— Tenho certeza de que não — disse Craddock. — Qualquer um pode ter sido enganado. Você o conhecia muito bem?

— Não sei se diria *bem*.

— Mas vocês eram amigos?

— Ah, nós éramos amigos. Isso é tudo, apenas amigos. Nada sério mesmo. Fico sempre receosa com estrangeiros, de qualquer modo. Muitas vezes eles têm um jeito entre eles, que a gente nunca sabe, não é? Alguns daqueles poloneses durante a guerra! E até alguns americanos! Nunca deixam transparecer que são homens casados até que seja tarde demais. Rudi era falastrão e tudo mais, mas sempre aceitei isso com um pé atrás.

Craddock agarrou-se à frase.

— Falastrão, é? Isso é muito interessante, Miss Harris. Posso ver que a senhorita vai nos ajudar muito. De que coisas ele falava?

— Bem, sobre como sua gente era rica na Suíça, e como era importante. Mas isso não combinava com o fato de ele estar com pouco dinheiro. Rudi sempre disse que, por causa da regulamentação monetária, ele não poderia receber o dinheiro da Suíça aqui. Pode até ser, suponho, mas suas coisas não eram caras. Suas roupas, quero dizer. Elas não eram realmente de classe. Acho, também, que muitas das histórias que ele costumava me contar eram muito vulgares. Sobre escalar os Alpes e salvar a vida de pessoas na borda de uma geleira. Ora, ele ficou bastante tonto apenas andando ao longo da margem da Garganta de Boulter. Alpes, ora essa!

— Você saía muito para passear com ele?

— Sim... Bem, sim, eu saía. Ele tinha bons modos e sabia como... cuidar de uma garota. Os melhores lugares nas fotos sempre. E até flores ele me comprava, às vezes. Ele era um dançarino adorável, adorável.

— Ele mencionou Miss Blacklock para você?

— Ela almoça aqui às vezes, não é? E já ficou aqui uma vez. Não, acho que Rudi nunca a mencionou. Eu não sabia que ele a conhecia.

— Ele mencionou Chipping Cleghorn?

Ele pensou que um olhar levemente cauteloso surgira nos olhos de Myrna Harris, mas não tinha certeza.

— Acho que não... Acho que uma vez ele perguntou sobre ônibus, a que horas eles saíam, mas não me lembro se era para Chipping Cleghorn ou para outro lugar. Não foi recentemente.

Ele não conseguiria tirar mais informações dela. Rudi Scherz vinha agindo como sempre. Ela não o havia visto na noite anterior, e não tinha ideia, ideia *alguma*, ela enfatizou, de que Rudi Scherz fosse um patife.

E, provavelmente, pensou Craddock, isso era verdade.

Capítulo 5

Miss Blacklock e Miss Bunner

Little Paddocks era exatamente o que o Inspetor Craddock imaginara. Ele notou os patos, as galinhas e o que havia sido, até recentemente, um atraente jardim frontal na qual havia algumas margaridas do tipo áster no fim de sua beleza roxa moribunda. O gramado e os caminhos mostravam sinais de abandono.

Em resumo, o Inspetor Craddock pensou: "Provavelmente não há muito dinheiro para gastar com jardineiros. Gostam de flores e têm um bom olho para planejar e delimitar um jardim. A casa precisa de uma pintura. Hoje em dia a maioria das casas precisa. Propriedade pequena e agradável."

Quando o carro de Craddock parou diante da porta da frente, o Sargento Fletcher contornou a lateral da casa. Fletcher parecia um guarda, com uma postura militar ereta, e foi capaz de dar vários significados diferentes para seu cumprimento:

— Senhor.

— Ah, aí está você, Fletcher.

— Senhor — disse o Sargento Fletcher.

— Algo a relatar?

— Terminamos de examinar a casa, senhor. Scherz não parece ter deixado impressão digital em lugar algum. Ele usava luvas, é claro. Nenhum sinal de que qualquer uma das portas ou janelas tenha sido forçada para efetuar uma entrada. Scherz parece ter partido de ônibus de Medenham, chegando aqui às dezoito horas. A porta lateral da casa foi trancada às 17h30, pelo que entendi. Ao que parece que ele deve ter entrado pela porta da frente. Miss Blacklock afirma que essa porta geralmente não fica trancada até que a casa seja fechada durante a noite. A empregada, por outro lado, diz que a entrada da frente ficou trancada a tarde toda, mas ela fala qualquer coisa. Muito temperamental, o senhor vai ver. Algum tipo de refugiada da *mitteleuropa*.

— Ela é difícil?

— Sim, senhor! — respondeu o Sargento Fletcher.

Craddock sorriu.

Fletcher continuou seu relato.

— A rede elétrica está em ordem em todo lugar. Ainda não descobrimos como ele fez para controlar as luzes. Foi apenas um circuito que foi desligado: sala de estar e hall de entrada. Claro, hoje em dia, as lâmpadas e os suportes de parede não ficariam todos no mesmo fusível, mas aqui a instalação e a fiação são antigas. Não vejo como ele pode ter mexido na caixa de fusíveis, porque ela fica fora da copa e ele precisaria passar pela cozinha, onde a empregada o teria visto.

— A menos que ela estivesse nisso com ele?

— Isso é muito possível. Ambos estrangeiros, e eu não confiaria nela nem um milímetro, nem um milímetro.

Craddock notou dois olhos negros enormes e assustados espiando por uma janela perto da porta da frente. O rosto, achatado contra a vidraça, quase não era visível.

— É ela ali?

— Isso mesmo, senhor.

O rosto desapareceu.

Craddock tocou a campainha da porta da frente.

Depois de uma longa espera, a porta foi aberta por uma jovem bonita com cabelos castanhos e uma expressão entediada.

— Inspetor Craddock.

A jovem o encarou com olhos cor de avelã muito atraentes e disse:

— Entre. Miss Blacklock está esperando por vocês.

O hall de entrada, notou Craddock, era longo e estreito, e pareceu-lhe incrivelmente cheio de portas.

A jovem abriu uma à esquerda e disse:

— Inspetor Craddock, tia Letty. Mitzi não quis saber de ir até a porta. Ela se trancou na cozinha e está fazendo gemidos dos mais maravilhosos. Acho que não vamos ter almoço.

— Acrescentou, de modo explicativo, a Craddock: — Ela não gosta da polícia. — E se retirou, fechando a porta atrás de si.

O inspetor avançou até a dona da Little Paddocks.

Viu uma mulher alta, de aparência ativa, de cerca de 60 anos. Seu cabelo grisalho tinha uma leve ondulação natural e fazia uma composição harmônica com o rosto inteligente e resoluto. Ela tinha olhos cinzentos penetrantes e um queixo quadrado determinado. Havia um curativo cirúrgico em sua orelha esquerda. Não usava maquiagem e estava vestida com simplicidade, com um casaco de tweed bem-cortado, saia e pulôver. Em volta do pescoço, ela usava, de forma bastante inusitada, um conjunto de camafeus antiquados — um toque vitoriano, que parecia sugerir uma veia sentimental, que de outro modo não ficaria evidente.

Perto dela, com uma cara redonda e ansiosa e cabelos desgrenhados escapando de uma redinha de cabelo, havia uma mulher com mais ou menos a mesma idade, que Craddock não teve dificuldade em reconhecer como a "Dora Bunner: dama de companhia" das anotações do Policial Legg — a quem este último adicionou um comentário extraoficial de "doida!".

Miss Blacklock falou com uma voz agradável e educada.

— Bom dia, Inspetor Craddock. Esta é minha amiga, Miss Bunner, que me ajuda a cuidar da casa. O senhor não quer se sentar? Não vai fumar, suponho?

— Não, infelizmente estou em serviço, Miss Blacklock.

— Que pena!

O olhar de Craddock percorreu a sala com uma expressão rápida e experiente. Típica sala de estar dupla vitoriana. Duas janelas compridas neste quarto, janela de sacada embutida no outro... cadeiras... sofá... mesa de centro com um grande vaso de crisântemos, outro vaso na janela — tudo muito agradável e cheio de frescor, mas sem muita originalidade. A única nota incongruente era um pequeno vaso de prata com violetas mortas, em uma mesa perto da arcada para a outra sala. Como não conseguia imaginar Miss Blacklock tolerando flores mortas em um cômodo, imaginou que fosse a única indicação de que ocorrera algo fora do comum, para distrair a rotina de uma casa bem-administrada.

— Imagino, Miss Blacklock, que esta é a sala em que o... incidente ocorreu — disse ele.

— Sim.

— E devia ter visto ontem à noite — interrompeu Miss Bunner. — Uma bagunça. Duas mesinhas derrubadas e a perna de uma delas caiu. Pessoas se esgueirando no escuro, e alguém deixou cair um cigarro aceso e queimou uma das melhores peças da mobília. As pessoas, principalmente os jovens, são muito descuidados com essas coisas... Felizmente, nenhuma porcelana quebrou.

Miss Blacklock tomou a palavra gentilmente, mas com firmeza:

— Dora, todas essas coisas, por mais vexatórias que sejam, são só ninharias. Acho que seria melhor apenas respondermos às perguntas do Inspetor Craddock.

— Obrigado, Miss Blacklock. Vou retornar, então, ao que aconteceu ontem à noite. Em primeiro lugar, quero que me diga quando viu o homem morto, Rudi Scherz, pela primeira vez.

— Rudi Scherz? — Miss Blacklock pareceu levemente surpresa. — É esse o nome dele? Por algum motivo, pensei que... Ah, bem, não importa. Meu primeiro encontro com ele foi quando eu estava em Medenham Spa para um dia de compras... deixe-me pensar... cerca de três semanas atrás. Nós, Miss Bunner e eu, estávamos almoçando no Hotel Spa Royal. Quando estávamos saindo depois do almoço, ouvi meu nome ser pronunciado. Foi este jovem. Ele disse: "É Miss Blacklock, não é?" E continuou, falando que talvez não me lembrasse dele, mas que era filho do proprietário do Hotel des Alpes, em Montreux, onde minha irmã e eu tínhamos ficado por quase um ano durante a guerra.

— O Hotel des Alpes, Montreux — observou Craddock.

— E a senhora se lembrou dele, Miss Blacklock?

— Não lembrei, não. Na realidade, nem me recordava de tê-lo visto antes no hotel. Todos esses meninos da recepção são exatamente iguais. Passamos momentos muito agradáveis em Montreux, e o proprietário de lá foi extremamente amável, então tentei ser o mais cortês possível e disse esperar que ele estivesse gostando de estar na Inglaterra. Ele disse que sim, que seu pai o havia enviado por seis meses para aprender o negócio de hotelaria. Tudo pareceu bastante natural.

— E o encontro seguinte?

— Cerca de... Sim, deve ter sido há dez dias. Ele apareceu aqui de repente. Fiquei muito surpresa ao vê-lo. Ele pediu desculpas por me incomodar, mas disse que eu era a única pessoa que ele conhecia na Inglaterra. O rapaz me contou que precisava urgentemente de dinheiro para voltar para a Suíça, pois sua mãe estava muito doente.

— Mas Letty não deu a ele — disse Miss Bunner, quase sem respirar.

— Era uma história totalmente suspeita — comentou Miss Blacklock, com vigor. — Pus na cabeça que ele definitivamente era do tipo errado. Aquela história de querer dinheiro para voltar à Suíça era um *disparate*. Seu pai poderia facilmente ter telegrafado para que providências fossem feitas neste país. Essas pessoas da hotelaria são todas ligadas umas às outras. Suspeitei que ele estivesse roubando dinheiro ou algo do gênero. — Ela fez uma pausa, e acrescentou secamente: — Caso o senhor me ache insensível, fui secretária de um grande financista por muitos anos, e a gente fica desconfiado de apelos por dinheiro. Conheço praticamente todas as histórias de má sorte que se pode contar. — E finalizou, pensativa: — A única coisa que me surpreendeu foi que ele desistiu facilmente. Ele foi embora na mesma hora, sem mais discussão. É como se ele nunca esperasse que fosse receber o dinheiro.

— A senhora acha agora, olhando em retrospecto, que a vinda dele foi realmente um pretexto para espionar a propriedade?

Miss Blacklock assentiu com a cabeça, vigorosamente.

— Isso é o que acho agora. Ele fez alguns comentários sobre os quartos enquanto eu o levava até a saída. Ele disse: "A senhora tem uma sala de jantar muito boa" (o que é claro que não é, é uma salinha escura horrível), apenas como desculpa para olhar para dentro. E então ele se adiantou à minha frente e abriu a porta, dizendo: "Permita-me." Acho que ele só queria dar uma olhada na fechadura. Na realidade, como a maioria das pessoas por aqui, nunca trancamos a porta da frente até escurecer. Qualquer um pode entrar.

— E a porta lateral? Há uma porta lateral para o jardim, pelo que entendi.

— Sim. Eu saí para recolher os patos não muito antes das pessoas chegarem.

— Estava trancada quando a senhora saiu?

Miss Blacklock franziu a testa.

— Não consigo me lembrar... Creio que sim. Certamente tranquei quando retornei.

— Isso seria por volta das 18h15?

— Por aí.

— E a porta da frente?

— Essa geralmente não fica trancada até mais tarde.

— Então Scherz poderia ter entrado facilmente dessa forma. Ou ele poderia ter entrado enquanto a senhora estava recolhendo os patos. Ele já tinha espiado a configuração do terreno e, provavelmente, notou vários locais onde se esconder, armários etc. Sim, tudo parece bastante claro.

— Com licença, mas não está claro coisa alguma — disse Miss Blacklock. — Por que diabos alguém se daria todo esse trabalho para vir e roubar esta casa, e encenar esse tipo de assalto bobo?

— A senhora guarda muito dinheiro em casa, Miss Blacklock?

— Umas cinco libras naquela mesa, e talvez uma ou duas libras na minha bolsa.

— Joias?

— Alguns anéis e broches, e os camafeus que estou usando. O senhor deve concordar comigo, inspetor, que a coisa toda é absurda.

— Não foi roubo de modo algum — exclamou Miss Bunner. — Já disse a você, Letty. Foi vingança! Porque você não quis dar o dinheiro a ele! Ele deliberadamente atirou em você, duas vezes.

— Ah — disse Craddock. — Vamos voltar agora para a noite passada. O que aconteceu exatamente, Miss Blacklock? Diga-me em suas próprias palavras, tanto quanto a senhora puder se lembrar.

Miss Blacklock refletiu por um momento.

— O relógio bateu — disse ela. — Aquele na lareira. Lembro-me de dizer que se alguma coisa fosse acontecer, teria que ser logo. E então o relógio bateu. Todos nós o escutamos, sem dizer uma palavra sequer. É um carrilhão, sabe. Ele soou a meia-hora e então, de repente, as luzes se apagaram.

— Que luzes estavam acesas?

— As da parede, aqui e na outra sala. A luminária de chão e os dois abajures de leitura não estavam acesos.

— Houve algum estouro ou um ruído quando as luzes se apagaram?

— Acho que não.

— Tenho certeza de que *houve* um estouro — disse Dora Bunner. — *E* um barulho de estalo. Perigoso!

— E então, Miss Blacklock?

— A porta se abriu...

— Qual porta? Há duas na sala.

— Ah, esta porta aqui. A que está na outra sala não abre. É falsa. Ela se abriu e lá estava ele, um homem mascarado com um revólver. Falando assim parece fantástico demais, mas é claro que na hora apenas pensei que era uma brincadeira boba. Ele disse algo, esqueci o que era...

— Mãos ao alto ou atiro! — disse Miss Bunner, dramaticamente.

— Algo assim — disse Miss Blacklock, um tanto duvidosa.

— E todos vocês levantaram as mãos?

— Ah, *sim* — respondeu Miss Bunner. — Todos nós. Digo, era *parte* da coisa.

— Eu não fiz isso — falou Miss Blacklock, secamente. — Parecia totalmente bobo. E estava incomodada com a coisa toda.

— E então?

— A lanterna estava bem nos meus olhos. Isso me desnorteou. E então, incrivelmente, ouvi uma bala passar zunindo por mim e atingir a parede perto da minha cabeça. Alguém gritou, senti uma dor ardente no ouvido e escutei o segundo tiro.

— Foi *assustador* — acrescentou Miss Bunner.

— E o que aconteceu depois, Miss Blacklock?

— É difícil dizer. Fiquei tão pasma com a dor e a surpresa. A... a figura se virou e pareceu tropeçar, e então houve outro tiro, sua lanterna se apagou e todos começaram a se empurrar e a gritar. Uns se batendo nos outros.

— Onde a senhora estava, Miss Blacklock?

— Ela estava perto da mesa. Ela estava com aquele vaso de violetas nas mãos — disse Miss Bunner, sem fôlego.

— Eu estava aqui. — Miss Blacklock foi até a pequena mesa perto da arcada. — Na verdade, era a caixa de cigarros que eu tinha na mão.

O Inspetor Craddock examinou a parede atrás dela. Os dois buracos de bala estavam bem visíveis. As próprias balas foram extraídas e enviadas para comparação com o revólver.

· CONVITE PARA UM HOMICÍDIO ·

— A senhora escapou por pouco, Miss Blacklock — disse, baixinho.

— Ele *atirou* nela — disse Miss Bunner. — Deliberadamente nela! Eu o vi. Ele virou a lanterna contra todos até que a encontrou, e então ele mirou bem contra ela e simplesmente atirou nela. Ele pretendia matar *você*, Letty.

— Dora, querida, você apenas colocou isso na sua cabeça de tanto ficar remoendo a coisa toda.

— Ele atirou *em você* — Dora repetiu com teimosia. — Ele pretendia atirar em você e quando errou, atirou em si mesmo. Estou *certa* de que foi assim!

— Não acredito nem por um segundo que ele pretendesse atirar em si mesmo — disse Miss Blacklock. — Ele não era o tipo de homem que se mata.

— Está me dizendo, Miss Blacklock, que até que o revólver fosse disparado, a senhora pensou que a coisa toda fosse uma brincadeira?

— Naturalmente. O que mais eu poderia pensar que fosse?

— Quem a senhora crê ter sido o autor dessa brincadeira?

— Na hora, você pensou que tinha sido Patrick — lembrou Dora Bunner.

— Patrick? — perguntou o inspetor, seco.

— Meu primo mais jovem, Patrick Simmons — Miss Blacklock continuou, secamente, incomodada com sua amiga. — Me ocorreu quando vi o anúncio que poderia ter sido uma tentativa de humor de sua parte, mas ele negou totalmente.

— E então você ficou preocupada, Letty — disse Miss Bunner. — Você *estava* preocupada, ainda que fingisse não estar. E você estava bastante certa em ter ficado. Um assassinato é anunciado, e ele foi anunciado, o *seu* assassinato! E se o homem não tivesse errado, você teria sido assassinada. E então, onde estaríamos todos?

Dora Bunner tremia enquanto falava. Seu rosto estava enrugado e ela parecia que ia chorar.

Miss Blacklock deu-lhe um tapinha num dos ombros.

— Está tudo bem, Dora querida, não fique agitada. Faz mal para você. Está tudo bem. Nós tivemos uma experiência horrível, mas já acabou agora — completou. — Você precisa se controlar, Dora, faça isso por mim. Sabe bem que dependo de você para manter a casa. Hoje não é o dia em que a roupa vem da lavanderia?

— Ah, minha nossa, Letty, que *sorte* você ter me lembrado! Me pergunto se eles devolverão a fronha extraviada. Preciso colocar uma nota no livro a respeito disso. Vou lá ver isso agora mesmo.

— E leve embora essas violetas — disse Miss Blacklock. — Não há coisa que eu odeie mais do que flores mortas.

— Que pena. Eu as colhi frescas ainda ontem. Elas não duraram um dia sequer. Ah, céus, devo ter me esquecido de colocar água no vaso. Imagine só! Estou sempre me esquecendo das coisas. Agora preciso ir ver como está a roupa lavada. Eles podem chegar a qualquer momento.

Ela saiu apressada, parecendo muito feliz novamente.

— Ela não é muito forte — disse Miss Blacklock. — E a excitação faz mal para ela. Quer saber mais alguma coisa, inspetor?

— Eu só quero saber exatamente quantas pessoas compõem sua casa aqui e algo sobre elas.

— Sim, além de mim e Dora Bunner, tenho dois primos jovens morando aqui no momento, Patrick e Julia Simmons.

— Prima e primo? Não são sobrinho e sobrinha?

— Não. Eles me chamam de tia Letty, mas, na verdade, são primos distantes. A mãe deles era minha prima em segundo grau.

— Eles sempre moraram com a senhora?

— Ah, querido, não, apenas nos últimos dois meses. Eles viviam no sul da França antes da guerra. Patrick foi para a Marinha e Julia, creio eu, estava em um dos ministérios. Ela estava em Llandudno. Quando a guerra acabou, a mãe deles me escreveu perguntando se eles poderiam ficar comigo como hóspedes pagantes. Julia está treinando para ser enfermeira

· CONVITE PARA UM HOMICÍDIO ·

59

no Hospital Geral de Milchester, Patrick está estudando engenharia na Universidade de Milchester. Milchester, como o senhor sabe, fica a apenas cinquenta minutos de ônibus, e fiquei muito feliz por tê-los aqui. Esta casa é muito grande para mim. Eles pagam uma pequena quantia para alimentação e hospedagem e tudo funciona muito bem. — Acrescentou com um sorriso: — Gosto de ter alguém jovem neste lugar.

— E há também uma Mrs. Haymes, creio.

— Sim. Ela trabalha como jardineira assistente no Dayas Hall, casa de Mrs. Lucas. O chalé de lá está ocupado pelo velho jardineiro e sua esposa, e Mrs. Lucas perguntou se eu poderia alojá-la aqui. Ela é uma garota muito gentil. O marido morreu na Itália, e ela tem um filho de 8 anos que está em uma escola preparatória. Providenciei para que ficasse aqui nas férias.

— E quanto aos empregados domésticos?

— Um jardineiro assistente vem às terças e sextas-feiras. Mrs. Huggins, da aldeia, vem cinco manhãs por semana, e eu tenho uma refugiada estrangeira com um nome impronunciável trabalhando como uma espécie de ajudante de cozinha. Você verá que Mitzi é um tanto difícil, infelizmente. Ela tem uma espécie de mania de perseguição.

Craddock assentiu. Estava resgatando em sua própria mente mais um dos comentários inestimáveis do Policial Legg. Depois de anexar a palavra "doida" a Dora Bunner, e "tudo certo" a Letitia Blacklock, ele embelezou o registro de Mitzi com a palavra "mentirosa".

Como se ela tivesse lido sua mente, Miss Blacklock disse:

— Por favor, não seja muito preconceituoso com a pobrezinha porque ela é uma mentirosa. Eu realmente acredito que, como muitos mentirosos, há um real substrato de verdade por trás de suas mentiras. Quero dizer que, embora, para dar um exemplo, suas histórias sobre atrocidades tenham crescido e crescido até o ponto em que todo tipo de história desagradável que aparece na imprensa já aconteceu com ela ou seus parentes, ela teve um trauma inicial e viu ao menos um de seus familiares serem mortos. Creio que muitas dessas pessoas deslocadas sentem, talvez com justiça, que seu clamor por nossa atenção e simpatia depende do tamanho da atrocidade e, por isso, elas exageram e inventam. — E acrescentou: — Sinceramente, Mitzi é uma pessoa de enlouquecer. Ela exaspera e enfurece todos nós, é desconfiada e mal-humorada, está sempre ficando *emocionada* e se julgando insultada. Mas, apesar de tudo, eu realmente sinto muito por ela. — Ela sorriu. — E também, quando ela quer, sabe cozinhar muito bem.

— Vou tentar não irritá-la mais do que o necessário — disse Craddock, com simpatia. — Foi Miss Julia Simmons quem abriu a porta para mim?

— Sim. O senhor gostaria de vê-la agora? Patrick saiu. Você encontrará Phillipa Haymes trabalhando em Dayas Hall.

— Obrigado, Miss Blacklock. Eu gostaria de ver Miss Simmons agora, se puder.

Capítulo 6

Julia, Mitzi e Patrick

Ao entrar na sala e se sentar na cadeira onde estivera Letitia Blacklock, Julia tinha um ar de imponência que Craddock, por algum motivo, achou irritante. Ela fixou um olhar límpido nele e esperou por suas perguntas. Miss Blacklock havia saído sutilmente da sala.

— Por favor, conte-me sobre a noite passada, Miss Simmons.

— Ontem à noite? — murmurou com um olhar vazio. — Ah, todos nós dormimos feito pedras. Uma reação, suponho.

— Quero dizer, ontem à noite a partir das dezoito horas.

— Ah, compreendo. Bem, veio um monte de gente cansativa...

— Era mesmo?

Ela lançou-lhe outro olhar límpido.

— O senhor já não sabe de tudo isso?

— Eu faço as perguntas, Miss Simmons — disse Craddock, agradável.

— Mil perdões. Sempre acho as repetições muito enfadonhas. Pelo visto, o senhor não... Bem, havia o coronel e Mrs. Easterbrook, Miss Hinchcliffe e Miss Murgatroyd, Mrs. Swettenham e Edmund Swettenham, e Mrs. Harmon, a esposa do vigário. Eles chegaram nessa ordem. E se o senhor quiser saber o que eles disseram, todos disseram a mesma coisa: "Vejo que ligaram o aquecimento central" e "Que lindos crisântemos!".

Craddock mordeu o lábio. Ela fazia uma boa imitação.

— A exceção foi Mrs. Harmon. Ela é um amor. Entrou com o chapéu caindo e os cadarços desamarrados e perguntou na hora quando o assassinato iria acontecer. Envergonhou a todos, pois os visitantes fingiram que tinham aparecido por acaso. Tia Letty disse, com seu jeito seco, que isso aconteceria muito em breve. E então aquele relógio bateu e assim que terminou, as luzes se apagaram, a porta foi aberta e uma figura mascarada disse: "Mãos para cima, pessoal" ou algo parecido. Foi exatamente como um filme ruim. Bastante ridículo, realmente. E então ele disparou dois tiros na tia Letty e, de repente, não era mais ridículo.

— Onde estava todo mundo quando isso aconteceu?

— Quando as luzes se apagaram? Bem, estavam só parados ao redor, você sabe. Mrs. Harmon estava sentada no sofá. Hinch (essa é Miss Hinchcliffe) tinha assumido uma postura enérgica em frente à lareira.

— Vocês estavam todos nesta sala ou na outra?

— A maioria, acho, nesta sala. Patrick havia entrado na outra para pegar o xerez. Acho que o Coronel Easterbrook foi atrás dele, mas eu realmente não sei. Estávamos, bem, como disse, apenas parados.

— Onde você estava?

— Acho que estava perto da janela. Tia Letty foi buscar os cigarros.

— Naquela mesa perto da arcada?

— Sim, e então as luzes se apagaram e o filme ruim começou.

— O homem tinha uma lanterna poderosa. O que ele fez com isso?

— Bem, ele jogou a luz sobre nós. Terrivelmente atordoante. A gente só conseguia piscar.

— Quero que responda com muito cuidado, Miss Simmons. Ele segurou a lanterna com firmeza ou ele a moveu ao redor?

Julia pensou a respeito. Sua atitude agora estava definitivamente menos cansada.

— Ele a moveu — disse ela, lentamente. — Como um holofote em um salão de dança. Estava direto nos meus olhos, então percorreu a sala e depois vieram os tiros. Dois tiros.

— E então?

— Ele se movimentou ao redor, e Mitzi começou a gritar feito uma sirene em algum lugar, e sua lanterna se apagou e houve outro tiro. E então a porta se fechou. Ela fecha devagar, sabe, com um barulho de ganido, bastante estranho, e lá estávamos todos nós no escuro, sem saber o que fazer, e a pobre Bunny gritando feito um coelho e Mitzi correndo pelo salão.

— Você acredita que o homem atirou em si mesmo, deliberadamente, ou que ele tropeçou e o revólver disparou por acidente?

— Não faço a menor ideia. A coisa toda era tão teatral. Na verdade, eu acreditava que ainda era uma piada boba, até que vi o sangue na orelha de Letty. Mas, mesmo se quisesse realmente disparar um revólver para tornar a coisa mais real, a pessoa teria o cuidado de disparar bem acima da cabeça de alguém, não é?

— Sim, de fato. Acha que ele podia ver claramente em quem estava atirando? Quero dizer, Miss Blacklock foi claramente mirada pela luz da lanterna?

— Não faço ideia. Eu não estava olhando para ela. Eu estava olhando para o homem.

— O que estou querendo dizer é: você acha que o homem estava apontando deliberadamente para ela; para ela em particular, digo?

Julia parecia um pouco assustada com a ideia.

— Você quer dizer escolhendo deliberadamente a tia Letty? Ah, eu não teria pensado nisso... Afinal, se ele quisesse acertar tia Letty, haveria diversas oportunidades mais adequadas. Não faria sentido reunir todos os amigos e vizinhos só para dificultar as coisas. Ele poderia ter atirado nela por trás de uma cerca viva, à boa moda irlandesa, a qualquer hora do dia, e provavelmente se safaria disso.

64   · AGATHA CHRISTIE ·

E isso, pensou Craddock, foi uma resposta muito completa à sugestão de Dora Bunner de um ataque deliberado a Letitia Blacklock.

— Obrigado, Miss Simmons — disse, com um suspiro. — É melhor eu ir ver Mitzi agora.

— Cuidado com as garras dela — avisou Julia. — Ela é uma selvagem!

Craddock, desta vez com Fletcher presente, encontrou Mitzi na cozinha. Ela abria a massa de torta e ergueu os olhos com desconfiança quando ele entrou.

Seu cabelo preto caía sobre os olhos; ela parecia mal-humorada, e o suéter roxo e a saia verde brilhante que usava não combinavam com sua pele pálida.

— O que quer na minha cozinha, senhor polícia? O senhor *ser* polícia, não? Sempre, sempre há perseguição! Eu deveria estar acostumada com isso agora. Dizem que é diferente aqui na Inglaterra, mas não, é a mesma coisa. Você veio para me torturar, sim, para me fazer dizer coisas, mas eu não direi coisa alguma. Você vai arrancar minhas unhas e colocar fósforos acesos na minha pele, ah, sim, e pior do que isso. Mas eu não vou falar, está ouvindo? Não direi nada, absolutamente nada. E você vai me mandar embora para um campo de concentração.

Craddock olhou para ela pensativo, decidindo qual, provavelmente, seria o melhor método de ataque. Finalmente, suspirou e disse:

— Ok, então, pegue seu chapéu e casaco.

— O que você disse? — Mitzi pareceu assustada.

— Pegue seu chapéu e casaco e venha. Eu não tenho meu aparelho de puxar as unhas e o resto dos brinquedos aqui comigo. Mantemos tudo isso na delegacia. Tem as algemas à mão, Fletcher?

— Senhor! — disse o Sargento Fletcher, com apreço.

— Mas eu não *querer* ir — gritou Mitzi, afastando-se dele.

— Então você responderá a perguntas civilizadas de modo civilizado. Se quiser, pode ter um advogado presente.

— Um advogado? Eu não gosto de advogado. Eu não quero um advogado.

Ela largou o rolo de massa, limpou as mãos em um pano e se sentou.

— O que quer saber? — perguntou, mal-humorada.

— Quero seu relato do que aconteceu aqui ontem à noite.

— Você *saber* muito bem o que aconteceu.

— Eu quero seu relato sobre isso.

— Eu *tentar* ir embora. Ela disse isso? Quando vi no jornal falando sobre assassinato. Eu *querer* ir embora. Ela não *deixar*. Ela *ser* muito dura, nem um pouco simpática. Ela me *fazer* ficar. Mas eu *saber*, eu *saber* o que aconteceria. Eu *saber* que deveria ser assassinada.

— Bem, você não foi assassinada, foi?

— Não — admitiu Mitzi, de má vontade.

— Agora vamos, me diga o que aconteceu.

— Eu *estar* nervosa. Ah, eu *estar* nervosa. Toda aquela noite. Eu *ouvir* coisas. Pessoas se movendo. Uma vez acho que alguém está no corredor se movendo furtivamente, mas é apenas aquela Mrs. Haymes entrando pela porta lateral (para não sujar os degraus da frente, diz. Ela se preocupa muito!). Ela mesma *ser* nazista, com seus cabelos loiros e olhos azuis, tão superior e olhando para mim e pensando que eu... que sou apenas sujeira...

— Esqueça Mrs. Haymes.

— Quem ela pensa que é? Ela teve uma educação universitária cara como a minha? Ela *ser* formada em economia? Não, ela *ser* apenas uma trabalhadora paga. Ela *cavar* e *cortar* grama e *receber* muito dinheiro todos os sábados. Quem é ela para se chamar de senhora?

— Mrs. Haymes não importa, já disse. Continue.

— Eu *levar* o xerez, os copos e os docinhos que fiz tão gostosos para a sala. Então a campainha *tocar* e eu *atender* o porta. Várias vezes eu *atender* o porta. É degradante, mas faço. E então eu *voltar* para a despensa e *começar* a polir a prata, e acho que vai ser muito útil, porque se alguém vier me matar, eu tenho ali perto a faca grande, toda afiada.

— Muito cauteloso da sua parte.

— E então, de repente, eu *ouvir* tiros. Eu penso: "Chegou a hora, está acontecendo." Corro pela sala de jantar (a outra porta não abre). Paro um momento para escutar e então vem outro tiro e um grande baque, lá fora no corredor, e giro a maçaneta da porta, mas está trancada do lado de fora. Estou trancada lá como um rato em uma armadilha. E eu enlouqueço de medo. Eu *gritar* e *gritar* e *bater* na porta. E finalmente, finalmente, eles giram a chave e me deixam sair. E então trago velas, muitas velas, e as luzes se acendem e vejo sangue, sangue! *Ach, Gott in Himmel*, o sangue! Não é a primeira vez que vejo sangue. Meu irmão mais novo, eu o *ver* morto diante dos meus olhos, *ver* sangue na rua, pessoas baleadas, morrendo, eu...

— Sim — disse o Inspetor Craddock. — Muito obrigado.

— E agora — disse Mitzi, dramática —, você pode me prender e me levar para a prisão!

— Hoje não — disse o Inspetor Craddock.

Quando Craddock e Fletcher atravessaram o corredor, até a porta da frente, ela se abriu e um jovem alto e bonito quase colidiu com eles.

— Ah, o braço longo da lei! — bradou o jovem.

— Mr. Patrick Simmons?

— Isso mesmo, inspetor. Você é o inspetor, não é, e o outro é o sargento?

— Você está certo, Mr. Simmons. Posso ter uma palavrinha com o senhor, por favor?

— Eu sou inocente, inspetor. Eu juro que sou inocente.

— Vamos lá, Mr. Simmons, não banque o idiota. Tenho muitas outras pessoas para ver e não quero perder tempo. O que é esta sala? Podemos entrar aqui?

· CONVITE PARA UM HOMICÍDIO ·

— É a assim chamada sala de estudos, mas ninguém estuda.

— Disseram-me que o senhor estava estudando? — perguntou Craddock.

— Descobri que não conseguia me concentrar em matemática, então voltei para casa.

De maneira profissional, o Inspetor Craddock exigiu nome completo, idade e detalhes do serviço de guerra.

— E agora, Mr. Simmons, pode descrever o que aconteceu ontem à noite?

— Matamos um boi gordo, inspetor. Ou seja, Mitzi começou a fazer seus confeitos deliciosos, tia Letty abriu uma garrafa nova de xerez...

Craddock o interrompeu.

— Uma nova garrafa? Havia uma antiga?

— Sim. Pela metade. Mas tia Letty pareceu não gostar.

— Ela estava nervosa, então?

— Ah, realmente, não. Ela é extremamente sensata. Foi a velha Bunny, eu acho, que colocou coisas na cabeça dela, profetizando um desastre o dia todo.

— Miss Bunner estava definitivamente apreensiva, então?

— Ah, sim, ela se entreteu muito com isso.

— Ela levou o anúncio a sério?

— Isso a assustou.

— Miss Blacklock parece ter pensado, quando leu aquele anúncio pela primeira vez, que você tinha algo a ver com isso. Por quê?

— Ah, claro, eu sou culpado por tudo por aqui!

— Você *não teve* algo a ver com isso, não é, Mr. Simmons?

— Eu? Jamais.

— Você já viu ou falou com esse Rudi Scherz?

— Nunca o vi na vida.

— Mas era o tipo de piada que você poderia ter feito?

— Quem está lhe dizendo isso? Só porque uma vez fiz uma cama de torta de maçã para Bunny e enviei um cartão-postal para Mitzi dizendo que a Gestapo estava no encalço dela...

— Basta me dar seu relato do que aconteceu.

— Eu tinha acabado de entrar na pequena sala de estar para buscar as bebidas quando, *voilá*, as luzes se apagaram. Eu me virei e havia um sujeito parado na porta dizendo: "Levante as mãos", e todo mundo ofegando e gritando. Bem quando eu estava pensando "Será que pode se apressar?", ele começa a disparar um revólver, mas vai ao chão e sua lanterna apaga, e estamos no escuro outra vez. O Coronel Easterbrook então começa a gritar ordens com sua voz de quartel. "Luzes", ele diz, e será que meu isqueiro ia funcionar? Não, não funcionou, como é costume com essas malditas bugigangas.

— Pareceu a você que o intruso mirava deliberadamente em Miss Blacklock?

— Ah, como eu poderia saber? Devo dizer que ele apenas disparou o revólver por diversão, e então descobriu, talvez, que tinha ido longe demais.

— E atirou em si mesmo?

— Pode ter sido. Quando eu vi o rosto dele, pareceu o tipo de ladrãozinho manhoso que pode facilmente perder a coragem.

— E você tem certeza de que não o tinha visto antes?

— Nunca.

— Obrigado, Mr. Simmons. Vou entrevistar as outras pessoas que estiveram aqui ontem à noite. Qual seria a melhor ordem para fazê-lo?

— Bem, nossa Phillipa, Mrs. Haymes, trabalha no Dayas Hall. Os portões dali são quase opostos a este portão. Depois disso, qualquer um dirá que os Swettenham são os mais próximos.

Capítulo 7

Entre os que
estavam presentes

Dayas Hall havia sofrido durante os anos de guerra. A grama crescia com entusiasmo sobre o que antes havia sido um canteiro de aspargos, como evidenciado por alguns tufos ondulantes de folhagem do vegetal. Cardo-morto, trepadeiras e outras pragas de jardim mostravam todos os sinais de um crescimento vigoroso.

Uma parte da horta dava sinais de ter se sujeitado à disciplina, e ali Craddock encontrou um velho de aparência azeda apoiado pensativo em uma pá.

— É Mrs. Haymes que o senhor procura? Não sei dizer onde encontrá-la. Ela tem as próprias ideias sobre o que fazer, tem sim. Não aceita conselhos. Eu poderia mostrar para ela, de boa vontade, mas de que serviria? Essas jovens não nos escutam. Acham que sabem tudo só porque vestiram calças e foram dar uma volta no trator. Mas o que se precisa aqui é de *jardinagem*. E isso não se aprende em um dia. *Jardinagem*, é disso que este lugar precisa.

— Parece que precisa mesmo — disse Craddock.

O velho decidiu levar esse comentário como uma calúnia.

— Olhe aqui, meu senhor, o que acha que posso fazer com um lugar deste tamanho? Três homens e um menino, era o que costumava ser. E é isso de que ele precisa. Não há muitos homens que possam trabalhar nisso tanto quanto eu. Às vezes, fico até as oito da noite. Oito da noite.

— Com o que você trabalha? Uma lamparina a óleo?

— É claro que não me refiro a essa época do ano. É claro. Estou falando das noites de verão.

— Ah — disse Craddock. — É melhor eu ir procurar Mrs. Haymes.

O homem abrutalhado mostrou algum interesse.

— O que está querendo com ela? É da polícia, não é? Ela está com problemas, ou foi pelo que aconteceu em Little Paddocks? Homens mascarados e armados invadindo e ameaçando uma sala cheia de pessoas com um revólver. Esse tipo de coisa não teria acontecido antes da guerra. Desertores, é isso. Homens desesperados vagando pelo campo. Por que os militares não os cercam?

— Não tenho ideia — disse Craddock. — Suponho que esse assalto foi assunto de muita conversa?

— Foi mesmo. Onde vamos parar? É como disse o Ned Barker: "É o que dá irem tanto ao cinema." Mas Tom Riley acha que é porque deixam esses estrangeiros correndo soltos por aí. E ele disse que aquela garota que cozinha lá para Miss Blacklock, e que tem um temperamento desagradável... *Ela* está metida nisso, pode apostar, ele falou. Ela é comunista ou então coisa pior, ele falou, e não gostamos desses tipos por aqui. E a Marlene, que cuida do bar, sabe, ela acha que deve ter algo muito valioso na casa de Miss Blacklock. Não que a gente fique pensando nisso, ela me disse, pois tenho certeza de que Miss Blacklock é uma pessoa tão simples quanto se pode ser, exceto por aqueles grandes colares de pérolas falsas que ela usa. E então ela disse, talvez as pérolas dela sejam *reais*, e a Florrie, que é filha do velho Bellamy, falou: "Bobagem, bijuterias, é isso o que são, bijuterias." Bijuterias, essa é uma ótima maneira de chamar uma gargantilha de pérolas falsas. Pérolas romanas, é como o pessoal da nobreza costumava chamá-las, e diamantes parisienses, minha esposa era empregada doméstica e eu sei. Mas tudo isso significa que são só vidro! Suponho que sejam "joias de fantasia" que a jovem Miss Simmons usa... folhas de hera dourada, cãezinhos e coisas do gênero. Quase não se vê mais ouro de verdade hoje em dia, até as alianças de casamento são feitas dessa tal de platina. Uma porcaria, é o que eu digo.

O velho Ashe parou para respirar, e então continuou:

— Miss Blacklock não guarda muito dinheiro na casa, isso eu sei, o Jim Huggins disse. Ele deve saber, pois é a esposa dele que sobe lá e trabalha para eles em Little Paddocks. Ela é uma mulher que sabe a maior parte do que está acontecendo. Uma intrometida, na minha opinião.

— Ele falou qual era a opinião de Mrs. Huggins?

— Que Mitzi está envolvida nisso, é o que ela pensa. Ela tem um temperamento horrível, e os ares que ela se dá! Chamou Mrs. Huggins de serviçal na cara dela na outra manhã.

Craddock parou por um momento, verificando em sua mente ordeira o conteúdo das observações do velho jardineiro. Isso deu a ele uma boa visão da opinião rural em Chipping Cleghorn, mas concluiu que não havia algo que o ajudasse em sua tarefa. Ele se virou e o velho o chamou de volta, resmungando:

— Talvez o senhor a encontre no pomar de maçãs. Estou velho demais para ficar colhendo maçãs.

E, de fato, Craddock encontrou Phillipa Haymes no pomar de maçãs. Sua primeira visão foi um par de belas pernas em calças deslizando facilmente pelo tronco de uma árvore. Então Phillipa, com seu rosto corado e seu cabelo loiro despenteado pelos galhos, olhou para ele de uma forma assustada.

"Dava uma boa Rosalinda", Craddock pensou automaticamente, pois o Inspetor Craddock era um entusiasta de Shakespeare e havia desempenhado o papel do melancólico Jaques, com grande sucesso, na performance de *Como gostais* para o orfanato da polícia.

Um momento depois, ele mudou de opinião. Phillipa Haymes era muito rígida para ser Rosalinda, sua beleza e impassividade eram intensamente inglesas, mas do século xx, e não do século xvi. Um inglês bem-educado, sem emoção, sem uma centelha de travessura.

— Bom dia, Mrs. Haymes. Me desculpe se eu a assustei. Sou o Inspetor Craddock, da Polícia de Middleshire. Eu queria trocar uma palavra com a senhora.

— Sobre a noite passada?

— Sim.

— Vai demorar? Devemos...?

Ela olhou em volta com bastante dúvida.

Craddock indicou um tronco de árvore caído.

— Bastante informal — disse ele, agradavelmente —, mas não quero interromper seu trabalho por mais tempo do que o necessário.

— Obrigada.

— É apenas para registro. A senhora chegou do trabalho a que horas ontem à noite?

— Por volta das 17h30. Fiquei mais vinte minutos para terminar de regar a estufa.

— A senhora entrou por qual porta?

— A porta lateral. Uma que atravessa a área dos patos e o galinheiro da entrada. Isso evita que a gente dê voltas e, além disso, evita sujar a varanda da frente. Às vezes, fico num estado bem enlameado.

— A senhora sempre entra por esse caminho?

— Sim.

— A porta estava destrancada?

— Sim. Durante o verão, geralmente fica aberta. Nesta época do ano, está fechada, mas não trancada. Todos nós saímos bastante, assim. Eu a tranquei quando entrei.

— A senhora sempre faz isso?

— Eu tenho feito isso na última semana. Veja, escurece às dezoito horas. Miss Blacklock sai para recolher os patos e as galinhas à noite às vezes, mas em muitos dias ela sai pela porta da cozinha.

— E a senhora tem certeza de que trancou a porta lateral desta vez?

— Eu realmente tenho certeza disso.

— Creio que sim, Mrs. Haymes. E o que a senhora fez quando entrou?

— Tirei meus calçados enlameados, subi as escadas, tomei banho e me troquei. Então desci e descobri que estava acontecendo uma espécie de festa. Eu não sabia coisa alguma sobre esse anúncio engraçado até então.

— Agora, por favor, descreva o que aconteceu quando o assalto aconteceu.

— Bem, as luzes se apagaram de repente...

— Onde a senhora estava?

— Perto da lareira. Estava procurando meu isqueiro que pensei ter deixado lá. As luzes se apagaram, e todos riram. Então a porta foi aberta e este homem apontou uma lanterna para nós, sacou um revólver e nos disse para levantar as mãos.

— E a senhora fez isso?

— Bem, na verdade, não. Achei que era só uma brincadeira e estava cansada, então não pensei que realmente precisava erguê-las.

— Na verdade, a senhora estava entediada com a coisa toda?

— Eu estava, sim. E então o revólver disparou. Os tiros soaram ensurdecedores e fiquei com muito medo. A lanterna girou, caiu e se apagou, e então Mitzi começou a gritar. Parecia um porco sendo morto.

— A senhora ficou atordoada pela lanterna?

— Não, não particularmente. Era bastante forte, no entanto. Ela iluminou Miss Bunner por um momento e ela parecia um fantasma, sabe, toda branca, olhando com a boca aberta e os olhos saindo do rosto.

— O homem moveu a lanterna?

— Ah, sim, ele a moveu por toda a sala.

— Como se ele estivesse procurando por alguém?

— Não em particular, devo dizer.

— E depois disso, Mrs. Haymes?

Phillipa Haymes franziu a testa.

— Ah, foi tudo terrivelmente bagunçado e confuso. Edmund Swettenham e Patrick Simmons acenderam seus isqueiros e saíram para o corredor, nós o seguimos, e alguém abriu a porta da sala de jantar... as luzes não haviam se apagado lá. Edmund Swettenham deu um tapa terrível na bochecha de Mitzi e fez ela parar com seu ataque de gritos, e depois disso não foi tão ruim.

— A senhora viu o corpo do homem morto?

— Sim.

— A senhora o conhecia? Já o tinha visto antes?

— Nunca.

— A senhora tem alguma opinião sobre se a morte dele foi acidental ou acha que ele se matou deliberadamente?

— Não faço a menor ideia.

— A senhora não o viu na primeira vez em que ele veio até a casa?

— Não. Creio que foi no meio da manhã e eu não devia estar lá. Eu fico fora o dia todo.

— Obrigado, Mrs. Haymes. Mais uma coisa. A senhora tem alguma joia valiosa? Anéis, pulseiras, qualquer coisa desse tipo?

Phillipa balançou a cabeça.

— Meu anel de noivado, alguns broches.

— E, pelo que a senhora sabe, não havia algo de valor especial na casa?

— Não. Quero dizer, há um pouco de prata muito bonita, mas nada fora do comum.

— Obrigado, Mrs. Haymes.

Conforme Craddock refazia seus passos pela horta, deu de cara com uma senhora robusta de rosto vermelho, usando um espartilho apertado.

— Bom dia — disse ela, agressiva. — O que quer aqui?

— Mrs. Lucas? Sou o Inspetor Craddock.

— Ah, é isso que você é? Peço seu perdão. Não gosto de estranhos abrindo caminho à força no meu jardim, desperdiçando o tempo dos jardineiros. Mas eu entendo perfeitamente que você tem de cumprir seu dever.

— Exatamente.

— Posso perguntar se devemos esperar uma repetição daquele ultraje ontem à noite na casa da Miss Blacklock? É uma gangue?

— Estamos convictos, Mrs. Lucas, de que não foi obra de uma gangue.

— Existem muitos roubos hoje em dia. A polícia está ficando frouxa. — Craddock não respondeu. — Suponho que você tenha conversado com Phillipa Haymes?

— Eu queria o relato dela como testemunha ocular.

— Você não poderia ter esperado até as treze horas, suponho? Afinal, seria mais justo questioná-la na folga *dela* do que na *minha*...

— Estou ansioso para voltar para a delegacia.

— Não que se possa esperar alguma consideração atualmente. Ou que trabalhem direito por um dia. Chegam atrasados, ficam enrolando por meia hora. Uma pausa para o cafezinho às dez horas. Nenhum trabalho feito no momento em que a chuva começa. Quando a gente quer cortar a grama, sempre tem algo errado com o cortador. E saem do serviço cinco ou dez minutos antes do horário adequado.

— Eu entendi por Mrs. Haymes que ela saiu daqui às 17h20 de ontem, em vez das dezessete horas.

— Ah, atrevo-me a dizer que sim. Seja o que for, Mrs. Haymes gosta muito do próprio trabalho, embora já tenha havido dias em que vim aqui e não consegui encontrá-la em lugar algum. Ela tem berço, é claro, e sentimos que é nosso dever fazer algo por essas pobres jovens viúvas de guerra. Não que não seja bastante inconveniente. Aquelas férias escolares intermináveis, e o acordo foi que ela teria tempo extra de folga durante elas. Falei a ela que hoje em dia existem campos realmente excelentes onde as crianças podem ser enviadas e onde elas se divertem, e se divertem muito mais do que passear com seus pais. Eles praticamente não precisam voltar para casa nas férias de verão.

— Mas Mrs. Haymes não gostou dessa ideia?

— Ela é tão obstinada quanto uma mula, aquela garota. Exatamente a época do ano em que quero que a quadra de tênis seja cortada e marcada quase todos os dias. O velho Ashe deixa as linhas tortas. Mas minha conveniência nunca é considerada!

— Presumo que Mrs. Haymes receba um salário menor do que o normal?

— Naturalmente. O que mais ela poderia esperar?

— Nada, tenho certeza — disse Craddock. — Bom dia, Mrs. Lucas.

— Foi terrível — disse Mrs. Swettenham, com alegria. — Muito, muito terrível, e o que digo é que eles deveriam ser muito mais cuidadosos com os anúncios que aceitam no escritório da Gazeta. Na época, quando li, achei muito estranho. Eu disse isso, não disse, Edmund?

— A senhora se lembra do que estava fazendo quando as luzes se apagaram, Mrs. Swettenham? — perguntou o inspetor.

— Como isso me lembra minha velha babá! Ela contava esta velha piada: "Onde estava Moisés quando a luz se apagou?" A resposta, claro, era: "No escuro." Assim como nós ontem à noite. Todos parados e se perguntando o que iria acontecer. E então, veja só, a *emoção* quando, de repente, ficou escuro como breu. E a porta se abrindo, apenas uma figura obscura parada ali com um revólver e aquela luz ofuscante e uma voz ameaçadora dizendo "O dinheiro ou a vida!". Ah, nunca gostei tanto de alguma coisa. E então, um minuto depois, claro, tudo era *terrível*. Balas *de verdade*, que passavam *zunindo* por nossos ouvidos! Deve ter sido igual aos combates na guerra.

— Onde a senhora estava na hora, de pé ou sentada, Mrs. Swettenham?

— Deixe-me ver, onde eu estava? Com quem eu estava falando, Edmund?

— Eu realmente não tenho a menor ideia, mãe.

— Era Miss Hinchcliffe para quem eu estava perguntando sobre dar óleo de fígado de bacalhau às galinhas no tempo frio? Ou era para Mrs. Harmon? Não, ela tinha acabado de chegar. Acho que estava dizendo ao Coronel Easterbrook que achava muito perigoso ter uma estação de pesquisa de átomos na Inglaterra. Devia ser em alguma ilha solitária, caso a radiação escape.

— A senhora não se lembra se estava sentada ou em pé?

— Isso realmente importa, inspetor? Eu estava em algum lugar perto da janela ou perto da lareira, porque sei que estava bem perto do relógio quando ele soou. Um momento tão emocionante! Esperando para ver se algo ia acontecer.

— A senhora descreve a luz da lanterna como ofuscante. Estava totalmente voltada para a senhora?

— Estava bem nos meus olhos. Não consegui ver coisa alguma.

— O homem a segurou ou a moveu de uma pessoa para outra?

— Ah, eu realmente não sei. O que ele fez, Edmund?

— Ela se moveu bem devagar sobre todos nós, para ver o que estávamos fazendo, suponho, caso quiséssemos passar correndo por ele.

— E onde exatamente o senhor estava na sala, Mr. Swettenham?

— Estava conversando com Julia Simmons. Nós dois estávamos de pé no meio da sala, a sala comprida.

— Estava todo mundo naquela sala ou havia alguém em outra?

— Phillipa Haymes se mudou para lá, eu acho. Ela estava perto da lareira distante. Acho que ela estava procurando por algo.

— Você tem alguma ideia se o terceiro tiro foi suicídio ou acidente?

— Nenhuma. O homem pareceu dar uma guinada repentina e depois desabar e cair, mas foi tudo muito confuso. Você deve entender que realmente não se conseguia ver coisa alguma. E então aquela garota refugiada começou a botar o lugar abaixo aos berros.

— Eu entendo que foi o senhor quem destrancou a porta da sala de jantar e a deixou sair?

— Sim.

— A porta estava definitivamente trancada por fora?

Edmund olhou para ele com curiosidade.

— Certamente estava. Por que, não está pensando...?

— Só gosto de deixar os fatos bem claros. Obrigado, Mr. Swettenham.

O Inspetor Craddock foi forçado a passar muito tempo com o coronel e Mrs. Easterbrook. Ele precisou escutar uma longa dissertação sobre o aspecto psicológico do caso.

— A abordagem psicológica... é a única possível hoje em dia — explicou o coronel. — Você tem que entender o seu criminoso. Agora, toda a configuração aqui é bastante simples para um homem com a vasta experiência que eu tenho. Por que esse sujeito coloca aquele anúncio? Psicologia. Ele quer fazer propaganda de si mesmo, chamar a atenção para si mesmo. Ele foi preterido, talvez desprezado como estrangeiro pelos outros funcionários do Hotel Spa Royal. Uma garota o recusou, talvez. Ele quer atrair a atenção dela para ele. Quem é o ídolo do cinema hoje em dia... O gângster, o durão? Muito bem, ele será um cara durão. Roubo com violência. Uma máscara? Um revólver? Mas ele quer uma audiência, ele precisa ter uma audiência. Então ele organiza uma audiência. E então, no momento supremo, o papel foge do seu controle... Ele é mais do que um ladrão. Ele é um assassino. Ele atira... às cegas...

O Inspetor Craddock se apegou a uma expressão:

— O senhor diz "às cegas", Coronel Easterbrook. O senhor não achou que ele estava atirando deliberadamente em um objeto em particular, em Miss Blacklock, por exemplo?

— Não, não. Ele simplesmente se perdeu, como disse, às cegas. E foi isso que o trouxe de volta a si mesmo. A bala atingiu alguém... Na verdade, foi apenas um arranhão, mas ele não sabia disso. Ele volta a si com o estrondo. Tudo isso, esse faz de conta a que ele está se entregando, é real. Ele atirou em alguém, talvez tenha matado alguém... Está tudo acabado para ele. E assim, em pânico cego, ele vira o revólver contra si mesmo.

O Coronel Easterbrook fez uma pausa, pigarreou apreensivamente e disse, com uma voz satisfeita:

— Cristalino como água, é isso que é, cristalino como água.

— É realmente espantoso — disse Mrs. Easterbrook. — A maneira como você sabe exatamente o que aconteceu, Archie.

Sua voz estava carregada de admiração.

Craddock também achou espantoso, mas não estava tão carregado de admiração assim.

— Onde exatamente o senhor estava na sala, Coronel Easterbrook, quando a coisa toda do tiroteio aconteceu?

— Eu estava de pé com minha esposa, perto de uma mesa de centro com algumas flores sobre ela.

— Eu segurei seu braço, não foi, Archie, quando aconteceu? Eu estava simplesmente morrendo de medo. Eu só precisava me agarrar a você.

— Pobre gatinha — disse o coronel, jocoso.

Depois de uma longa procura, o inspetor encontrou Miss Hinchcliffe em um chiqueiro.

— Boas criaturas, porcos — disse Miss Hinchcliffe, coçando as costas rosadas e enrugadas. — Ele está indo bem, não está? Vai dar um bom bacon na época do Natal. Bem, sobre o que quer conversar comigo? Eu disse à sua gente na noite passada que não tinha a menor ideia de quem era o homem. Nunca o vi bisbilhotando em lugar algum na vizinhança ou qualquer coisa desse tipo. Nossa Mrs. Mopp disse que ele veio de um dos grandes hotéis em Medenham Wells. Por que não pegou alguém de lá, se queria tanto? Daria muito mais lucro.

Isso era inegável. Craddock prosseguiu com suas investigações.

— Onde a senhora estava exatamente quando o incidente aconteceu?

— Incidente! Isso me lembra meus dias trabalhando com precauções de ataques aéreos. Vi alguns incidentes então, posso dizer. Onde eu estava quando o tiroteio começou? É isso que quer saber?

— Sim.

— Inclinada contra a lareira, pedindo a Deus que alguém me oferecesse uma bebida logo de uma vez — respondeu Miss Hinchcliffe, prontamente.

— Acha que os tiros foram disparados às cegas ou direcionados, com cuidado, para uma pessoa em particular?

— Você quer dizer mirar em Letty Blacklock? Como diabos vou saber? É muito difícil entender quais foram nossas impressões reais ou o que realmente aconteceu depois que tudo acabou. Tudo o que sei é que as luzes se apagaram e aquela lanterna girou, cegando todos nós. Então os tiros foram disparados e pensei comigo mesma: "Se aquele jovem idiota do Patrick Simmons está fazendo piada com um revólver carregado, alguém vai se machucar."

— A senhora pensou que fosse Patrick Simmons?

— Bem, parecia possível. Edmund Swettenham é intelectual, escreve livros e não liga para brincadeiras. O velho coronel Easterbrook não acharia esse tipo de coisa engraçada. Mas Patrick é um menino selvagem. No entanto, pedi desculpas a ele por ter pensado isso.

— Sua amiga achou que poderia ser Patrick Simmons?

— Murgatroyd? É melhor você mesmo falar com ela. Não que você vá tirar algum juízo dela. Ela está no pomar. Posso chamá-la, se quiser.

Miss Hinchcliffe ergueu sua voz estrondosa em um berro poderoso:

— Olá, Murgatroyd...

— Indo... — ecoou de volta um grito fino.

— Rápido, é a políííííícia — berrou novamente.

Miss Murgatroyd chegou num trote rápido, sem fôlego. Sua saia estava baixa na bainha e seu cabelo estava escapando de uma rede de cabelo inadequada. Seu rosto redondo e bem-humorado estava radiante.

— É a Scotland Yard? — perguntou, ofegante. — Não fazia ideia. Ou não teria saído da casa.

— Ainda não ligamos para a Scotland Yard, Miss Murgatroyd. Sou o Inspetor Craddock, de Milchester.

— Bem, isso é muito bom, tenho certeza — disse Miss Murgatroyd, indecisa. — Você encontrou alguma pista?

— Onde estava na hora do crime, é isso que ele quer saber, Murgatroyd — disse Miss Hinchcliffe.

Ela piscou para Craddock.

— Ah, querida — ofegou Miss Murgatroyd. — É claro. Eu deveria ter me preparado. *Álibis*, é claro. Agora, deixe-me ver, apenas estava com os demais.

— Você não estava comigo — disse Miss Hinchcliffe.

— Ah, céus, Hinch, eu não estava? Não, claro, eu estava admirando os crisântemos. Uns exemplares muito pobres, sinceramente. E então tudo aconteceu... Só que eu realmente não sabia o que tinha acontecido, quero dizer, eu não sabia que algo assim tinha acontecido. Não imaginei, nem por um momento, que fosse um revólver de verdade, é tudo tão estranho no escuro, e aqueles gritos horríveis. Eu entendi tudo errado, sabe. Achei que ela estava sendo assassinada... Digo, a garota refugiada. Achei que ela estava tendo a garganta cortada em algum lugar do corredor. Eu não sabia que era ele...

Quer dizer, eu nem sabia que havia um homem. Na verdade, era apenas uma voz, sabe, dizendo: "Erga as mãos, por favor."

— "Mãos ao alto!" — corrigiu Miss Hinchcliffe. — E não houve "por favor" algum nisso!

— É tão terrível pensar que, até aquela garota começar a gritar, eu estava realmente me divertindo. Só era muito estranho estar no escuro, e levei um pisão no pé. Era uma agonia. Há algo mais que queira saber, inspetor?

— Não — disse Craddock, olhando para Miss Murgatroyd, de modo especulativo. — Realmente não acho que haja.

Sua amiga deu uma risada curta.

— Ele já fichou você, Murgatroyd.

— Posso garantir, Hinch — disse Miss Murgatroyd —, que estou muito disposta a dizer tudo o que puder.

— Ele não vai querer isso — disse Miss Hinchcliffe.

Ela olhou para o inspetor.

— Se está fazendo isso geograficamente, suponho que irá para a casa do vigário em seguida. Você pode conseguir algo lá. Mrs. Harmon é tão vazia quanto parece, mas às vezes acho que ela tem cérebro. De qualquer forma, alguma coisa ela tem na cabeça.

Enquanto observavam o inspetor e o Sargento Fletcher afastando-se, Amy Murgatroyd disse sem fôlego:

— Ah, Hinch, eu fui muito horrível? Eu fico tão nervosa!

— Nem um pouco. — Miss Hinchcliffe sorriu. — No geral, devo dizer que você se saiu muito bem.

O Inspetor Craddock olhou em volta da grande sala em mau estado com uma sensação de prazer. Isso o lembrou um pouco de sua própria casa em Cumberland. Chita desbotada, cadeiras grandes surradas, flores e livros espalhados e um Cocker Spaniel em um cesto. Mrs. Harmon, com seu ar perturbado, sua desordem geral e seu rosto ansioso, ele também achou simpática.

Mas ela foi logo dizendo, com franqueza:

— Não vou ser de qualquer ajuda para você. Porque fechei meus olhos. Eu odeio ser cegada. E então houve tiros e eu os apertei mais forte do que nunca. E queria, ah, queria mesmo, que tivesse sido um assassinato *silencioso*. Eu não gosto de barulhos altos.

— Então a senhora não viu nada. — O inspetor sorriu para ela. — Mas a senhora escutou...

— Ah, meu Deus, sim, havia muito para se escutar. Portas se abrindo e fechando, pessoas falando coisas bobas e ofegando, a Mitzi gritando feito uma locomotiva... e a pobre Bunny gritando como um coelho preso. E todo mundo empurrando e caindo sobre todo mundo. No entanto, quando realmente não parecia haver mais estrondos, abri os olhos. Todo mundo estava no corredor, com velas. E então as luzes se acenderam e, de repente, tudo estava como de costume, não quero dizer realmente como de costume, mas éramos nós mesmos de novo, não apenas... pessoas no escuro. Pessoas no escuro são bem diferentes, não são?

— Acho que entendo o que quer dizer, Mrs. Harmon.

Mrs. Harmon sorriu para ele.

— E lá estava ele — disse ela. — Um estrangeiro com aparência de fuinha, todo rosado e surpreso, caído morto, com um revólver ao lado dele. Não... ah, não parecia fazer sentido, de modo algum.

Tampouco fazia sentido para o inspetor.

A coisa toda o incomodava.

Capítulo 8

Miss Marple entra em cena

Craddock entregou a transcrição datilografada das várias entrevistas ao chefe da polícia. Este tinha acabado de ler o telegrama recebido da polícia suíça.

— Então, ele tinha ficha policial, sim — disse Rydesdale. — Uhm, mais ou menos como imaginávamos.

— Sim, senhor.

— Joias... uhm, sim... falsificações de documentos... sim... confere.... Definitivamente, um sujeito desonesto.

— Sim, senhor, tudo coisa pequena.

— Exatamente. E coisas pequenas levam a coisas grandes.

— É o que imagino, senhor.

O chefe da polícia ergueu o olhar.

— Preocupado, Craddock?

— Sim, senhor.

— Por quê? É uma história simples. Ou não é? Vamos ver o que todas essas pessoas com quem você conversou têm a dizer.

Ele puxou o relatório e leu-o rapidamente.

— O normal, muitas inconsistências e contradições. Os relatos de diferentes pessoas sobre alguns momentos de estresse nunca combinam. Mas a cena toda parece clara o bastante.

— Eu sei, senhor, mas é uma cena insatisfatória. Se sabe o que quero dizer, é... é a cena errada.

— Bem, vamos aos fatos. Rudi Scherz pegou o ônibus das 17h20 de Medenham para Chipping Cleghorn, chegando lá às dezoito horas. O condutor e dois passageiros confirmam. Do ponto de ônibus, ele se afastou na direção de Little Paddocks. Ele entrou na casa sem encontrar dificuldade alguma, provavelmente, pela porta da frente. Ele manteve o pessoal sob a mira de um revólver e disparou dois tiros, um dos quais feriu levemente Miss Blacklock. Depois se matou com um terceiro tiro, acidental ou deliberado, não há evidências suficientes para confirmar. As razões pelas quais ele fez tudo isso são profundamente insatisfatórias, concordo. Mas o *porquê* não é realmente uma pergunta que nos cabe responder. A análise de um legista pode confirmar isso como suicídio ou morte acidental. Seja qual for o veredito, é o mesmo, no que nos diz respeito. Podemos dar por encerrado.

— Você quer dizer que sempre podemos recorrer à psicologia do Coronel Easterbrook — disse Craddock, com tristeza.

Rydesdale sorriu.

— Afinal, o coronel provavelmente tem uma boa cota de experiência — disse ele. — Estou muito cansado do jargão psicológico que é usado de modo tão leviano em tudo hoje em dia, mas não podemos realmente descartá-lo.

— Ainda sinto que a cena está toda errada, senhor.

— Algum motivo para acreditar que alguém na reunião de Chipping Cleghorn tenha mentido para você?

Craddock hesitou.

— Acho que a garota estrangeira sabe mais do que deixa transparecer. Mas isso pode ser apenas preconceito da minha parte.

— Você acha que ela pode ter estado nisso com esse cara? Ter deixado ele entrar em casa? Colocado ele nisso?

— Algo do gênero. Eu não a descartaria. Mas isso indicaria que realmente havia algo valioso na casa, dinheiro ou joias, e não parece ter sido o caso. Miss Blacklock negou enfaticamente. Os outros também. Isso nos deixa com a suposição de que havia algo valioso na casa que ninguém sabia...

— Um enredo bem novelesco.

— Eu concordo que é ridículo, senhor. O único outro ponto é a certeza de Miss Bunner de que foi uma tentativa de Scherz de assassinar Miss Blacklock.

— Bem, pelo que você disse, e pela declaração dela, essa Miss Bunner...

— Ah, concordo, senhor — disse Craddock, rapidamente. — Ela é uma testemunha totalmente duvidosa. Altamente sugestionável. Qualquer um poderia colocar uma coisa na cabeça dela, mas o interessante é que essa teoria é totalmente dela, ninguém sugeriu a ela. Todo mundo nega isso. Pela primeira vez, ela não está nadando com a maré. Definitivamente, é a própria impressão dela.

— E por que Rudi Scherz ia querer matar Miss Blacklock?

— Aí está, senhor. Não sei. Miss Blacklock não sabe, a menos que ela seja uma mentirosa muito melhor do que imagino. Ninguém sabe. Então, presumivelmente, não é verdade.

Ele suspirou.

— Anime-se, Craddock — disse o chefe de polícia. — Vou levar você para almoçar com Sir Henry e eu. O melhor que o Hotel Spa Royal em Medenham Wells pode oferecer.

— Obrigado, senhor. — Craddock pareceu ligeiramente surpreso.

— Sabe, recebemos uma carta... — interrompeu-se, quando Sir Henry Clithering entrou na sala. — Ah, aí está você, Henry.

Sir Henry, desta vez informalmente, disse:

— Bom dia, Dermot.

— Tenho uma coisa para você, Henry — disse o chefe da polícia.

— O que é isso?

— Carta autêntica de uma velhinha. Hospedando-se no Hotel Spa Royal. Algo que ela crê que gostaríamos de saber a respeito desse negócio de Chipping Cleghorn.

— As velhinhas... — disse Sir Henry triunfante. — O que lhe falei? Ao contrário do famoso ditado, elas escutam tudo, enxergam tudo e falam tudo. O que essa, em particular, conseguiu?

Rydesdale consultou a carta.

— Escreve igual a minha velha avó — reclamou. — Rebuscada, feito uma aranha no tinteiro, e tudo sublinhado. Sobre como ela espera que não ocupe nosso valioso tempo, mas que pode ser de alguma ajuda etc. Qual é o nome dela? Jane alguma coisa... Murple, não, Marple, Jane Marple.

— Ah, pelas barbas do profeta — disse Sir Henry. — Não pode ser! George, essa é minha velhinha particular, a inigualável, de quatro estrelas. A maior de todas as vovozinhas. E ela conseguiu de alguma forma estar em Medenham Wells, em vez de estar tranquila em casa em St. Mary Mead, bem na hora certa para se envolver em um assassinato. Mais uma vez, um assassinato é anunciado, para o benefício e prazer de Miss Marple.

— Bem, Henry — disse Rydesdale, com sarcasmo —, ficarei feliz em ver esse seu personagem. Vamos! Almoçaremos no Hotel Spa Royal e entrevistaremos esta senhora. Craddock aqui está parecendo muito cético.

— De forma alguma, senhor — disse o inspetor, educadamente.

Ele pensou consigo mesmo que, às vezes, seu padrinho levava as coisas um pouco longe demais.

Miss Jane Marple estava muito próxima, mas não tanto, de como Craddock a imaginara. Ela parecia mais boazinha do que ele havia pensado e muito mais velha. Ela era realmente muito velha. Tinha cabelos brancos como a neve, rosto rosado e enrugado, olhos azuis muito suaves e inocentes e estava fortemente envolta em lã felpuda. Lã em volta dos ombros na forma de uma manta rendada e lã que ela tricotava e que se revelou um xale de bebê.

Ela sentia um deleite e um prazer incoerentes ao ver Sir Henry, e ficou bastante perturbada quando apresentada ao chefe da polícia e ao Inspetor Craddock.

— Sinceramente, Sir Henry, que sorte... Muito afortunado. Faz muito tempo que não o vejo... Sim, meu reumatismo. Anda muito mal ultimamente. Claro que eu não poderia pagar este hotel (é realmente extraordinário o que eles cobram hoje em dia), mas Raymond, meu sobrinho, Raymond West, você deve se lembrar dele...

— Todo mundo sabe o nome dele.

— Sim, o querido menino tem tido tanto sucesso com aqueles seus livros inteligentes, ele se orgulha de nunca escrever sobre algo agradável. O querido menino insistiu em pagar todas as minhas despesas. E sua amável esposa também está se destacando como pintora. Em geral, jarros de flores morrendo e pentes quebrados nos peitoris das janelas. Nunca ouso dizer a ela, mas ainda admiro Blair Leighton e Alma Tadema. Ah, mas estou me perdendo. E o próprio chefe da polícia... Na verdade, nunca poderia imaginar... Tenho medo de estar tomando seu tempo...

"Completamente gagá", pensou o Inspetor Craddock, desgostoso.

— Vamos até a sala privada do gerente — disse Rydesdale. — Podemos conversar melhor lá.

Depois que Miss Marple foi arrancada de seu tricô e suas agulhas foram recolhidas, ela os acompanhou, tremulando e resmungando de frio, até a confortável sala de estar de Mr. Rowlandson.

— Agora, Miss Marple, vamos ouvir o que tem a nos dizer — disse o chefe da polícia.

Miss Marple foi direto ao assunto, com brevidade inesperada.

— Foi um cheque — disse ela. — Ele o adulterou.

— Ele?

— O rapaz que ficava ali no balcão, aquele que supostamente encenou o assalto e atirou em si mesmo.

— Ele adulterou um cheque, a senhora disse?

Miss Marple concordou com a cabeça.

— Sim. Estou com ele aqui. — Ela retirou-o da bolsa e colocou-o sobre a mesa. — Veio esta manhã com os outros do banco. O senhor pode ver, era de sete libras, e ele adulterou para dezessete. Um traço na frente do *sete* e um *dezes* por extenso antes da palavra *sete*, com um pequeno borrão artístico, apenas manchando a palavra inteira. Muito bem-feito. Requer uma certa prática, devo dizer. É a mesma tinta, porque, na verdade, eu fiz o cheque no balcão. Devo crer que ele já fez isso com bastante frequência, não é?

— Desta vez, ele escolheu a pessoa errada para fazer isso — comentou Sir Henry.

Miss Marple concordou com a cabeça.

— Sim. Receio que ele nunca tivesse ido muito longe no crime. Eu era a pessoa totalmente errada. Alguma jovem casada ocupada ou alguma garota tendo um caso de amor... Esse é o tipo que preenche cheques com qualquer tipo de somas diferentes e não olha as cadernetas com atenção. Mas uma velha que tem de ter cuidado com os centavos e que criou hábitos... Essa é a pessoa totalmente errada a escolher. Dezessete libras é uma quantia para a qual nunca passo um cheque. Vinte libras, uma soma redonda, pelo salário mensal e pelos livros. E quanto às minhas despesas pessoais, geralmente eu pago sete... Costumava ser cinco, mas tudo subiu muito.

— E talvez ele a tenha a lembrado de alguém? — perguntou Sir Henry, com malícia no olhar.

Miss Marple sorriu e balançou a cabeça para ele.

— O senhor é muito travesso, Sir Henry. Na verdade, ele lembra, sim. Fred Tyler, da peixaria. Sempre deixava passar um número um a mais na coluna de xelins. Comer tanto peixe como fazemos hoje dava uma conta grande, e muita gente não somava. Eram só dez xelins a mais no bolso cada vez, não era muito, mas o suficiente para comprar algumas gravatas e levar Jessie Spragge (a moça da loja de cortinas) ao cinema. Queria se dar bem, como dizem os jovens. Bem, na primeira semana em que estive aqui, houve um erro na minha conta. Eu apontei para o jovem e ele se desculpou muito bem e pareceu ficar muito chateado, mas pensei comigo mesma: "Você tem um olhar astuto, rapaz." E o que quero dizer com olho astuto — continuou Miss Marple — é o tipo que olha diretamente para a gente e nunca desvia o olhar ou pisca.

Craddock fez um movimento repentino de apreciação. Ele pensou consigo mesmo: "O próprio Jim Kelly", lembrando-se de um notório vigarista que ajudou a colocar atrás das grades não muito tempo antes.

— Rudi Scherz tinha um caráter totalmente inadequado — disse Rydesdale. — Descobrimos que ele tinha ficha policial na Suíça.

— A situação ficou quente demais para ele, imagino, e veio para cá com papéis falsificados? — disse Miss Marple.

— Exatamente — disse Rydesdale.

— Ele estava saindo com a pequena garçonete ruiva da sala de jantar — disse Miss Marple. — Felizmente, não acho que o coração dela tenha sido afetado de alguma forma. Ela só gostava de ter alguém um pouco "diferente", e ele lhe dava flores e chocolates, coisa que os meninos ingleses não fazem muito. Ela já contou tudo o que sabe? — perguntou ela, voltando-se repentinamente para Craddock. — Ou ainda não?

— Não tenho certeza absoluta — respondeu Craddock, com cautela.

— Acho que há mais a caminho — disse Miss Marple. — Ela está muito preocupada. Esta manhã me trouxe o arenque cozido em vez de defumado, e esqueceu a jarra de leite. Ela normalmente é uma excelente garçonete. Sim, ela está preocupada. Com medo de que tenha de prestar depoimento ou algo assim. Mas espero... — seus cândidos olhos azuis percorreram, com um apreço vitoriano verdadeiramente feminino, o belo rosto e as proporções viris do Inspetor Craddock

— que o senhor seja capaz de persuadi-la a lhe contar tudo o que sabe.

O Inspetor Craddock enrubesceu e Sir Henry deu uma risadinha.

— Pode ser importante — disse Miss Marple. — Ele pode ter contado a ela quem foi.

Rydesdale a encarou.

— Quem foi o quê?

— Me expressei mal. Quem foi que o colocou nisso, quis dizer.

— Então a senhora acha que alguém o colocou nisso?

Os olhos de Miss Marple se arregalaram de surpresa.

— Ah, mas com certeza, quero dizer... Ali está um jovem bem-apessoado, que rouba um pouquinho aqui e ali, altera um pequeno cheque, talvez se sirva de uma joiazinha se ela for deixada por aí ou tire algum dinheiro do caixa... Todos os tipos de furtos mesquinhos. Arranja dinheiro para se vestir bem e levar uma garota por aí, esse tipo de coisa. E então, de repente, ele sai por aí armado, mantém uma sala cheia de gente como refém e atira em alguém. Ele *nunca* teria feito uma coisa dessas, nem por um momento! Ele não era esse tipo de pessoa. Não faz sentido.

Craddock prendeu a respiração com força. Foi o que Letitia Blacklock disse. O que a esposa do Vigário dissera. O que ele mesmo sentia com força cada vez maior. *Não fazia sentido.* E agora a velhinha de Sir Henry estava dizendo isso também, com absoluta certeza em sua voz esvoaçante de idosa.

— Talvez a senhora possa nos dizer, Miss Marple — falou ele, e sua voz estava repentinamente agressiva —, o que aconteceu então?

Ela se virou para ele, surpresa.

— Mas como vou saber o que aconteceu? Havia um anúncio no jornal, mas diz tão pouco. Pode-se fazer conjecturas, é claro, mas não se tem informações precisas.

— George — disse Sir Henry —, seria muito pouco orto-doxo se Miss Marple pudesse ler as notas das entrevistas que Craddock fez com essas pessoas em Chipping Cleghorn?

— Pode não ser ortodoxo — disse Rydesdale —, mas não cheguei aonde estou sendo ortodoxo. Ela pode lê-las. Estou curioso para ouvir o que ela tem a dizer.

Miss Marple ficou totalmente constrangida.

— Receio que o senhor ande dando ouvidos a Sir Henry. Ele é sempre muito gentil, e estima demais qualquer peque-na observação que eu possa ter feito no passado. Realmen-te, eu não tenho dons, nenhum dom, exceto, talvez, um cer-to conhecimento da natureza humana. As pessoas, acho eu, tendem a ser confiantes demais. Receio ter sempre a tendên-cia de acreditar no pior. Não é uma boa característica. Mas muitas vezes se justifica pelos eventos subsequentes.

— Leia isso — disse Rydesdale, largando as folhas dati-lografadas em frente a ela. — Não vai tomar muito tempo. Afinal, essa gente é do seu tipo, a senhora deve conhecer muitas pessoas como elas. Pode ser capaz de detectar algo que não encontramos. O caso vai ser encerrado. Vamos ter a opinião de uma amadora sobre isso, antes de fecharmos os arquivos. Não me importo de contar que o Craddock aqui não está satisfeito. Ele diz, como você, que não faz sentido.

Houve um silêncio enquanto Miss Marple lia. Ela finalmen-te largou as folhas datilografadas.

— É muito interessante — disse ela com um suspiro. — Todas as coisas diferentes que as pessoas dizem ou pensam que dizem. As coisas que veem ou pensam que veem. E tudo tão complexo, porque é quase tudo muito trivial, e se algo não for trivial, é difícil identificar qual seja... Como uma agu-lha em um palheiro.

Craddock sentiu uma pontada de decepção. Por um mo-mento, ele se perguntou se Sir Henry estaria certo sobre aquela velha senhora esquisita. Ela pode ter identificado alguma coisa, os velhos costumam ser muito perspicazes.

Ele mesmo, por exemplo, nunca foi capaz de esconder algo de sua tia-avó Emma. Até que ela, finalmente, contou a ele que seu nariz se contraía quando estava prestes a contar uma mentira.

Mas tudo o que a famosa Miss Marple de Sir Henry conseguiu produzir foram apenas algumas generalidades vagas. Ele ficou aborrecido com ela e disse de maneira bastante brusca:

— A verdade é que os fatos são indiscutíveis. Quaisquer que sejam os detalhes conflitantes que essas pessoas deram, todos viram a mesma coisa. Elas viram um homem mascarado segurando um revólver e uma lanterna abrir a porta e ameaçá-los, e se eles acham que ele disse "Mãos ao alto", "O dinheiro ou a vida" ou qualquer outra frase que suas mentes associam a um assalto, eles o viram mesmo assim.

— Certamente — disse Miss Marple, com gentileza. — Eles, na realidade, não podiam ter visto absolutamente coisa alguma...

Craddock prendeu a respiração. Ela percebeu! Ela era inteligente, afinal. Ele a estava testando com aquele discurso, mas ela não tinha caído nessa. Na verdade, não faz diferença para os fatos ou para o que aconteceu, mas ela percebeu, como ele também percebeu, que aquelas pessoas que disseram ter visto um homem mascarado as assaltando não poderiam realmente tê-lo visto...

— Se entendi bem — Miss Marple tinha um rubor rosado nas bochechas, seus olhos estavam brilhantes e contentes como os de uma criança —, não havia luz no corredor do lado de fora, nem no patamar do andar de cima?

— Isso mesmo — disse Craddock.

— E então, se um homem ficasse na porta e ligasse uma lanterna forte na sala, *ninguém poderia ver algo além da lanterna*, não é?

— Não, não poderiam. Eu testei.

— E então, quando alguns deles dizem que viram um homem mascarado etc., eles estão, embora não percebam, na realidade, recapitulando o que viram *depois*, quando as luzes se acenderam. Então, realmente tudo se encaixa muito bem, não é, na suposição de que Rudi Scherz era... acho que a expressão seria o "bode expiatório"?

Rydesdale a olhou com tanta surpresa que ela ficou ainda mais rosada.

— Posso ter entendido errado o termo — murmurou ela. — Não sou muito entendida de gírias, e entendo que elas mudam muito rapidamente. Peguei de uma das histórias de Mr. Dashiell Hammett. (Pelo que sei por meu sobrinho Raymond, ele está no topo da pirâmide do que é chamado de estilo "durão" de literatura.) Um "bode expiatório", se entendi bem, é alguém que será culpado por um crime que na realidade foi cometido por outra pessoa. Este Rudi Scherz me parece exatamente o tipo certo para isso. Bastante tolo, você sabe, mas avarento e, provavelmente, bastante crédulo.

Rydesdale disse, sorrindo com tolerância:

— A senhora está sugerindo que ele foi persuadido por alguém a sair e dar uns tiros numa sala cheia de gente? É uma história improvável.

— Acho que disseram a ele que era só uma brincadeira — disse Miss Marple. — Ele foi pago para fazer isso, é claro. Pago, no caso, para colocar um anúncio no jornal, para sair e espiar as dependências da casa e, então, na noite em questão, ele deveria ir lá, colocar uma máscara e um manto preto e abrir uma porta, brandindo uma lanterna e gritando "Mãos ao alto!".

— E disparar um revólver?

— Não, não — disse Miss Marple. — Ele nunca teve um revólver.

— Mas todo mundo diz... — começou Rydesdale, mas parou.

— Exatamente — disse Miss Marple. — Ninguém poderia ter visto um revólver, mesmo se ele tivesse um. E eu não acho que ele tivesse. Acho que depois que gritou "Mãos ao alto", alguém apareceu silenciosamente por trás dele na escuridão e disparou aqueles dois tiros por cima de seus ombros. Isso o deixou apavorado. Ele então se virou e, ao fazê-lo, a outra pessoa atirou nele e deixou o revólver cair a seu lado...

Os três homens olharam para ela. Sir Henry disse, com calma:

— É uma teoria possível.

— Mas quem seria a pessoa X que apareceu na escuridão? — perguntou o chefe da polícia.

Miss Marple tossiu.

— O senhor terá de descobrir com Miss Blacklock quem queria matá-la.

"Ponto para a velha Dora Bunner", pensou Craddock. Instinto contra inteligência o tempo todo.

— Então a senhora acha que foi um atentado deliberado contra a vida de Miss Blacklock? — perguntou Rydesdale.

— É o que parece — respondeu Miss Marple. — Embora haja algumas dificuldades. Mas o que eu realmente queria saber era se não existiria um atalho. Não tenho dúvidas de que quem arranjou isso com Rudi Scherz se deu ao trabalho de dizer a ele para ficar calado, mas se ele falou com alguém, provavelmente foi com aquela garota, Myrna Harris. E ele pode ter dado, talvez, alguma dica sobre o tipo de pessoa que sugeriu a coisa toda.

— Vou vê-la agora — disse Craddock, levantando-se.

Miss Marple concordou com a cabeça.

— Sim, Inspetor Craddock. Vou me sentir mais feliz depois que o senhor a tiver visto. Porque assim que ela lhe contar qualquer coisa, sabe que estará muito mais segura.

— Mais segura? Sim, compreendo.

Ele saiu da sala. O chefe da polícia disse, em dúvida, mas com tato:

— Bem, Miss Marple, a senhora certamente nos deu algo em que pensar.

— Sinto muito por isso, sinto mesmo — disse Myrna Harris.
— É muito legal da sua parte não ficar chateado com isso. Mas veja bem o senhor, que mamãe é o tipo de pessoa que fica preocupada com qualquer coisinha. E parecia que eu... qual é o termo?, havia sido "partícipe". — A palavra saiu fluente de sua boca. — Quer dizer, eu estava com medo de que o senhor nunca acreditasse em mim, e pensei que seria só um pouco de diversão.

O Inspetor Craddock repetiu as frases tranquilizadoras com as quais havia quebrado a resistência de Myrna.

— Vou contar. Vou te contar *tudo* a respeito. Mas o senhor vai me manter fora disso, se puder, por causa da mamãe? Tudo começou com Rudi desmarcando um encontro comigo. Estávamos indo ao cinema naquela noite e então ele disse que não poderia ir, e eu fiquei meio emburrada com ele por causa disso, porque, afinal de contas, tinha sido ideia dele e não gosto de levar bolo de um estrangeiro. Ele disse que a culpa não era dele, e eu falei que "até parece", e então ele falou que tinha um esquema para aquela noite. Que ia rolar uma graninha, e se eu não gostaria de ter um relógio de pulso. Então eu perguntei o que ele queria dizer com esquema. Ele pediu para não contar a quem quer que fosse, mas ia ter uma festa em algum lugar e ele ia encenar um falso assalto. Então ele me mostrou o anúncio que havia colocado no jornal e tive de rir. Ele estava um pouco desdenhoso com aquilo tudo. Disse que era coisa de criança, mas que os ingleses nunca crescem de verdade... E, é claro, eu perguntei o que ele queria dizer falando assim de nós, e tivemos uma pequena discussão, mas fizemos as pazes. O senhor consegue entender, não é, que quando li sobre isso tudo, que não tinha sido uma brincadeira e que Rudi atirou em alguém e depois em si mesmo... Ora, eu não sabia o que fazer. Achei que, se dissesse que sabia disso de antemão, pareceria que eu estava por dentro da coisa toda. Mas realmente parecia uma brincadeira quando ele me contou a respeito. Eu poderia jurar que ele quis dizer isso. Eu nem sabia que ele tinha um revólver. Ele nunca falou nada sobre levar um revólver com ele.

Craddock a consolou e então fez a pergunta mais importante.

— Quem ele disse que organizou esta festa?

Mas aí ele não conseguiu novas informações.

— Ele nunca falou quem o estava levando a fazer isso. Suponho que ninguém estava, realmente. Foi tudo culpa dele.

— Ele não mencionou um nome? Não mencionou se era ele ou ela?

— Ele não disse coisa alguma, exceto que seria engraçadíssimo. "Vou rir muito quando vir a cara deles." Foi isso o que ele disse.

"Ele não teve muito tempo para rir", pensou Craddock.

— É apenas uma teoria — disse Rydesdale, enquanto dirigiam de volta para Medenham. — Nada para sustentá-la, absolutamente nada. Considere imaginação de uma solteirona e deixe estar, que tal?

— Prefiro não fazer isso, senhor.

— É tudo muito improvável. Um X misterioso aparecendo de repente na escuridão por trás de nosso amigo suíço. De onde ele veio? Quem era ele? Onde ele estava?

— Ele poderia ter entrado pela porta lateral — disse Craddock. — Assim que Scherz entrou. Agora... — E acrescentou devagar: — Ele pode ter vindo da cozinha.

— *Ela* poderia ter vindo da cozinha, você quer dizer?

— Sim, senhor, é uma possibilidade. Não fiquei satisfeito com aquela garota em momento algum. Ela me parece que não presta. Todos aqueles gritos e histeria... poderia ter sido encenação. Ela poderia ter preparado esse rapaz, o deixado entrar no momento certo, manipulado tudo, atirado nele, ter corrido de volta para a sala de jantar, pegado seu talher de prata e camurça e começado a gritar.

— Contra isso temos o fato de que, bem, qual é o nome dele? Ah, sim, Edmund Swettenham, que definitivamente diz que a chave foi girada do lado de fora da porta, e que ele a girou para soltá-la. Alguma outra porta para essa parte da casa?

— Sim, há uma porta para a escada dos fundos e para a cozinha logo abaixo da escada, mas parece que a maçaneta caiu três semanas atrás e ninguém apareceu para colocá-la ainda. Nesse ínterim, não se pode abri-la. Devo dizer que essa história parece correta. O eixo e as duas maçanetas estavam em uma prateleira do lado de fora da porta do corredor e densamente cobertos de poeira, mas, é claro, um profissional teria meios de abrir a porta sem problemas.

— É melhor dar uma olhada na ficha da garota. Veja se os papéis dela estão em ordem. Mas me parece que a coisa toda é muito teórica.

Mais uma vez, o chefe da polícia olhou de modo interrogativo para seu subordinado. Craddock falou, calmamente:

— Eu sei, senhor, e, claro, se o senhor acha que o caso deve ser encerrado, tudo bem. Mas eu gostaria de poder trabalhar nisso mais um pouco.

Para sua surpresa, o chefe da polícia disse com calma e aprovação:

— Bom garoto.

— Temos a questão do revólver. Se essa teoria estiver correta, não era o revólver de Scherz e certamente ninguém até agora foi capaz de dizer que Scherz alguma vez teve um revólver.

— É de fabricação alemã.

— Eu sei, senhor. Mas o país está absolutamente cheio de armas fabricadas no continente. Os americanos as trouxeram consigo, assim como nossa gente. O senhor não pode se deixar levar por isso.

— É verdade. Alguma outra linha de investigação?

— Deve haver um motivo. Se há algo de verdadeiro nessa teoria, isso significa que o negócio da última sexta-feira não foi uma mera brincadeira, muito menos um assalto comum, foi uma tentativa de assassinato a sangue frio. *Alguém tentou assassinar Miss Blacklock*. Agora, *por quê?* Parece-me que, se alguém sabe a resposta para isso, deve ser a própria Miss Blacklock.

— Eu entendo que ela preferiu jogar água fria nessa ideia?

— Ela despejou água fria na ideia de que Rudi Scherz queria matá-la. E ela estava certa. E há outra coisa, senhor.

— Sim?

— Alguém pode tentar de novo.

— Isso certamente provaria a verdade da teoria — disse o chefe da polícia, secamente. — A propósito, cuide de Miss Marple, sim?

— Miss Marple? Por quê?

— Creio que esteja hospedada no vicariato em Chipping Cleghorn e vindo para Medenham Wells duas vezes por semana para seus tratamentos. Parece que Mrs. Sei-lá-quem é filha de um velho amigo de Miss Marple. Bons instintos para o jogo, aquela velha bichana. Ah, bem, suponho que ela não tenha muita emoção na vida e farejar possíveis assassinos a deixe empolgada.

— Eu gostaria que ela não estivesse vindo — disse Craddock, sério.

— Para não ficar no seu encalço?

— Não é isso, senhor, mas ela é uma boa velhinha. Não gostaria que algo acontecesse a ela... Sempre supondo, digo, que haja algo *nessa* teoria.

Capítulo 9

A respeito de uma porta

— Desculpe incomodá-la outra vez, Miss Blacklock...

— Ah, não tem problema. Imagino que, como o inquérito foi adiado por uma semana, o senhor espera obter mais evidências?

O Inspetor Craddock assentiu.

— Para começar, Miss Blacklock, Rudi Scherz não era filho do proprietário do Hotel des Alpes em Montreux. Ele parece ter começado sua carreira como enfermeiro em um hospital em Berna. Muitos dos pacientes deram pela falta de pequenas joias. Com outro nome, ele foi garçom de uma pequena casa para esportes de inverno. Sua especialidade era fazer contas duplicadas no restaurante, com itens em uma que não apareciam na outra. A diferença, é claro, ia para seu bolso. Depois disso, ele esteve em uma loja de departamentos em Zurique, cujas perdas com furtos foram bem acima da média enquanto ele esteve empregado. É provável que os furtos não fossem inteiramente feitos pelos clientes.

— Ele tinha a mão leve com coisas pequenas, é isso? — disse Miss Blacklock, seca. — Então eu estava correta em pensar que não o tinha visto antes?

— A senhora estava bastante correta, sem dúvida apontaram a senhora para ele no Hotel Spa Royal e ele fingiu reconhecê-la. A polícia suíça começou a tornar seu próprio país muito difícil para ele, que veio para cá com um belo conjunto de documentos falsos, e conseguiu um emprego no Hotel Spa.

— Um campo de caça muito bom — disse Miss Blacklock, secamente. — É extremamente caro e pessoas muito abastadas ficam lá. Algumas delas são descuidadas com suas contas, imagino.

— Sim — disse Craddock. — Havia a perspectiva de uma boa colheita.

Miss Blacklock estava carrancuda.

— Eu compreendo tudo isso — disse ela. — Mas por que vir para Chipping Cleghorn? O que ele achava que teríamos aqui que poderia ser melhor do que no rico Hotel Spa Royal?

— A senhora mantém sua afirmação de que não há nada de grande valor na casa?

— É claro que não há. Eu saberia se houvesse. Posso garantir ao senhor, inspetor, não temos um Rembrandt desconhecido ou algo do tipo.

— Então parece, não é mesmo, que sua amiga, Miss Bunner, estava certa. Ele veio aqui para atacar a senhora.

— Viu, Letty, o que eu falei!

— Ah, bobagem, Bunny.

— Mas será uma bobagem? — perguntou Craddock. — Eu creio, sabe, que seja verdade.

Miss Blacklock olhou fixamente para ele.

— Agora, vamos ver se entendi. O senhor realmente acredita que este jovem veio aqui, depois de ter feito arranjos por meio daquele anúncio para que metade da aldeia aparecesse curiosa naquele exato momento...

— Mas talvez ele não quisesse que *isso* acontecesse — interrompeu Miss Bunner, ansiosa. — Pode ter sido apenas uma espécie de aviso horrível, para você, Letty... Foi como li na época. "Um assassinato é anunciado"... Senti em meus ossos que era sinistro... Se tudo tivesse ocorrido como planejado, ele teria atirado em você e fugido... E como alguém poderia saber quem era?

— Isso é verdade — disse Miss Blacklock. — Mas...

— Eu sabia que aquele anúncio não era uma brincadeira, Letty. Eu disse isso. E olhe para Mitzi... *Ela* também estava assustada!

— Ah — disse Craddock. — Mitzi. Eu gostaria de saber um pouco mais sobre aquela jovem.

— Os papéis e o visto dela estão em ordem.

— Não duvido disso — disse Craddock, seco. — Os artigos de Scherz também pareciam estar.

— Mas por que esse Rudi Scherz ia querer me matar? Isso é o que o senhor não está explicando, Inspetor Craddock.

— Pode ter havido alguém por trás de Scherz — disse Craddock, devagar. — A senhora já pensou nisso?

Ele usou as palavras metaforicamente, embora tenha passado por sua cabeça que, se a teoria de Miss Marple estivesse correta, as palavras também seriam verdadeiras no sentido literal. Em qualquer caso, elas causaram pouca impressão em Miss Blacklock, que ainda parecia muito cética.

— A questão segue a mesma — disse ela. — Por que diabos alguém ia querer *me* matar?

— É a resposta para isso que eu quero que a senhora me dê, Miss Blacklock.

— Bem, mas não posso! Isso é simples. Não tenho inimigos. Pelo que sei, sempre vivi em condições perfeitamente boas com meus vizinhos. Eu não sei segredo algum sobre ninguém. A ideia toda é ridícula! E se o que o senhor está insinuando é que Mitzi tem algo a ver com isso, isso também é absurdo. Como Miss Bunner acabou de lhe dizer, ela morreu de medo quando viu aquele anúncio na Gazeta. Ela realmente queria fazer as malas e sair de casa naquele momento.

— Isso pode ter sido uma jogada inteligente da parte dela. Ela devia saber que a senhora a pressionaria para ficar.

— Claro, se o senhor já se decidiu quanto a isso, encontrará uma resposta para tudo. Mas posso garantir que, se Mitzi tivesse uma antipatia irracional por mim, ela poderia, por exemplo, envenenar minha comida. Tenho certeza de que ela não aceitaria toda essa lengalenga elaborada. A ideia toda é absurda. Creio que sua polícia tenha preconceito contra estrangeiros. Mitzi pode ser uma mentirosa, mas ela não é uma assassina de sangue frio. Vá e intimide-a, se for preciso. Mas quando ela partir em um turbilhão de indignação, ou se fechar gritando em seu quarto, farei com que *o senhor* cozinhe o jantar. Mrs. Harmon está trazendo uma senhora idosa que está ficando com ela para o chá esta tarde, e eu queria que Mitzi fizesse alguns bolinhos, mas suponho que o senhor a perturbará completamente. Não poderia suspeitar de *outra* pessoa?

Craddock se dirigiu para a cozinha. Ele fez a Mitzi perguntas que já havia feito antes, e recebeu as mesmas respostas.

Sim, ela trancou a porta da frente logo depois das dezesseis horas. Não, ela nem sempre fazia isso, mas naquela tarde estava nervosa por causa "daquele anúncio horrível". Não adiantava trancar a porta lateral, porque Miss Blacklock e Miss Bunner saíam por ali para recolher os patos e alimentar as galinhas, e Mrs. Haymes geralmente vinha do trabalho pela mesma entrada.

— Mrs. Haymes disse que trancou a porta quando entrou, às 17h30.

— Ah, e você *acreditar* nela. Ah, claro, você *acreditar* nela...

— Você acha que não devemos acreditar nela?

— Que importa o que eu *pensar*? O senhor não *acreditar* em mim.

— Suponha que nos dê uma chance. Você acha que Mrs. Haymes não trancou a porta?

— Acho que ela *ter* muito cuidado em não trancar.

— O que quer dizer com isso? — perguntou Craddock.

— Aquele jovem não *trabalhar* sozinho. Não, ele sabe *por onde* vir, ele sabe que, *quando* vier, um porta *estar* aberta para ele. Ah, convenientemente aberta!

— O que está tentando dizer?

— Qual a utilidade do que eu digo? Você não *ouvir*. Você *dizer* que sou uma pobre refugiada que conta mentiras. Você *dizer* que um senhora inglesa de cabelos loiros, ah, não, ela não *contar* mentiras, ela *ser* tão britânica, tão honesta. Então você *acreditar* nela e não em mim. Mas eu *poder* te contar. Ah, sim, eu *poder* te contar!

Ela bateu uma panela no fogão.

Craddock estava em dúvida se deveria levar em conta o que poderia ser apenas um fio de rancor.

— Nós investigamos tudo o que nos é dito — disse ele.

— Não vou te contar absolutamente nada. Por que deveria? Vocês *ser* todos iguais. Vocês *perseguir* e *desprezar* os pobres refugiados. Se eu *disser* a você que, uma semana antes, quando aquele jovem veio pedir dinheiro para Miss Blacklock e ela o *mandar* embora, como você disse, com um pulga atrás da orelha... Se eu lhe *dizer* que depois disso eu o *escutar* falar com Mrs. Haymes... Sim, lá na casa de verão... Tudo o que você *falar* é que eu invento!

"E provavelmente você está inventando", pensou Craddock. Mas ele disse em voz alta:

— Você não conseguiu ouvir o que foi dito na casa de verão.

— Aí é que você se engana — berrou Mitzi, triunfante. — Eu *sair* para pegar urtigas... Elas *servir* muito bem como vegetais. Eles *achar* que não, mas eu cozinho e não digo a eles. E eu os *ouvir* conversando lá. O invasor *dizer* a ela: "Mas onde posso me esconder?" E ela *responder*: "Eu vou te mostrar." Então ela *dizer*: "Às 18h15", e eu *pensar*: "Ah, então é assim que se comporta, minha senhora? Depois do trabalho, sai para encontrar homem. Você o *trazer* para dentro de casa." Miss Blacklock, acho, ela não vai gostar disso. Vai te mandar embora. Vou assistir e escutar, e então contarei para Miss Blacklock. Mas agora entendo que estava errada. Não foi amor o que ela planejou com ele, foi o roubo e o assassinato. Mas você vai dizer que invento tudo isso. "Mitzi malvada", você *dizer*. "Vou levá-la para a prisão."

Craddock refletiu. Ela pode estar inventando. Mas é possível que não esteja. Então, perguntou com cautela:

— Tem certeza de que era com esse Rudi Scherz que ela estava falando?

— Claro, tenho certeza. Ele simplesmente *sair* e eu o vejo seguir pela trilha até casa de verão. E eu, no caso — disse Mitzi, em tom de desafio —, *sair* para ver se há alguma urtiga verde bonita.

"Haveria", pensou o inspetor, "alguma urtiga verde bonita em outubro?" Mas percebeu que Mitzi apenas deu um motivo apressado para o que, sem dúvida, não passava de simples bisbilhotice.

— Não escutou mais alguma coisa além do que me disse? Mitzi parecia magoada.

— Aquela Miss Bunner, aquela com nariz comprido, ela me *chamar* o tempo todo. Mitzi! Mitzi! Então tenho que ir. Ah, ela é irritante. Sempre interferindo. Diz que vai me ensinar a cozinhar. Do jeito *dela*! Tudo o que ela faz tem gosto, sim, gosto de água, água, *água*!

— Por que não me disse isso no outro dia? — perguntou Craddock, severo.

— Porque não me lembrava. Não pensei... Só depois de um tempo é que eu *dizer* a mim mesma, tudo *ser* planejado então... planejado *com ela*.

— Você tem certeza de que era Mrs. Haymes?

— Ah, sim, tenho certeza. Tenho certeza, sim. Ela *ser* uma ladra, essa senhora Haymes. Uma ladra e associada a ladrões. O que ela ganha trabalhando no jardim não *ser* o suficiente para uma senhora tão bonita, não. Ela tem de roubar a Miss Blacklock, que tem sido gentil com ela. Ah, ela *ser* má, má, má, aquela ali!

— Vamos supor — disse o inspetor, observando-a de perto — que alguém dissesse que você foi vista conversando com Rudi Scherz?

A sugestão teve menos efeito do que ele esperava. Mitzi apenas bufou e sacudiu a cabeça.

— Se alguém disser que me viu falando com ele, isso *ser* mentiras, mentiras, mentiras — disse ela, com desprezo. — Dizer mentira sobre qualquer pessoa, isso *ser* fácil, mas na Inglaterra você tem de provar que é verdadeira. Miss Blacklock me disse isso, e é verdade, não é? Eu não *falar* com assassinos e ladrões. E nenhum policial inglês vai dizer que falo. E como posso cozinhar para o almoço se você está aqui falando, falando, falando? Saia da minha cozinha, por favor. Eu *querer* fazer agora um molho muito trabalhoso.

Craddock obedeceu e se retirou. Suas suspeitas sobre Mitzi ficaram um pouco abaladas. A história sobre Phillipa Haymes foi contada com grande convicção. Mitzi podia ser uma mentirosa (e ele achava que fosse), mas imaginou que poderia haver algum substrato de verdade neste depoimento em particular. Ele resolveu falar com Phillipa sobre o assunto. Quando ele a interrogou antes, ela lhe parecera uma jovem quieta e bem-educada. Não suspeitara dela.

Ao atravessar o corredor, em sua abstração, ele tentou abrir a porta errada. Miss Bunner, que descia a escada, corrigiu-o apressadamente.

— Essa porta, não — avisou ela. — Não abre. É a próxima à esquerda. Muito confuso, não é? Tantas portas.

— São muitas — disse Craddock, olhando para cima e para baixo no corredor estreito.

Miss Bunner as enumerou amigavelmente para ele.

— A primeira é a porta do vestiário e depois é a do armário dos sobretudos. A seguir, a da sala de jantar, que fica daquele lado. Por aqui, a porta falsa pela qual o senhor estava tentando passar e, em seguida, há a porta da sala de estar propriamente dita. Depois o armário da porcelana e a porta da pequena sala de flores. No fim, a porta lateral. Muito confuso. Especialmente essas duas estando tão próximas. Muitas vezes tentei a errada por engano. Costumávamos colocar a mesa do corredor contra ela, na verdade, mas então a movemos até a parede ali.

Craddock notou, quase mecanicamente, uma linha fina horizontal no painel da porta que tentou abrir. Percebia que era a marca onde a mesa estivera. Algo se movimentou devagar em sua mente quando perguntou:

— Moveram? Há quanto tempo?

Ao se questionar Dora Bunner, felizmente, não há necessidade de explicar o motivo de qualquer pergunta. Qualquer questão sobre qualquer assunto parece perfeitamente natural para a tagarela Miss Bunner, que adora dar informações, por mais triviais que fossem.

— Deixe-me ver, foi algo realmente muito recente... Dez ou quinze dias atrás.

— Por que foi movida?

— Eu realmente não consigo me lembrar. Algo a ver com as flores. Acho que Phillipa fez um grande vaso... ela arruma flores lindamente... todo colorido de outono, com ramos e galhos, e era tão grande que prendia no cabelo quando a gente passava, e então Phillipa disse: "Por que não mover a mesa? De qualquer maneira, as flores ficariam muito melhores contra a parede nua do que contra os painéis da porta." Só tivemos que tirar o Wellington em Waterloo. Não é uma gravura da qual gosto muito. Colocamos embaixo da escada.

— Não é realmente decorativa, então? — perguntou Craddock, olhando para a porta.

— Ah, não, é uma porta *de verdade*, se é isso que quer dizer. É a porta da pequena sala de estar, mas quando os cômodos foram transformados em um só, não precisava de duas portas, então esta foi fechada.

— Fechada? — insistiu o inspetor, com gentileza. — A senhora quer dizer que foi bloqueada? Ou apenas trancada?

— Ah, trancada, eu acho, e bloqueada também.

Ele viu o ferrolho no topo e testou. A lingueta deslizou para trás com facilidade. Com muita facilidade...

— Quando foi aberta pela última vez? — perguntou à Miss Bunner.

— Ah, anos e anos atrás, imagino. Nunca foi aberta desde que cheguei aqui, disso eu sei.

— A senhora não sabe onde está a chave?

— Há muitas chaves na gaveta do corredor. Provavelmente está entre elas.

Craddock a seguiu e olhou para um sortimento enferrujado de chaves velhas enfiadas no fundo da gaveta. Ele as examinou, selecionou uma que parecia diferente do restante e voltou até a porta. A chave encaixou e girou facilmente. Ele empurrou a porta, que se abriu silenciosamente.

— Tenha cuidado — exclamou Miss Bunner. — Pode haver algo encostado nela por dentro. Nós nunca a abrimos.

— Não mesmo? — disse o inspetor.

Seu rosto agora estava sério. Ele disse, enfaticamente:

— Esta porta foi aberta recentemente, Miss Bunner. A fechadura e as dobradiças foram lubrificadas.

Ela o encarou, seu rosto estúpido boquiaberto.

— Mas quem poderia ter feito isso? — perguntou ela.

— Isso é o que pretendo descobrir — disse Craddock, sombrio.

Ele pensou: "Teria a pessoa X vindo de fora? Não... X estava aqui, nesta casa. X estava naquela sala, naquela noite..."

Capítulo 10

Pip e Emma

Miss Blacklock o escutou com mais atenção desta vez. Ela era uma mulher inteligente, como ele já havia percebido, e compreendeu as implicações do que ele tinha a lhe dizer.

— Sim — disse ela, calmamente. — Isso muda as coisas... Ninguém tinha o direito de mexer naquela porta. Ninguém *mexeu* nela, que eu saiba.

— A senhora entende o que isso significa? — insistiu o inspetor. — Quando as luzes se apagaram, *qualquer pessoa nesta sala naquela noite* poderia ter escapado por aquela porta, vindo por trás de Rudi Scherz e atirado na senhora.

— Sem ser visto, ouvido ou notado?

— Sem ser visto, ouvido ou notado. Lembre-se de que, quando as luzes se apagaram, as pessoas se moveram, gritaram, esbarraram umas nas outras. E depois disso, tudo o que pôde ser visto foi a luz ofuscante da lanterna.

— E você acredita que uma dessas pessoas — disse Miss Blacklock, devagar —, um de meus bons e tediosos vizinhos, escapuliu e tentou me matar? *Eu*? Mas *por quê*? Pelo amor de Deus, *por quê*?

— Tenho a sensação de que a senhora deve saber a resposta para essa pergunta, Miss Blacklock.

— Mas não sei, inspetor. Posso garantir que não.

— Bem, vamos começar. Quem receberá seu dinheiro se a senhora morrer?

— Patrick e Julia — disse Miss Blacklock, um tanto relutante. — Deixei os móveis desta casa e uma pequena anuidade para Bunny. Sério, eu não tenho muito o que deixar. Eu tinha participações em títulos alemães e italianos que se tornaram inúteis e, com os impostos e as porcentagens mais baixas que agora são pagas sobre o capital investido, posso garantir que não valem um assassinato... Coloquei a maior parte do meu dinheiro em uma anuidade, cerca de um ano atrás.

— Ainda assim, a senhora tem alguma renda, Miss Blacklock, e seus sobrinhos a receberiam.

— Mas então Patrick e Julia planejaram me matar? Eu simplesmente não acredito. Eles não estão desesperadamente falidos ou algo parecido.

— A senhora tem certeza disso?

— Não. Creio que só sei o que me contaram... Mas realmente me recuso a suspeitar deles. Algum dia posso valer a pena ser assassinada, mas não agora.

— O que a senhora quer dizer com algum dia valer a pena ser assassinada, Miss Blacklock? — O Inspetor Craddock aproveitou a declaração.

— Apenas que um dia, possivelmente muito em breve, eu possa ser uma mulher muito rica.

— Isso parece interessante. A senhora pode me explicar?

— Certamente. O senhor pode não saber, mas por mais de vinte anos fui secretária e intimamente associada a Randall Goedler.

Craddock ficou interessado. Randall Goedler era um grande nome no mundo das finanças. Suas ousadas especulações e a publicidade um tanto teatral com que se cercou fizeram dele uma personalidade que não foi esquecida rapidamente. Ele havia morrido, se Craddock se lembrava bem, em 1937 ou 1938.

— Ele é de antes de sua época, creio eu — disse Miss Blacklock. — Mas o senhor provavelmente já ouviu falar dele.

— Ah, sim. Ele era um milionário, não era?

— Ah, multimilionário, ainda que suas finanças oscilassem. Ele sempre arriscava muito do que ganhava em alguma nova *jogada*.

Ela falou com certa animação, e seus olhos brilharam com a memória.

— De qualquer forma, ele morreu muito rico. Ele não tinha filhos. Deixou sua fortuna em custódia para a esposa durante o tempo de vida dela e, depois da morte dela, para mim, completamente.

Uma memória vaga se agitou na mente do inspetor:

IMENSA FORTUNA VAI PARA A FIEL SECRETÁRIA

... ou algo assim.

— Nos últimos doze anos ou mais — disse Miss Blacklock, com uma leve piscada —, tive um excelente motivo para assassinar Mrs. Goedler, mas isso não ajuda você, não é?

— Desculpe-me por perguntar isso, mas Mrs. Goedler se ressentiu da disposição de fortuna do marido?

Miss Blacklock agora parecia sinceramente divertida.

— O senhor não precisa ser tão discreto. O que realmente quer perguntar é se eu era amante de Randall Goedler? Não, não era. Acho que Randall nunca me lançou um pensamento sentimental, e eu certamente não dei motivo a ele. Ele estava apaixonado por Belle, sua esposa, e se manteve apaixonado por ela até morrer. Acho que, com toda certeza, foi a gratidão de sua parte que o levou a fazer seu testamento. Veja, inspetor, nos primeiros dias, quando Randall ainda estava inseguro, ele esteve muito perto do desastre. Era uma questão de apenas alguns milhares de dinheiro de verdade. Foi uma grande jogada e muito emocionante, ousada, como todos os seus esquemas, mas ele simplesmente não tinha aquele pouco de dinheiro para sobreviver. Eu vim em seu socorro. Eu tinha uma quantia pequena própria. Eu acreditei em Randall. Vendi cada centavo que tinha e dei a ele. Isso funcionou. Uma semana depois, ele era um homem imensamente rico. Depois disso, ele me tratou mais ou menos como uma parceira júnior. Ah! Foram dias emocionantes. — Ela suspirou. — Eu gostava de tudo. Então meu pai morreu e minha única irmã ficou inválida sem recuperação. Precisei desistir de tudo e ir cuidar dela. Randall morreu alguns anos depois. Eu tinha ganhado muito dinheiro durante nossa associação, e realmente não esperava que ele me deixasse qualquer coisa, mas fiquei muito emocionada, sim, e muito orgulhosa de saber que se Belle falecesse antes de mim, e ela era uma daquelas delicadas criaturas que todos sempre dizem que não viverão muito, eu herdaria toda sua fortuna. Acho que realmente o pobre homem não sabia para quem deixar. Belle é uma querida e ficou encantada com isso. Ela é realmente uma pessoa muito doce. Ela mora na Escócia. Eu não a vejo há anos, nós apenas nos escrevemos no Natal. Veja, fui com minha irmã a um sanatório na Suíça pouco antes da guerra. Ela morreu de tuberculose lá fora.

Miss Blacklock ficou em silêncio por um momento, depois disse:

— Só voltei para a Inglaterra há pouco mais de um ano.

— A senhora disse que poderia ser uma mulher rica muito em breve... Em quanto tempo?

— Ouvi da enfermeira que cuida de Belle Goedler que ela está prestes a falecer. Podem ser... apenas algumas semanas.

— E acrescentou, com tristeza: — O dinheiro não vai significar muito para mim agora. Tenho o suficiente para minhas necessidades, que são simples. Antigamente eu teria gostado de investir no mercado de novo, mas agora... Ah, bem, a gente envelhece. Ainda assim, veja só, inspetor, se Patrick e Julia quisessem me matar por um motivo financeiro, eles seriam loucos se não esperassem por mais algumas semanas, não é?

— Sim, Miss Blacklock, mas o que acontece se a senhora morrer antes de Mrs. Goedler? Para quem irá o dinheiro então?

— Sabe, realmente nunca pensei nisso. Pip e Emma, suponho... Craddock olhou-a fixamente e Miss Blacklock sorriu.

— Isso soa meio maluco? Acredito que, se eu falecer antes de Belle, o dinheiro iria para os descendentes legais, ou qualquer que seja o termo, da única irmã de Randall, Sonia. Randall brigou com a irmã. Ela se casou com um homem que ele considerava um vigarista ou coisa pior.

— E ele era um vigarista?

— Ah, definitivamente, devo dizer. Mas uma pessoa muito atraente para as mulheres, creio eu. Ele era grego, romeno ou algo assim... Agora, qual era o nome dele... Stamfordis, Dmitri Stamfordis.

— Randall Goedler cortou a irmã de seu testamento quando ela se casou com esse homem?

— Sonia era uma mulher muito rica com dinheiro próprio. Randall já havia torrado dinheiro aos montes com ela, na medida do possível, de uma forma que seu marido não pudesse tocá-lo. Mas acredito que quando os advogados o incentivaram a colocar alguém para o caso de eu vir a falecer antes de Belle, ele aceitou com relutância a prole de Sonia, simplesmente porque não conseguia pensar em mais ninguém e não era o tipo de homem que deixava dinheiro para instituições de caridade.

— E havia filhos do casamento?

— Bem, há Pip e Emma. — Ela riu. — Eu sei que parece ridículo. Tudo o que sei é que Sonia escreveu uma vez para Belle depois de seu casamento, dizendo-lhe para contar a Randall que estava extremamente feliz e que acabara de ter gêmeos e os estava chamando de Pip e Emma. Pelo que sei, ela nunca mais escreveu. Belle, é claro, pode lhe dizer mais.

Miss Blacklock achou graça em seu depoimento. O inspetor não pareceu se divertir.

— É isso — disse ele. — Se a senhora tivesse morrido na outra noite, haveria pelo menos duas pessoas no mundo que provavelmente teriam uma fortuna muito grande. A senhora está errada, Miss Blacklock, quando diz que não há alguém que tenha motivo para desejar sua morte. Existem duas pessoas, pelo menos, que estão vitalmente interessadas. Quantos anos teriam os irmãos?

Miss Blacklock franziu a testa.

— Deixe-me pensar... 1922... Não, é difícil de lembrar... Acho que cerca de 25 ou 26. — Seu rosto ficou sério. — Mas você certamente não acha...?

— Acho que alguém atirou na senhora com a intenção de matá-la. Acho possível que essa mesma pessoa ou pessoas possam tentar novamente. Eu gostaria que a senhora, se puder, tenha muito, *muito* cuidado, Miss Blacklock. Um assassinato foi planejado e não ocorreu. Acho possível que outro assassinato seja arranjado muito em breve.

Phillipa Haymes endireitou as costas e afastou uma mecha de cabelo de sua testa úmida. Ela estava limpando um canteiro de flores.

— Sim, inspetor?

Ela o estudou de modo interrogativo. Em retribuição, ele a examinou mais de perto do que antes. Sim, uma garota bonita, um tipo muito inglês com seu cabelo loiro-acinzentado claro e seu rosto bastante comprido. Queixo e boca obstinados. Algo de reprimido, uma tensão sobre ela. Os olhos eram azuis, muito firmes no olhar e não diziam coisa alguma. O tipo de garota, ele pensou, que guardaria bem um segredo.

— Lamento ter sempre de incomodá-la quando está trabalhando, Mrs. Haymes — disse ele —, mas não queria esperar até que voltasse do almoço. Além disso, achei que seria mais fácil falar com a senhora aqui, longe de Little Paddocks.

— Sim, inspetor?

Sem emoção e pouco interesse na voz. Mas havia uma nota de cautela, ou ele estava imaginando isso?

— Uma certa declaração foi feita a mim esta manhã. Esta declaração diz respeito à senhora.

Phillipa ergueu, ligeiramente, as sobrancelhas.

— A senhora me disse, Mrs. Haymes, que este homem, Rudi Scherz, era totalmente desconhecido para você?

— Sim.

— Que quando o viu ali, morto, foi a primeira vez que pôs os olhos nele. É isso mesmo?

— Certamente. Eu nunca o tinha visto.

— A senhora, por exemplo, não conversou com ele na casa de verão de Little Paddocks?

— Na casa de verão?

Ele tinha quase certeza de ter percebido uma nota de medo em sua voz.

— Sim, Mrs. Haymes.

— Quem disse isso?

— Disseram-me que a senhora teve uma conversa com este homem, Rudi Scherz, e que ele perguntou onde poderia se esconder. Você respondeu que mostraria a ele. Um horário, 18h15, foi mencionado. Eram 18h15, mais ou menos, quando Scherz chegou aqui do ponto de ônibus na noite do assalto.

Houve um momento de silêncio. Então Phillipa deu uma risada curta e desdenhosa. Ela pareceu divertir-se.

— Não sei quem lhe disse isso — falou. — Mas posso adivinhar. É uma história muito tola e mal-contada... rancorosa, é claro. Por algum motivo, Mitzi não gosta de mim, ainda mais do que do resto de nós.

— A senhora nega?

— É claro que não é verdade. Nunca conheci ou vi Rudi Scherz em minha vida, e não estava nem perto de casa naquela manhã. Eu estava aqui, trabalhando.

O Inspetor Craddock disse muito gentilmente:

— Qual manhã?

Houve uma pausa momentânea. Suas pálpebras piscaram.

— Toda manhã. Estou aqui todas as manhãs. Eu não saio até as treze horas. — Com desdém, acrescentou: — Não adianta ouvir o que Mitzi diz a você. Ela conta mentiras o tempo todo.

— Então é isso — disse Craddock, quando estava indo embora com o Sargento Fletcher. — Duas jovens cujas histórias se contradizem totalmente. Em qual devo acreditar?

— Todo mundo parece concordar que essa garota estrangeira conta mentiras — disse Fletcher. — Minha experiência em lidar com estrangeiros me diz que mentir é sempre mais fácil do que dizer a verdade. Parece estar claro que ela tem um rancor contra essa Mrs. Haymes.

— Então, se você fosse eu, acreditaria em Mrs. Haymes?

— A menos que tenha motivos para pensar o contrário, senhor.

E Craddock não tinha, não de verdade, apenas a lembrança de um par de olhos azuis excessivamente fixos e a enunciação superficial das palavras naquela manhã. Pois, até onde se lembra, ele não havia dito se a entrevista na casa de verão havia ocorrido de manhã ou à tarde.

Ainda assim, Miss Blacklock, ou se não Miss Blacklock, então certamente Miss Bunner, poderia ter mencionado a visita do jovem estrangeiro que viera buscar sua passagem de volta para a Suíça. E Phillipa Haymes poderia, portanto, ter presumido que a conversa ocorrera naquela manhã em particular.

Mas Craddock ainda achava que havia uma nota de medo na voz dela quando ela perguntou: "Na casa de verão?"

Ele decidiu manter a mente aberta sobre o assunto.

Foi muito agradável no jardim do vicariato. Um daqueles súbitos encantos de calor outonal recaiu sobre a Inglaterra. O Inspetor Craddock nunca conseguia se lembrar se era o verão de São Martinho ou São Lucas, mas sabia que era muito agradável, e também muito irritante. Ele se sentou em uma espreguiçadeira fornecida a ele por Docinho, bastante enérgica a caminho de uma reunião de mães. Bem protegida por xales e um grande tapete em volta dos joelhos, Miss Marple sentou-se tricotando ao lado dele. O sol, a paz, o clique constante das agulhas de tricô de Miss Marple, tudo se combinava para produzir uma sensação soporífica no inspetor. Ainda assim, havia uma sensação de pesadelo no fundo de sua mente. Era como um sonho familiar onde um tom de ameaça cresce e finalmente transforma a agradabilidade em terror.

— A senhora não deveria estar aqui — disse, abruptamente.

As agulhas de Miss Marple pararam por um momento. Seus plácidos olhos azul-porcelana o estudaram pensativamente.

— Eu sei o que o senhor quer dizer — disse ela. — O senhor é um menino muito consciencioso. Mas está tudo bem. O pai de Docinho, que era vigário de nossa paróquia, um estudioso muito bom, e sua mãe, que é uma mulher notável, um verdadeiro poder espiritual, são velhos amigos meus. É a coisa mais natural do mundo que, quando estou em Medenham, eu venha aqui para ficar um pouco com Docinho.

— Ah, mas talvez... — disse Craddock. — Apenas não fique bisbilhotando ao redor... Tenho a sensação, de verdade, de que não é seguro.

Miss Marple sorriu um pouco.

— Mas receio — disse ela — que nós, velhas, sempre bisbilhotamos. Seria muito estranho e muito mais perceptível se não o fizéssemos. Perguntas sobre amigos em comum em diferentes partes do mundo, ou se eles se lembram de fulano de tal, ou se lembram com quem a filha de Lady Alguma--Coisa se casou. Tudo isso ajuda, não é?

— Ajuda? — disse o inspetor, de um modo um tanto tolo.

— Ajuda a descobrir se as pessoas são quem dizem ser — explicou Miss Marple. Ela continuou: — Porque é isso que o está preocupando, não é? E foi realmente assim que o mundo mudou desde a guerra. Veja este lugar, Chipping Cleghorn, por exemplo. É muito parecido com St. Mary Mead, onde moro. Quinze anos atrás, uma pessoa sabia quem era todo mundo. Os Bantry na casa grande, os Hartnell, os Price Ridley e os Weatherby... Eles eram pessoas cujos pais e mães, avôs e avós ou tios e tias viveram lá antes deles. Se alguém novo fosse morar lá, traziam cartas de apresentação, ou estiveram no mesmo regimento ou serviram no mesmo navio que alguém que já estava lá. Se alguém novo, realmente novo, realmente estranho, aparecesse, bem, eles se destacavam, todos se perguntavam sobre eles e não descansavam até que descobrissem.

Ela acenou com a cabeça suavemente.

— Mas não é mais assim. Cada vilarejo e pequena propriedade rural estão cheios de pessoas que acabaram de chegar e se estabeleceram lá, sem quaisquer laços que as trouxessem. As casas grandes foram vendidas e os chalés foram convertidos e modificados. As pessoas simplesmente chegam, e tudo o que se sabe sobre elas é o que dizem de si mesmas. Elas vieram, você vê, de todo o mundo. Da Índia, de Hong Kong e da China, e pessoas que moravam na França e na Itália em pequenos lugares baratos e ilhas estranhas. E pessoas que ganharam um pouco de dinheiro e podem se aposentar. Mas ninguém mais *sabe* quem é quem. Você pode ter peças de bronze de Benares em sua casa e falar sobre *tiffin* e *Chota Hazri*, e você pode ter fotos de Taormina e falar sobre a Igreja da Inglaterra e a biblioteca, como Miss Hinchcliffe e Miss Murgatroyd. Você pode vir do sul da França ou ter passado sua vida no Oriente. As pessoas consideram você de acordo com sua própria avaliação. Elas não esperam mais para ligar até que se receba a carta de algum amigo dizendo que conhece fulano desde sempre e que é uma pessoa encantadora.

E era isso, pensou Craddock, exatamente o que estava o incomodando. Ele *não sabia*. Havia apenas rostos e personalidades, que se sustentavam em carteiras de identidade, sem fotos ou impressões digitais. Qualquer pessoa que se desse ao trabalho poderia ter uma carteira de identidade adequada, e em parte por causa disso, os laços mais sutis que mantinham a vida rural social inglesa se desfizeram. Em uma cidade, ninguém espera conhecer seu vizinho. Hoje, no campo, ninguém conhecia seu vizinho, embora possivelmente ele ainda pensasse que conhecia...

Por causa da porta lubrificada, Craddock sabia que havia alguém na sala de estar de Letitia Blacklock que não era o vizinho agradável e amigável que fingia ser...

E, por causa disso, temia por Miss Marple, que era frágil e velha e que percebia as coisas...

— Podemos verificar essas pessoas até certo ponto — ponderou o inspetor. Mas ele sabia que não era tão fácil. Índia, China, Hong Kong e sul da França... Não era tão fácil como teria sido quinze anos antes. Havia indivíduos, como ele sabia, que percorriam o país com identidades falsas, tomadas de outros indivíduos que tiveram mortes súbitas por "incidentes" nas cidades. Havia organizações que compravam documentos, que falsificavam a identidade, havia centenas de pequenos negócios ilegais surgindo. Poderia ser verificado, mas levaria tempo. E tempo era o que ele não tinha, porque a viúva de Randall Goedler estava muito perto da morte.

Foi então que, cansado e preocupado, embalado pelo sol, ele contou a Miss Marple sobre Randall Goedler, Pip e Emma.

— São só alguns nomes — disse ele. — E apelidos, ainda por cima! Eles podem não existir. Podem ser cidadãos respeitáveis que vivem em algum lugar na Europa. Por outro lado, podem estar aqui em Chipping Cleghorn.

Vinte e cinco anos aproximadamente, quem se encaixava nessa descrição?

— O sobrinho e a sobrinha dela — falou Craddock, pensando em voz alta: — Ou primos ou o que quer que sejam... Eu me pergunto quando ela os viu pela última vez...

— Vou descobrir para você, certo? — disse Miss Marple, gentilmente.

— Olhe só, Miss Marple, por favor, não...

— Vai ser muito simples, inspetor, o senhor realmente não precisa se preocupar. E ninguém perceberá se eu o fizer, porque, veja só, não será algo oficial. Porque se houver algo errado, o senhor não vai querer alertá-los.

Pip e Emma, pensou Craddock, Pip e Emma? Ele estava ficando obcecado por Pip e Emma. Aquele jovem atraente ousado, a garota bonita com um olhar frio...

— Posso descobrir mais sobre eles nas próximas 48 horas — ponderou. — Estou indo para a Escócia. Mrs. Goedler, se ela puder falar, pode saber muito mais sobre eles.

— Acho que é uma atitude muito sábia. — Miss Marple hesitou. — Espero — murmurou ela — que o senhor tenha avisado Miss Blacklock para ter cuidado?

— Eu a avisei, sim. E vou deixar um homem aqui para manter uma atenção discreta nas coisas.

Ele evitou o olhar de Miss Marple, que dizia claramente que um policial de olho nas coisas não adiantaria se o perigo estivesse no círculo familiar...

— Lembre-se — disse Craddock, olhando diretamente para ela. — Eu avisei a senhora.

— Garanto-lhe, inspetor — disse Miss Marple —, que posso cuidar de mim mesma.

Capítulo 11

Miss Marple vem para o chá

Se Letitia Blacklock parecia um pouco distraída quando Mrs. Harmon veio tomar chá e trouxe uma pessoa que estava hospedada com ela, Miss Marple, a convidada em questão, dificilmente notaria o fato, já que era a primeira vez que a via.

A velha senhora era muito charmosa em seu jeito gentil de fofocar. Quase imediatamente, ela se revelou uma daquelas velhas que se preocupam constantemente com ladrões.

— Eles podem entrar em qualquer lugar, minha querida — assegurou à sua anfitriã —, em *qualquer lugar* hoje em dia. Muitos novos métodos americanos. Eu mesma coloco minha fé num dispositivo muito antiquado. Uma tranca com gancho e olhal. Eles podem abrir fechaduras e puxar os parafusos, mas um gancho e um olhal de latão os derrotam. Já tentou isso?

— Receio que não somos muito bons com parafusos e barras — disse Miss Blacklock, descontraída. — Na verdade, não há muito o que roubar.

— Uma corrente na porta da frente — aconselhou Miss Marple. — Então a empregada só precisaria abrir uma fresta e ver quem está lá, e eles não podem entrar à força.

— Imagino que Mitzi, nossa imigrante, iria adorar isso.

— O assalto que a senhora teve deve ter sido muito, muito assustador — disse Miss Marple. — Docinho tem me contado tudo sobre isso.

— Eu estava morrendo de medo — confessou Docinho.

— Foi uma experiência traumática — admitiu Miss Blacklock.

— Realmente parece coisa de Deus que o homem tenha tropeçado e atirado em si mesmo. Esses ladrões são tão violentos hoje em dia. Como ele entrou?

— Bem, infelizmente, não trancamos muito as portas.

— Ah, Letty — exclamou Miss Bunner. — Esqueci de dizer que o inspetor foi muito peculiar esta manhã. Ele insistiu em abrir a segunda porta, você sabe, aquela que nunca é aberta, aquela ali. Ele procurou a chave e tudo mais e disse que ela tinha sido lubrificada. Mas não consigo imaginar por quê...

Ela recebeu tarde demais o sinal de Miss Blacklock para ficar quieta e parou de boca aberta.

— Ah, Lotty, sinto muito, digo, ah, perdão, Letty, ah, querida, como fui burra.

— Não tem problema — disse Miss Blacklock, mas ela estava irritada. — Só não acho que o Inspetor Craddock queira que se fique falando disso. Não sabia que você estava lá quando ele a estava testando, Dora. A senhora compreende, não é, Mrs. Harmon?

— Ah, sim — disse Docinho. — Não vamos dizer qualquer coisa, não é, tia Jane? Mas me pergunto *por que* ele...

Ela recaiu no pensamento. Miss Bunner se inquietou e parecia miserável, finalmente soltando:

— Eu sempre digo a coisa errada... Ai, querida, eu não sou nada além de uma provação para você, Letty.

Miss Blacklock disse rapidamente:

— Você é meu grande conforto, Dora. E, de qualquer maneira, em um lugar pequeno como Chipping Cleghorn, não há segredo algum.

— Isso é verdade — disse Miss Marple. — Receio, sabe, que as coisas aconteçam da maneira mais extraordinária. Os criados, claro, e mesmo assim não só eles, até porque, hoje em dia, se tem tão poucos criados. Mesmo assim, existem as mulheres que trabalham por hora, essas talvez sejam as piores, porque vão de casa em casa passando as notícias.

— Ah! — disse Docinho de repente. — Entendi! Claro, se aquela porta pudesse ser aberta também, alguém poderia ter saído daqui no escuro e feito o assalto, exceto, claro, que ninguém fez isso, pois foi o homem do Hotel Spa Royal. Ou não foi? Não, eu não vejo como, afinal... — Ela franziu a testa.

— Então aconteceu tudo nesta sala? — perguntou Miss Marple, já acrescentando desculpas: — Receio que me considere tristemente curiosa, Miss Blacklock, mas é realmente muito emocionante, como algo que se lê nos jornais. Estou ansiosa para ouvir tudo sobre isso e imaginar tudo, se é que me entende...

Imediatamente, Miss Marple recebeu um relato confuso de Docinho e Miss Bunner, com adendos e correções ocasionais de Miss Blacklock.

No meio disso, Patrick chegou e, bem-humorado, entrou no espírito do relato, a ponto de representar ele mesmo o papel de Rudi Scherz.

— E tia Letty estava lá, no canto perto da arcada... Vá e fique ali, tia Letty.

Miss Blacklock obedeceu e, em seguida, Miss Marple viu os verdadeiros buracos de bala.

— Que maravilha, que fuga providencial — ela engasgou.

— Eu ia oferecer cigarros aos meus convidados... — Miss Blacklock indicou a grande caixa prateada sobre a mesa.

— As pessoas são tão descuidadas quando fumam — disse Miss Bunner, com desaprovação. — Ninguém respeita realmente a boa mobília como costumavam fazer. Veja a horrível queimadura que alguém fez nesta linda mesa colocando um cigarro sobre ela. *Vergonhoso.*

Miss Blacklock suspirou.

— Receio que às vezes as pessoas se preocupam demais com suas posses.

— Mas é uma mesa tão linda, Letty.

Miss Bunner amava os bens de sua amiga com tanto fervor como se fossem seus. Docinho sempre achou que era uma característica muito cativante dela. Ela não mostrou sinal algum de inveja.

— É uma mesa adorável — disse Miss Marple, educadamente. — E que linda luminária de porcelana.

Mais uma vez, foi Miss Bunner quem aceitou o elogio, como se ela, e não Miss Blacklock, fosse a dona da peça.

— Não é maravilhosa? Dresden. Existe um par delas. A outra está no quarto de hóspedes, eu acho.

— Você sabe onde está tudo nesta casa, Dora, ou pensa que sabe — disse Miss Blacklock, bem-humorada. — Você se preocupa muito mais com as minhas coisas do que eu.

Miss Bunner enrubesceu.

— Eu *gosto* de coisas boas — disse ela. Sua voz era meio desafiadora, meio melancólica.

— Devo confessar — disse Miss Marple — que minhas poucas posses são muito queridas por mim também. Tantas *memórias*, sabe? É o mesmo com as fotos. As pessoas hoje em dia têm tão poucas fotos. Agora gosto de guardar todas as de meus sobrinhos e sobrinhas quando eram bebês, e depois quando crianças, e assim por diante.

— A senhora tem uma foto horrível minha, aos 3 anos — disse Docinho. — Segurando um Fox Terrier e apertando os olhos.

— Imagino que sua tia tenha muitas fotos suas — disse Miss Marple, voltando-se para Patrick.

— Ah, somos apenas primos distantes — disse Patrick.

— Creio que Elinor me enviou uma de você ainda bebê, Pat — disse Miss Blacklock. — Mas temo que não a guardei. Eu realmente tinha esquecido quantos filhos ela teve ou quais eram seus nomes, até que ela me escreveu sobre vocês dois estarem aqui.

— Outro sinal dos tempos — comentou Miss Marple. — Hoje em dia, muitas vezes nem sequer conhecemos os parentes mais jovens. Nos velhos tempos, com todas as grandes reuniões de família, isso teria sido impossível.

— Eu vi a mãe de Pat e Julia pela última vez em um casamento há trinta anos — disse Miss Blacklock. — Ela era uma garota muito bonita.

— É por isso que ela teve filhos tão bonitos — disse Patrick com um sorriso.

— Você tem um álbum antigo maravilhoso — disse Julia. — Você se lembra, tia Letty? Nós o examinamos outro dia. Os chapéus!

— E como nós nos achávamos na moda — disse Miss Blacklock com um suspiro.

— Não se preocupe, tia Letty — disse Patrick. — Julia vai encontrar um instantâneo de si mesma daqui a uns trinta anos, e vai se achar horrível!

— A senhora fez aquilo de propósito? — disse Docinho, enquanto ela e Miss Marple voltavam para casa. — Digo, falar sobre fotografias?

— Bem, minha querida, é interessante saber que Miss Blacklock não conhecia de vista seus dois jovens parentes... Sim, acho que o Inspetor Craddock ficará interessado em ouvir isso.

Capítulo 12

Atividades matinais em Chipping Cleghorn

Edmund Swettenham sentou-se, de um modo um tanto precário, sobre um rolo nivelador de jardim.

— Bom dia, Phillipa — disse ele.

— Olá.

— Está muito ocupada?

— Mais ou menos.

— O que está fazendo?

— Você não consegue ver?

— Não, não sou jardineiro. Você parece estar brincando com a terra de alguma forma.

— Estou fazendo o repique da alface de inverno.

— Repique? Que termo curioso! Como em "repicado". Você sabe o que é um repicado? Só aprendi outro dia. Sempre pensei que era um termo do pôquer.

— Você quer algo em particular? — perguntou Phillipa, friamente.

— Sim. Quero ver você.

Phillipa deu a ele um olhar rápido.

— Eu gostaria que você não viesse aqui assim. Mrs. Lucas não vai gostar.

— Ela não permite que você tenha admiradores?

— Não seja absurdo.

— Admiradores. Essa é outra palavra legal. Descreve minha atitude perfeitamente. Respeitoso, à distância, mas seguindo com determinação.

— Por favor, vá embora, Edmund. Você não precisa vir aqui.

— Você está errada — disse Edmund, triunfante. — Eu tenho negócios aqui. Mrs. Lucas ligou para minha mãe esta manhã e disse que ela tinha uma boa quantidade de abóboras.

— Até demais.

— E gostaríamos de trocar um pote de mel por uma abóbora ou algo assim.

— Essa não é uma troca justa! No momento, abóboras estão bem pouco vendáveis, todo mundo tem muitas.

— Naturalmente. É por isso que Mrs. Lucas ligou. Da última vez, se bem me lembro, a troca sugerida foi um pouco de leite desnatado. Leite desnatado, veja bem, em troca de algumas alfaces. A época das alfaces era muito cedo. Elas custavam cerca de um xelim cada.

Phillipa permaneceu em silêncio.

Edmund meteu a mão no bolso e tirou um pote de mel.

— Então aqui está meu álibi — disse ele. — Usado em um sentido vago e bastante indefensável do termo. Se Mrs. Lucas meter a cara na porta da estufa, estou aqui em busca de abóboras. Não há flerte algum.

— Entendo.

— Já leu Tennyson? — perguntou Edmund, puxando conversa.

— Não com muita frequência.

— Deveria. Em breve, Alfred Tennyson voltará em grande estilo. Quando ligar seu rádio à noite, serão os *Idílios do rei* que escutará, e não o interminável Anthony Trollope. Sempre achei que a pose do Trollope era uma afetação das mais insuportáveis. Talvez um pouco dele, mas não é para mergulhar de cabeça. Mas, voltando a Tennyson, você leu *Maud*?

— Uma vez, muito tempo atrás.

— Tem alguns pontos sobre isso. — E continuou, suavemente: — "Completamente sem falhas, friamente regular, esplendidamente nula." Essa é você, Phillipa.

— Mas isto está longe de ser um elogio!

— Não, não era para ser. Creio que Maud perturbou o pobre sujeito assim como você me perturbou.

— Não seja absurdo, Edmund.

— Ah, que inferno, Phillipa, por que você é do jeito que é? O que se passa por trás dessa sua postura esplendidamente regular? O que pensa? O que sente? Você está feliz, infeliz, assustada ou o quê? Deve haver *alguma coisa*.

Phillipa disse calmamente:

— O que eu sinto é problema meu.

— É meu também. Eu quero fazer você falar. Eu quero saber o que se passa nessa sua cabecinha tranquila. Eu tenho o *direito* de saber. Eu realmente tenho. Não queria me apaixonar por você. Queria sentar em silêncio e escrever meu livro. Um livro tão bom, só sobre como o mundo é miserável. É muito fácil parecer inteligente falando de como todo mundo é miserável. E é tudo um hábito, realmente. Sim, fiquei bastante convencido disso. Depois de ler sobre a vida de Burne-Jones.

— O que Burne-Jones tem a ver com isso?

— Tudo. Quando você lê sobre os pré-rafaelitas, percebe como a moda funciona. Eles eram todos incrivelmente calorosos, descolados e alegres, e riam e brincavam, tudo estava bem e era maravilhoso. Isso também era moda. Eles não eram mais felizes ou afetuosos do que nós. E nós não somos nem um pouco mais deprimidos do que eles eram. É só a moda, estou te dizendo. Depois da última guerra, fomos para o sexo. Agora tudo é sobre frustração. Nada disso importa. Por que estamos falando sobre isso tudo? Comecei falando sobre *nós*. Só que fiquei com medo e recuei. Porque você não vai me ajudar.

— O que quer que eu faça?

— *Converse!* Me conte coisas. É o seu marido? Você o adora e ele está morto, então você se fecha feito um molusco? É isso? Tudo bem, você o adorava e ele morreu. Bem, os maridos de outras garotas estão mortos, vários deles, e algumas das garotas amavam seus maridos. Elas dizem isso em bares e choram um pouco quando estão bêbadas o suficiente, e depois querem ir para a cama com a gente para se sentirem melhor. É uma maneira de superar isso, suponho. Você tem que superar isso, Phillipa. Você é jovem e extremamente adorável, e eu te amo pra caramba. Fale desse seu maldito marido, me fale sobre ele.

— Não há nada para contar. Nós nos conhecemos e nos casamos.

— Você devia ser muito jovem.

— Bastante.

— Então não estava feliz com ele? *Continue*, Phillipa.

— Não há nada para discutir. Nos casamos. Éramos tão felizes quanto a maioria das pessoas, suponho. Harry nasceu. Ronald foi para o exterior. Ele... ele foi morto na Itália.

— E agora é só o Harry?

— E agora é só o Harry.

— Eu gosto de Harry. Ele é um menino muito bom. Ele gosta de mim. Nós nos damos bem. O que há, Phillipa? Vamos nos casar? Você pode fazer jardinagem e eu posso continuar escrevendo meu livro, e nas férias vamos parar de trabalhar e nos divertir. Podemos dar um jeito, com tato, de não ter que morar com mamãe. Ela pode desembolsar alguma coisa para sustentar seu filho devotado. Eu dependo dela, meus livros são bem loucos, tenho problemas de visão e falo demais. Esses são meus defeitos. Você vai me dar uma chance?

Phillipa olhou para ele. Ela viu um jovem alto e um tanto solene, de rosto ansioso e óculos grandes. Seus cabelos ruivo-claros estavam bagunçados, e ele a encarava com uma tranquilidade amigável.

— Não — disse Phillipa.

— Definitivamente, não?

— Definitivamente, não.

— Por quê?

— Você não sabe coisa alguma a meu respeito.

— Isso é tudo?

— Não, você não sabe coisa alguma sobre qualquer coisa.

Edmund refletiu sobre isso.

— Talvez não — admitiu ele. — Mas quem é que sabe? Phillipa, minha adorada... — Ele se interrompeu.

Um latido contínuo e estridente vinha se aproximando deles.

Pequineses no jardim do grande salão (disse Edmund)
Quando caía o crepúsculo (exceto que são onze da manhã)
Phil, Phil, Phil, Phil,
Eles gritavam e chamavam...

— Seu nome não se presta muito às rimas, não é? Parece uma ode a uma caneta-tinteiro. Você tem outro nome?

— Joan. *Por favor*, vá embora. Aquela é Mrs. Lucas.

— *Joan, Joan, Joan, Joan.* Melhorou, mas ainda não está bom. *E a engordurada Joan mexe a panela de sopa...* Essa também não é uma boa imagem numa vida de casado.

— Mrs. Lucas está...

— Ai, diacho! — disse Edmund. — Me alcance a bendita abóbora.

O Sargento Fletcher tinha a casa em Little Paddocks toda para ele.

Era o dia de folga de Mitzi. Ela sempre ia no ônibus das onze horas para Medenham Wells. Como acertado com Miss Blacklock, o Sargento Fletcher estava no comando da casa. Dora Bunner e ela haviam descido para a aldeia.

Fletcher trabalhou rápido. Alguém na casa tinha lubrificado e preparado aquela porta, e quem o tinha feito, o tinha feito para poder sair da sala despercebido assim que as luzes se apagassem. Isso descartava Mitzi, que não precisaria usar a porta.

Sobrava quem? Os vizinhos também podem ser excluídos, pensou Fletcher. Não via como poderiam ter encontrado uma oportunidade de lubrificar e preparar a porta. Sobravam Patrick e Julia Simmons, Phillipa Haymes e, possivelmente, Dora Bunner. Os jovens Simmons tinham ido a Milchester. Phillipa Haymes estava trabalhando. O Sargento Fletcher estava livre para descobrir todos os segredos que pudesse. Mas a casa era decepcionantemente inocente. Fletcher, especialista em eletricidade, não conseguiu encontrar algo sugestivo na fiação ou nos aparelhos da instalação elétrica que mostrasse como as luzes foram desligadas. Fazendo um rápido levantamento dos quartos da casa, ele encontrou uma normalidade irritante. No quarto de Phillipa Haymes havia fotos de um garotinho de olhar sério, uma foto antiga da mesma criança, um monte de cartas de um estudante, um ou dois programas de peças de teatro. No quarto de Julia, havia uma gaveta cheia de fotografias do sul da França. Imagens de praia, uma villa cercada por mimosas. Patrick guardava algumas lembranças da época da marinha. Dora Bunner tinha poucos pertences pessoais e eles pareciam suficientemente inocentes.

E, no entanto, pensou Fletcher, alguém na casa deve ter lubrificado aquela porta.

Seus pensamentos foram interrompidos por um som abaixo das escadas. Ele foi rapidamente para o topo da escadaria e olhou para baixo.

Mrs. Swettenham atravessava o corredor. Ela levava um cesto no braço. Ela olhou para a sala, continuou sua caminhada e foi até a sala de jantar. E então saiu sem o cesto.

Algum leve ruído que Fletcher fizera, uma tábua que rangera inesperadamente sob seus pés, fez com ela virasse a cabeça. Ela chamou:

— É a senhora, Mrs. Blacklock?

— Não, Mrs. Swettenham, sou eu — disse Fletcher.

A mulher soltou um gritinho.

— Ah! Nossa, você me assustou. Achei que poderia ser outro ladrão.

Fletcher desceu as escadas.

— Esta casa não parece muito bem protegida contra ladrões — disse ele. — As pessoas podem entrar e sair quando quiserem?

— Acabei de trazer alguns dos meus marmelos — explicou Mrs. Swettenham. — Miss Blacklock quer fazer geleia de marmelo, mas ela não tem uma marmeleira. Eu os deixei na sala de jantar.

Então ela sorriu.

— Ah, entendo, o senhor quer dizer como foi que eu entrei? Bem, acabei de passar pela porta lateral. Todos nós entramos e saímos das casas uns dos outros, sargento. Ninguém sonha em trancar uma porta até escurecer. Quer dizer, seria tão estranho, não seria, se você trouxesse coisas e não pudesse entrar para deixá-las? Não é como nos velhos tempos, quando você tocava uma campainha e um criado sempre vinha atender. — Mrs. Swettenham suspirou, e disse, com tristeza: — Na Índia, eu me lembro, nós tínhamos dezoito criados. Dezoito. Sem contar a aia. Só para ter, mesmo. E em casa, quando eu era menina, sempre tínhamos três, embora mamãe sempre achasse que era uma desgraça não poder pagar uma copeira. Devo dizer que acho a vida muito estranha hoje em dia, sargento, embora saiba que não se deve reclamar. A vida de um mineiro é muito pior, sempre tendo psitacose. (Ou isso é uma doença de papagaio?) E tendo que sair das minas e tentar a vida como jardineiros, embora não saibam diferençar ervas daninhas de espinafres.

E, enquanto tropeçava em direção à porta, ela acrescentou:

— Não vou ficar segurando o senhor. Imagino que esteja muito ocupado. Não vão acontecer mais coisas, vão?

— Por que deveriam, Mrs. Swettenham?

— Só fiquei me perguntando, por ver o senhor aqui. Achei que poderia ser uma gangue. Vai avisar à Miss Blacklock sobre os marmelos, não vai?

Mrs. Swettenham partiu.

Fletcher ficou se sentindo como um homem que recebe um baque inesperado. Ele havia presumido, e percebia agora que erroneamente, que teria de ser alguém da casa para ter lubrificado a porta. Percebia agora que estava errado. Um estranho só precisaria esperar até que Mitzi partisse de ônibus e Letitia Blacklock e Dora Bunner estivessem fora da residência. Essa oportunidade deve ter sido a coisa mais simples. Isso significava que ele não poderia descartar qualquer pessoa que estivesse na sala de estar naquela noite.

— Murgatroyd!

— Sim, Hinch.

— Andei pensando um pouco.

— É mesmo, Hinch?

— Sim, botei a cachola para funcionar. Sabe, Murgatroyd, toda aquela situação da outra noite foi decididamente suspeita.

— Suspeita?

— Sim. Prenda o cabelo para cima, Murgatroyd, e pegue esta espátula. Finja que é um revólver.

— Ah — disse Miss Murgatroyd, nervosa.

— Tudo bem. Não vai te morder. Agora venha até a porta da cozinha. Você vai ser o ladrão. Você fica *aqui*. Agora você está indo para a cozinha para manter refém um bando de idiotas. Pegue a lanterna. Ligue.

— Mas é plena luz do dia!

— Use sua imaginação, Murgatroyd. Ligue.

Ela obedeceu, um tanto desajeitada, colocando a espátula debaixo do braço enquanto o fazia.

— Agora, então — disse Miss Hinchcliffe —, pode ir. Você se lembra de quando interpretou Hermia em *Sonho de uma noite de verão* no Instituto da Mulher? Atue. Dê o melhor de si. "Mãos ao alto!" Essas são suas falas, e não as estrague dizendo "Por favor".

Obediente, Miss Murgatroyd ergueu a lanterna, sacudiu a espátula e avançou para a porta da cozinha.

Transferindo a lanterna para a mão direita, ela rapidamente girou a maçaneta e deu um passo à frente, reassumindo a lanterna com a mão esquerda.

— Mãos ao alto! — falou, acrescentando, irritada: — Caramba, Hinch, isso é muito difícil.

— Por quê?

— A porta. É uma porta de vaivém, continua voltando e estou com as duas mãos ocupadas.

— Exatamente — disse Miss Hinchcliffe. — E a porta da sala de estar em Little Paddocks também abre dos dois lados. Não é uma porta de vaivém como esta, mas não fica aberta. É por isso que Letty Blacklock comprou aquele absolutamente maravilhoso e maciço peso de porta de vidro do Elliot na High Street. Não me importo em dizer que nunca a perdoei por chegar lá antes de mim. Eu estava amaciando aquele velho tosco com muito sucesso. Ele havia baixado de oito guinéus para seis libras e dez, e então Blacklock vem e compra a maldita coisa. Eu nunca tinha visto um batente de porta tão atraente, não se costuma achar bolas de vidro tão grandes como aquela.

— Talvez o ladrão tenha encostado o peso na porta, para mantê-la aberta — sugeriu Miss Murgatroyd.

— Use seu bom senso, Murgatroyd. O que ele faria? Abriria a porta, diria "Com licença", se abaixaria e colocaria o peso de porta na posição? Em seguida, voltaria aos negócios dizendo "Mãos ao alto"? Tente segurar a porta com o ombro.

— Ainda é muito esquisito — reclamou Miss Murgatroyd.

— Exatamente — disse Miss Hinchcliffe. — Um revólver, uma lanterna e uma porta para manter aberta... Um pouco demais, não é? Então, qual é a resposta?

Miss Murgatroyd não tentou dar uma resposta. Ela olhou de modo interrogativo e com admiração para sua amiga genial e esperou ser esclarecida.

— Sabemos que ele tinha um revólver, porque ele disparou — disse Miss Hinchcliffe. — E sabemos que ele tinha uma lanterna, porque todos nós a vimos, isto é, a menos que sejamos vítimas de hipnotismo em massa, como as explicações daquele truque da corda indiana... E que chatice aquele velho Easterbrook com suas histórias indianas. Então, a questão é: alguém segurou aquela porta aberta para ele?

— Mas quem poderia ter feito isso?

— Bem, *você* poderia, Murgatroyd. Pelo que me lembro, você estava logo atrás dele quando as luzes se apagaram.

— Miss Hinchcliffe riu com vigor. — Uma pessoa altamente suspeita, não é, Murgatroyd? Mas quem pensaria em conferir você? Aqui, dê-me essa espátula, graças a Deus não é mesmo um revólver. Você já teria atirado em si mesma!

— Que coisa mais extraordinária — murmurou o Coronel Easterbrook. — Muito extraordinária, Laura.

— Sim, querido?

— Vem aqui no meu vestíbulo um momento.

— O que foi, querido?

Mrs. Easterbrook apareceu pela porta aberta.

— Lembra-se de quando lhe mostrei aquele meu revólver?

— Ah, sim, Archie, uma coisa preta horrível e tenebrosa.

— Sim. Lembrança alemã. Estava nesta gaveta, não estava?

— Sim, estava.

— Bem, não está aqui agora.

— Archie, que *extraordinário*!

— Você não mexeu em algo?

— Ah, não, eu nunca ousaria tocar naquela coisa horrível.

— Acha que foi aquela velha sei-lá-como-chama?

— Ah, não pensaria isso nem por um minuto. Mrs. Butt nunca faria uma coisa dessas. Devo perguntar a ela?

— Não, não, melhor não. Não quero começar um falatório. Diga-me, você se lembra de quando foi que eu o mostrei para você?

— Ah, foi há cerca de uma semana. Você estava reclamando dos colarinhos e da roupa suja e abriu bem esta gaveta, e lá estava ele no fundo e eu perguntei o que era.

— Sim, verdade. Cerca de uma semana atrás. Você não se lembra da data?

Mrs. Easterbrook pensou, as pálpebras cobrindo os olhos, uma mente afiada funcionando.

— É claro — disse ela. — Era sábado. O dia em que era para termos ido ao cinema, mas não fomos.

— Uhm, tem certeza de que não foi antes disso? Quarta-feira? Quinta-feira ou mesmo na semana antes disso?

— Não, querido — disse Mrs. Easterbrook. — Lembro-me com clareza. Era sábado, dia 30. Parece que foi há muito tempo por causa de todos os problemas que aconteceram. E posso dizer por que me lembro. É porque foi um dia após o assalto na casa de Miss Blacklock. Porque quando eu vi seu revólver, me lembrei do tiroteio na noite anterior.

— Ah — disse o Coronel Easterbrook —, isso tira um grande peso da minha consciência.

— Ah, Archie, por quê?

— Apenas porque se aquele revólver tivesse desaparecido antes do tiroteio, bem, poderia ter sido o meu revólver que foi usado por aquele suíço.

— Mas como ele saberia que você tinha um?

— Essas gangues têm um serviço de comunicação extraordinário. Eles ficam sabendo tudo sobre um lugar e quem mora nele.

— Quanta coisa que você sabe, Archie.

— Ah, sim. Já vi uma coisinha ou duas no meu tempo. Ainda assim, como você se lembra de ter visto minha arma *depois* do assalto, bem, isso resolve tudo. O revólver que o suíço usou não pode ter sido meu, pode?

— Claro que não.

— Um grande alívio. Eu deveria ter contado isso à polícia. E eles teriam feito um monte de perguntas embaraçosas. São obrigados a isso. Na realidade, nunca tirei licença para ela. De alguma forma, depois de uma guerra, esquecemos esses regulamentos de tempos de paz. Pensei nisso como um souvenir de guerra, não como uma arma de fogo.

— Sim, compreendo. É claro.

— Mas, mesmo assim, onde diabos essa maldita coisa pode estar?

— Talvez Mrs. Butt tenha pegado. Ela sempre pareceu muito honesta, mas talvez tenha ficado nervosa depois do assalto e pensou que gostaria de ter um revólver em casa. Claro, ela nunca vai admitir isso. Eu nem vou perguntar a ela. Ela pode ficar ofendida. E o que devemos fazer então? Esta é uma casa tão grande, eu simplesmente não poderia...

— Exatamente — disse o Coronel Easterbrook. — Melhor ficarmos calados.

Capítulo 13

Atividades matinais em Chipping Cleghorn (continuação)

Miss Marple saiu pelo portão da casa do vigário e desceu a ruela que levava à rua principal.

Ela caminhava rapidamente com a ajuda da resistente bengala de freixo do Reverendo Julian Harmon.

Ela passou pelo pub Red Cow e pelo açougueiro e parou por um breve momento para olhar pela vitrine da loja de antiguidades de Mr. Elliot. Esta era astuciosamente situada ao lado do Bluebird Casa de Chá e Café, de modo que os viajantes motorizados abastados, depois de pararem para uma boa xícara de chá e uns eufemísticos "bolos caseiros" de uma cor brilhante de açafrão, pudessem ser tentados pela vitrine criteriosamente planejada de Elliot.

Nesta vitrine, com moldura de arco antiga, Mr. Elliot atendia a todos os gostos. Duas peças de vidro Waterford repousavam sobre um impecável resfriador de vinho. Uma escrivaninha de nogueira, feita de várias peças, estava descrita como uma "verdadeira pechincha" e, sobre uma mesa, na própria janela, havia uma variedade grande de maçanetas baratas e pitorescos duendes de biscuit, algumas porcelanas de Dresden lascadas, colares de contas de aspecto triste, uma caneca com a inscrição "Lembrança de Tunbridge Wells" e algumas peças de prata vitoriana.

Miss Marple analisou a vitrine com uma expressão extasiada, e Mr. Elliot, feito uma aranha idosa e obesa, espiou para fora de sua teia, avaliando as possibilidades com aquela nova mosca.

Mas, enquanto ele concluía que os encantos da "Lembrança de Tunbridge Wells" seriam demais para uma senhora que estava hospedada na casa do vigário (pois, é claro, Mr. Elliot, como todo mundo, sabia exatamente quem ela era), Miss Marple viu de soslaio Miss Dora Bunner entrando no Bluebird, e de imediato decidiu que o que precisava para neutralizar aquele vento frio era uma boa xícara de café matinal.

Cerca de cinco senhoras já estavam empenhadas em adoçar suas compras matinais com uma pausa para refrescos. Miss Marple, piscando um pouco na escuridão do interior do Bluebird, e fingindo buscar onde se sentar, foi saudada pela voz de Dora Bunner a seu lado.

— Ah, bom dia, Miss Marple. Sente-se aqui. Estou sozinha.

— Obrigada.

Miss Marple sentou-se agradecida na um tanto frágil e angulosa poltrona azul que era o charme do estabelecimento.

— Que vento forte — reclamou. — Não consigo andar muito rápido por causa do reumatismo na minha perna.

— Ah, sei como é. Tive ciática há um ano e, realmente, na maioria das vezes eu estava em *agonia*.

As duas senhoras falaram por alguns instantes com avidez sobre reumatismo, ciática e neurite. Uma garota de ar amuado, usando um avental rosa com uma revoada de pássaros azuis na frente, anotou os pedidos de café e bolos com um bocejo e um ar de paciência cansada.

— Os bolos — disse Miss Bunner em um sussurro conspiratório — são realmente muito bons aqui.

— Fiquei muito curiosa sobre aquela moça, tão bonitinha, que conheci quando estávamos voltando da casa de Miss Blacklock outro dia — comentou Miss Marple. — Acho que ela disse que faz jardinagem. Ou era outra coisa? Acho que o nome dela era Hynes.

— Ah, sim, Phillipa Haymes. Nossa "inquilina", como a chamamos. — Miss Bunner riu de seu próprio gracejo. — Uma moça muito boa e quieta. Uma *dama*, se é que me entende.

— Eu fiquei me perguntando mesmo. Conheci um Coronel Haymes, da cavalaria indiana. O pai dela, talvez?

— Ela é a *senhora* Haymes. Uma viúva. O marido foi morto na Sicília ou na Itália. Claro, o seu pode ter sido o pai dele.

— Me pergunto se talvez não haja algum romance a caminho? — sugeriu Miss Marple, maliciosamente. — Com aquele jovem alto?

— Com Patrick, você quer dizer? Ah, eu não...

— Não, quis dizer um jovem com óculos. Eu o vi por aí.

— Ah, claro, Edmund Swettenham. Shhh! Aquela ali no canto é mãe dele, Mrs. Swettenham. Não acho, tenho certeza. Você acha que ele a admira? Ele é um jovem tão estranho, diz as coisas mais perturbadoras às vezes. Ele deveria ser *inteligente*, sabe... — disse Miss Bunner, com sincera desaprovação.

— Inteligência não é tudo — falou Miss Marple, balançando a cabeça. — Ah, aqui está nosso café.

A menina mal-humorada largou a bandeja com um estrépito. Miss Marple e Miss Bunner serviram-se de bolinhos.

— Achei muito interessante saber que você esteve na escola com Miss Blacklock. Sua amizade é de fato antiga.

— Sim, é verdade. — Miss Bunner suspirou. — Poucas pessoas seriam tão leais a seus velhos amigos quanto a doce Miss Blacklock. Ah, querida, aqueles dias parecem ter sido há muito tempo. Ela era uma menina tão bonita e aproveitava tanto a vida.... É tão *triste*...

Miss Marple, ainda que não fizesse ideia do que é que era tão triste, suspirou e balançou a cabeça.

— A vida é dura mesmo — murmurou.

— "E a triste aflição que com coragem é suportada" — murmurou Miss Bunner, com os olhos cheios de lágrimas.

— Sempre penso nesses versos. Paciência verdadeira, resignação verdadeira. Essa coragem e paciência *devem* ser recompensadas, é o que digo. O que sinto é que nada será bom demais para a doce Miss Blacklock, e quaisquer coisas boas que aconteçam a ela, ela realmente as merece.

— Dinheiro — disse Miss Marple — pode ser muito útil para facilitar o caminho de uma pessoa na vida.

Ela se sentiu confiante nessa observação, pois julgou que eram as perspectivas de prosperidade futura de Miss Blacklock a que sua amiga se referia.

A observação, entretanto, lançou Miss Bunner em outra linha de pensamento.

— Dinheiro! — ela exclamou com amargura. — Sabe, até que alguém realmente tenha passado por isso, não acredito que se possa saber o que o dinheiro significa, ou melhor, a falta dele.

Miss Marple acenou com simpatia com sua cabeça grisalha.

Miss Bunner se recompôs, e seguiu adiante rapidamente, falando com o rosto corado:

— Já escutei as pessoas falando várias vezes: "Prefiro ter flores na mesa do que uma refeição sem elas." Mas quantas vezes essas pessoas já ficaram sem comer? Elas não sabem como é, alguém que não passou por isso não sabe como é realmente estar com *fome*. Pão, sabe, e um pote de patê e um pouquinho de margarina. Dia após dia, e a gente sonhando com um bom prato de carne e algumas verduras. E a *aparência*. A gente precisando cerzir as roupas e torcendo para que não fique aparecendo. E se candidatando a empregos e sempre tendo que ouvir que se está muito velho. E então talvez conseguir um emprego, e no final das contas não se ter mais saúde. A pessoa desmaia. E volta à mesma situação. É o aluguel, sempre o aluguel, que precisa ser pago, senão nos colocam na rua. Hoje em dia, sobra tão pouco. A aposentadoria de uma pessoa não dura muito, na verdade, não dura o mínimo.

— Eu sei — disse Miss Marple com gentileza. Ela olhou com compaixão para o rosto contorcido de Miss Bunner.

— Então escrevi para Letty. Tinha acabado de ver o nome dela no jornal. Era um almoço em prol do Hospital Milchester. Ali estava, em preto e branco, Miss Letitia Blacklock. Isso me fez voltar ao passado. Não tive notícias dela por anos e anos. Ela tinha sido secretária, sabe, daquele homem muito rico, Goedler. Ela sempre foi uma garota inteligente, o tipo que se dá bem no mundo. Não tanto pela aparência, mas pela *personalidade*. Eu pensei... bem, eu pensei... que talvez ela se lembrasse de mim, e ela era uma das pessoas a quem eu *poderia* pedir uma ajudinha. Quer dizer, alguém que a gente conheceu quando foi menina, que estudou junto... Bem, que a gente *conhece*, que sabe que você não é apenas uma... qualquer que escreve cartas implorando...

Lágrimas surgiram nos olhos de Dora Bunner.

— E então Lotty apareceu e me levou consigo, disse que precisava de alguém para ajudá-la. Claro, fiquei muito surpresa, muito surpresa... Mas os jornais entenderam errado. O quanto ela era gentil e simpática. E lembrando tão bem dos velhos tempos... Eu faria qualquer coisa por ela, faria mesmo. E eu tento bastante, mas receio que às vezes eu confunda tudo... Minha cabeça não é o que era. Eu cometo erros. E esqueço e digo coisas tolas. Ela é muito paciente. O que é tão bom sobre ela é que sempre finge que sou útil. Isso é gentileza de verdade, não é?

— Sim, isso é verdadeira bondade — disse Miss Marple, gentilmente.

— Eu costumava me preocupar, sabe, mesmo depois de ter vindo para Little Paddocks. Sobre o que seria de mim se... se algo acontecesse com Miss Blacklock. Afinal, há tantos acidentes, esses carros correndo por aí, a gente nunca sabe, não é? Naturalmente eu nunca *disse* qualquer coisa. Mas ela deve ter adivinhado. De repente, um dia, ela me disse que havia me deixado uma pequena parte em seu testamento... e... o que eu valorizo muito mais... toda sua bela mobília. Fiquei *muito* emocionada... Ela disse que ninguém mais as valorizaria tanto quando eu, e isso é verdade. Não suporto ver uma linda peça de porcelana quebrada ou copos sendo colocados molhados numa mesa e deixando marcas. Eu realmente cuido das coisas dela. Algumas pessoas, algumas pessoas em específico, são terrivelmente descuidadas. E às vezes até pior do que descuidadas!

Miss Bunner continuou, com simplicidade:

— Não sou tão estúpida quanto pareço. Eu percebo, sabe, quando estão se aproveitando de Letty. Algumas pessoas, não vou citar nomes, mas elas *se aproveitam*. E minha querida Miss Blacklock, acho, confia *demais* nas pessoas.

Miss Marple balançou a cabeça.

— *Isso* é um erro.

— Sim, é. A senhora e eu, Miss Marple, conhecemos o mundo. Doce Miss Blacklock... — Ela balançou a cabeça.

Miss Marple achava que, como secretária de um grande financista, Miss Blacklock também devia conhecer o mundo. Mas, provavelmente, o que Dora Bunner quis dizer é que Letty Blacklock sempre esteve numa situação confortável, e que quem vive em conforto não conhece os abismos mais profundos da natureza humana.

— Aquele Patrick! — disse Miss Bunner, com uma rapidez e aspereza que fez Miss Marple pular. — Duas vezes, pelo menos, que eu saiba, ele conseguiu dinheiro com ela. Fingindo que está duro. Fazendo dívidas. Todo esse tipo de coisa. Ela é muito generosa. Tudo o que ela me disse quando reclamei com ela foi: "O menino é jovem, Dora. A juventude é o momento de viver aventuras."

— Bem, isso é verdade — disse Miss Marple. — E um jovem muito bonito, também.

— Tão bonito quanto é possível ser — comentou Dora Bunner. — Mas gosta muito de zombar das pessoas. E suspeito que tenha muitos problemas com garotas. Sou apenas uma figura engraçada para ele, só isso. Ele não parece perceber que as pessoas têm sentimentos.

— Os jovens *são* bastante descuidados nisso — disse Miss Marple.

Miss Bunner, de súbito, inclinou-se para a frente com um ar misterioso.

— Você não vai contar a alguém, vai, minha querida? — perguntou. — Mas não posso deixar de sentir que ele esteve envolvido neste negócio terrível. Acho que ele conhecia aquele jovem, ou então, Julia conhecia. Não ouso sugerir tal coisa para a querida Miss Blacklock. Uma mera insinuação que fiz, e ela quase teve um treco. E, claro, é estranho, porque ele é sobrinho dela, primo, na verdade, e se o jovem suíço se matou, Patrick pode ser considerado moralmente responsável, não é? Se ele o tivesse incumbido disso, quero dizer. Estou terrivelmente confusa com tudo. E todo mundo falando daquela outra porta da sala. Isso é outra coisa que me preocupa, o detetive dizendo que foi lubrificada. Porque, veja só, eu vi...

Ela parou abruptamente.

Miss Marple fez uma pausa para selecionar uma frase.

— Muito difícil para você — disse ela, com simpatia. — Naturalmente, você não gostaria que algo chegasse à polícia.

— É exatamente isso — bradou Dora Bunner. — Eu perco o sono à noite e me preocupo, porque, veja só, encontrei Patrick nos arbustos outro dia. Eu estava procurando ovos, uma das galinhas os colocou fora, e lá estava ele segurando uma pena e uma xícara... uma xícara com óleo. E ele deu um pulo muito culpado quando me viu, e disse: "Eu só estava me perguntando o que isso estava fazendo aqui." Bem, é claro, ele pensa rápido. Devo dizer que foi ágil ao elaborar essa resposta quando o assustei. E como ele encontraria uma coisa dessas no arbusto, a menos que estivesse procurando por ela, sabendo perfeitamente bem que ela estava ali? Claro, eu não disse uma palavra sequer.

— Não, não, claro que não.

— Mas eu o encarei, se é que me entende.

Dora Bunner estendeu a mão e mordeu distraidamente um pálido bolo cor de salmão.

— E então, outro dia, eu o ouvi tendo uma conversa muito curiosa com Julia. Eles pareciam estar tendo uma espécie de briga. Ele dizia: "Se eu desconfiar que você teve algo a ver com uma coisa dessas!" Julia (ela é sempre tão calma, sabe) falou: "Bem, irmãozinho, o que você ia fazer a respeito disso?" E então, infelizmente, eu pisei naquela tábua que sempre range, e eles me viram. Então eu disse, tranquila: "Vocês dois estão brigando?" Patrick respondeu: "Estou avisando Julia para não se envolver nesses negócios do mercado ilegal." Ah, foi tudo muito habilidoso, mas não acredito que eles estivessem falando sobre algo assim! E, se me perguntar, creio que Patrick mexeu naquele abajur da sala, para fazer as luzes se apagarem, porque me lembro claramente que era a pastora, e *não* o pastor. E no dia seguinte...

Ela parou e seu rosto ficou rosado.

Miss Marple virou a cabeça para ver Miss Blacklock parada atrás delas. Devia ter acabado de entrar.

— Café e fofoca, Bunny? — disse Miss Blacklock, com um tom de censura na voz. — Bom dia, Miss Marple. Está frio, não é?

— Estávamos apenas conversando — disse Miss Bunner, apressada. — Tantas regras e tantos regulamentos novos hoje em dia. A gente realmente não sabe o que deve fazer.

As portas se abriram com um estrondo e Docinho entrou no Bluebird com pressa.

— Olá — cumprimentou ela. — Estou muito atrasada para um café?

— Não, querida — disse Miss Marple. — Sente-se e tome uma xícara.

— Precisamos ir para casa — disse Miss Blacklock. — Fez suas compras, Bunny?

Seu tom era indulgente mais uma vez, mas seus olhos ainda exibiam uma ligeira reprovação.

— Sim, sim, obrigada, Letty. Só preciso dar uma passada na farmácia para pegar uma aspirina e alguns emplastros para calos.

Quando as portas do Bluebird se fecharam atrás das duas, Docinho perguntou:

— Sobre o que estavam falando?

Miss Marple não respondeu de imediato. Ela esperou enquanto Docinho fazia o pedido, depois disse:

— A solidariedade familiar é uma coisa muito forte. Muito forte. Você se lembra de um caso famoso... Eu realmente não consigo lembrar qual era. Disseram que o marido tinha envenenado a esposa. Com uma taça de vinho. Então, no julgamento, a filha disse que tinha bebido metade do copo de sua mãe, e isso destruiu o caso contra seu pai. Dizem, mas isso pode ser apenas boato, que ela nunca mais falou com o pai ou morou com ele novamente. Claro, um pai é uma coisa, um sobrinho, ou um primo distante, é outra. Mas ainda está ali, ninguém quer um membro de sua família enforcado, quer?

— Não — disse Docinho, refletindo. — Não acho que iam querer.

Miss Marple recostou-se na cadeira. E murmurou:

— As pessoas são realmente muito parecidas em todos os lugares.

— E com quem me pareço?

— Bem, querida, para ser sincera, você é muito parecida com você mesma. Não sei se você me lembra alguém em particular. Exceto talvez...

— Lá vem ela — disse Docinho.

— Estava pensando em uma copeira minha, querida.

— Uma copeira? Eu seria uma péssima copeira.

— Sim, querida, ela também. Ela não era boa em servir à mesa. Posicionava tudo torto, misturava as facas da cozinha com as da sala de jantar, e a touca dela (isso foi há muito tempo, querida) nunca ficava reta.

Docinho ajustou o chapéu automaticamente.

— Algo mais? — exigiu, ansiosamente.

— Eu a mantive porque ela era muito agradável de se ter em casa, e porque ela costumava me fazer rir. Gostava da maneira como ela dizia as coisas sem rodeios. Certo dia, veio até mim e falou: "Claro, não sei, madame, mas a Florrie, a maneira como ela se senta é como a de uma mulher casada." E a pobre Florrie estava mesmo com problemas. O cavalheiro assistente do cabeleireiro. Felizmente, foi bem a tempo, e pude conversar um pouco com ele, e os dois tiveram um casamento muito bom e se estabeleceram muito felizes. Ela era uma boa menina, a Florrie, mas tendia a se deixar enganar por uma aparência cavalheiresca.

— Ela não cometeu assassinato, certo? — perguntou Docinho. — Digo, a copeira.

— Não, de fato — disse Miss Marple. — Ela se casou com um ministro batista e eles tiveram três filhos.

— Assim como eu — disse Docinho. — Embora eu só tenha Edward e Susan até agora.

Ela acrescentou, depois de alguns minutos:

— Em quem você está pensando, tia Jane?

— Muitas pessoas, querida, muitas pessoas — respondeu Miss Marple, vagamente.

— Em St. Mary Mead?

— Na maioria das vezes... Eu estava, na verdade, pensando na enfermeira Ellerton. Uma mulher excelente e gentil. Cuidava de uma velha senhora, parecia gostar muito dela. Então a velha senhora morreu. Veio outra, e morreu *também*. Morfina. E tudo veio à tona. Foi feito da maneira mais gentil, e o mais chocante é que a própria mulher não conseguia ver que havia feito algo errado. De qualquer forma, elas não teriam muito tempo de vida, disse ela, uma das idosas tinha câncer e muitas dores.

— Você quer dizer que foi uma morte misericordiosa?

— Não, não. Elas deixaram dinheiro para ela. Ela gostava de dinheiro, sabe. E houve também aquele jovem que trabalhava num navio, sobrinho de Mrs. Pusey, da papelaria. Trazia para casa coisas que ele roubava e fez com que ela as passasse adiante. Dizia que eram coisas que comprou no exterior. Ela se deixou levar. E então, quando a polícia apareceu e começou a fazer perguntas, ele tentou golpeá-la na cabeça, para que ela não pudesse denunciá-lo. Não era um bom rapaz, mas era muito bonito. Havia duas garotas apaixonadas por ele. Ele gastou muito dinheiro com uma delas.

— Na mais desagradável, suponho — disse Docinho.

— Sim, querida. E havia Mrs. Cray, da loja de lã. Era devotada ao filho e o estragou, é claro. Ele se meteu com um pessoal esquisito. Você se lembra de Joan Croft, Docinho?

— Nã-não, acho que não.

— Achei que você poderia tê-la visto quando me visitou. Costumava falar sobre fumar charuto ou cachimbo. Certa vez, tivemos um assalto a banco e Joan Croft estava no estabelecimento na época. Ela derrubou o homem e tirou o revólver dele. O banco a parabenizou por sua coragem.

Docinho ouviu com atenção. Ela parecia decorar cada palavra.

— E...? — perguntou.

— Aquela garota em St. Jean des Collines naquele verão. Uma garota tão quietinha. Mas não tão quieta quanto silenciosa. Todo mundo gostava dela, mas nunca a conheceram muito bem... Soubemos depois que seu marido era falsificador. Isso a fazia se sentir isolada das pessoas. Isso a deixou, no fim, um pouco esquisita. A solidão faz isso, sabe?

— Algum coronel anglo-indiano em suas reminiscências, querida?

— Naturalmente. Havia o Major Vaughan, em Larches, e o Coronel Wright, no Chalé Simla. Nada de errado com eles. Mas eu lembro que Mr. Hodgson, o gerente do banco, fez um cruzeiro e se casou com uma mulher jovem o suficiente para ser sua filha. Não tenho ideia de onde ela veio, exceto o que ela contou a ele, é claro.

— E isso não era verdade?

— Não, querida, definitivamente não era.

— Nada mal — disse Docinho, acenando com a cabeça e contando as pessoas nos dedos. — Temos a devotada Dora, o bonito Patrick, Mrs. Swettenham e Edmund, Phillipa Haymes e o Coronel Easterbrook e Mrs. Easterbrook... E se me perguntasse, diria que você está absolutamente certa sobre *ela*. Mas não haveria razão para ela assassinar Letty Blacklock.

— Miss Blacklock, é claro, pode saber algo sobre ela que não gostaria que soubessem.

— Ah, querida, aquela velha história de Tanqueray? Certamente isso já é assunto morto.

— Pode não ser. Veja, Docinho, você não é do tipo que se importa muito com o que as pessoas pensam de você.

— Entendo o que quer dizer — disse Docinho de repente.

— Se você estivesse na pior, e então, feito um gato de rua, encontrasse uma casa, uma tigela de leite e uma mão carinhosa que a chamasse de gatinha, alguém que só pensa o melhor de você... Você faria de tudo para manter isso... Bem, devo dizer, a senhora me apresentou uma galeria de pessoas muito completa.

— Você não acertou tudo, sabe — disse Miss Marple, suavemente.

— Não? Quem deixei passar? Julia? *Julia, a linda Julia é peculiar...*

— Três xelins e seis pence — disse a garçonete mal-humorada, materializando-se das sombras. — E eu gostaria de saber, Mrs. Harmon — acrescentou, com o peito arfando sob os pássaros azuis do avental. — Por que me chama de peculiar. Tive uma tia que entrou para o Povo Peculiar, mas sempre fui uma boa seguidora da Igreja da Inglaterra, como o antigo Reverendo Hopkinson poderia lhe atestar.

— Mil perdões — disse Docinho. — Eu estava apenas citando uma música. Não quis me referir a você de forma alguma. Não sabia que seu nome era Julia.

— É uma coincidência e tanto — disse a garçonete, emburrada, animando-se um pouco. — Não me ofendi, claro, mas quando escutei meu nome, bem, naturalmente, se você acha que alguém está falando sobre você, é da natureza humana querer escutar. Obrigada.

Ela partiu, então, com sua gorjeta.

— Tia Jane — disse Docinho. — Não fique tão chateada. O que foi?

— Mas claro — murmurou Miss Marple. — Não pode ser. Não haveria motivos...

— Tia Jane!

Miss Marple suspirou e sorriu.

— Desculpe-me, querida — disse ela.

— A senhora acha que sabe quem cometeu o crime? — perguntou Docinho. — Quem é?

— Não sei de coisa alguma — respondeu Miss Marple. — Tive uma ideia por um momento, mas passou. Quisera eu saber. O tempo é tão curto. Tão terrivelmente curto.

— O que a senhora quer dizer com curto?

— Aquela velha na Escócia pode morrer a qualquer momento.

Docinho disse, olhando-a fixamente:

— Então a senhora realmente acredita em Pip e Emma. Você acha que foram eles, e que vão tentar de novo?

— É claro que eles vão tentar de novo — disse Miss Marple, quase distraída. — Se eles tentaram uma vez, eles tentarão novamente. Se você decide matar alguém, não para porque da primeira vez não deu certo. Especialmente se tiver certeza de que não é suspeito.

— Mas se forem Pip e Emma — ponderou Docinho —, podem ser apenas duas pessoas. Devem ser Patrick e Julia. Eles são irmão e irmã e são os únicos que têm a idade certa.

— Minha querida, não é tão simples assim. Existe todo tipo de ramificações e combinações. Há a esposa de Pip, se ele for casado, ou o marido de Emma. Há a mãe deles. Ela é parte interessada, mesmo que não seja uma herança direta. Se Letty Blacklock não a viu por trinta anos, ela, provavelmente, não a reconheceria agora. Mulheres idosas são muito parecidas entre si. Você se lembra que Mrs. Wotherspoon ganhava sua própria aposentadoria por idade e a de Mrs. Bartlett, mesmo Mrs. Bartlett já estando morta havia anos? De qualquer forma, Miss Blacklock é míope. Não percebeu como ela olha as pessoas? E então há o pai. Ao que parece, ele era um péssimo tipo.

— Sim, mas ele é estrangeiro.

— De nascimento. Não há razão para acreditar que ele fale um inglês ruim e gesticule com as mãos. Ouso dizer que ele poderia desempenhar o papel de... de um coronel anglo-indiano tão bem quanto qualquer outra pessoa.

— É *isso* que a senhora acha?

— Não, eu não acho. Eu realmente não acho, querida. Só acho que há muito dinheiro em jogo, muito dinheiro. E receio que eu conheça as coisas realmente horríveis que as pessoas podem fazer para colocar as mãos em um monte de dinheiro.

— Imagino que façam mesmo — disse Docinho. — E não lhes faz bem algum, não é? No fim das contas.

— Não, mas, em geral, elas não sabem disso.

— Compreendo. — Docinho sorriu de repente, um sorriso doce e meio torto. — A pessoa pensa que com ela vai ser diferente... Até eu penso isso. — Ela refletiu: — Você finge para si mesma que faria algo bom com todo esse dinheiro. Esquemas... Lares para crianças indesejadas... Mães cansadas... Um adorável asilo no exterior, um lugar para mulheres idosas que trabalharam muito...

Seu rosto ficou sombrio. Seus olhos tornaram-se, de repente, escuros e trágicos.

— Sei o que você está pensando — disse para Miss Marple. — Está pensando que eu seria o pior tipo. Porque eu fico me enganando. Se a pessoa só quer o dinheiro por motivos egoístas, ao menos ela *se vê* como realmente é. Mas, na hora em que você começa a fingir que faria o bem com isso, seria capaz de se convencer, talvez, de que não importaria muito matar alguém... — Então seus olhos clarearam. — Mas eu não devo. Eu realmente não devo matar alguém. Nem se forem velhos, doentes ou causarem muitos danos ao mundo. Nem se forem chantagistas ou... absolutamente *monstruosos*. — Ela tirou uma mosca com cuidado da borra do café e a colocou na mesa para secar. — Porque as pessoas gostam de viver, não é? As moscas também. Mesmo se você estiver velho e com dor e puder simplesmente rastejar ao sol. Julian diz que essas pessoas gostam de viver ainda mais do que os jovens fortes. É mais difícil, diz ele, para elas morrerem, a luta é maior. Eu mesma gosto de viver, não apenas de ser feliz e me divertir. Quero dizer, *viver*. Acordando e sentindo, no corpo todo, que estou *aqui* e existo.

Ela soprou a mosca suavemente. Ela agitou as asas e voou para longe.

— Anime-se, querida tia Jane — disse Docinho. — Eu nunca mataria alguém.

Capítulo 14

Excursão para o passado

Após passar a noite no trem, o Inspetor Craddock desceu em uma pequena estação nas Terras Altas.

Por um momento, pareceu estranho a ele que a rica Mrs. Goedler — uma inválida —, tendo as opções de uma casa em algum endereço da moda em Londres, uma propriedade em Hampshire ou um chalé no sul da França, tivesse escolhido aquela remota casa escocesa como sua residência. Ela certamente ficava isolada ali de muitos amigos e distrações. Devia ser uma vida solitária — ou ela estava muito doente para notar ou se preocupar com o que havia à sua volta?

Um carro aguardava por ele. Um grande Daimler antiquado com um chofer idoso dirigindo. Era uma manhã ensolarada e o inspetor gostou daquela viagem de 32 quilômetros, ainda que se maravilhasse novamente com aquela preferência por isolamento. Uma tentativa de puxar conversa com o chofer trouxe um esclarecimento parcial.

— Era a casa dela de quando era menina. Sim, ela é a última da família. E Mr. Goedler e a esposa sempre foram mais felizes aqui do que em qualquer lugar, embora raramente ele pudesse dar uma escapada de Londres. Mas quando o fazia, eles se divertiam feito um casal de crianças.

Quando as paredes cinzentas da antiga fortaleza apareceram, Craddock sentiu que o tempo estava retrocedendo. Um mordomo também idoso o recebeu e, depois de se lavar e se barbear, ele foi conduzido a uma sala com uma grande lareira acesa, onde lhe foi servido o café da manhã.

Depois do café da manhã, uma mulher alta, de meia-idade, em trajes de enfermeira, de maneiras agradáveis e competentes, entrou e se apresentou como irmã McClelland.

— Minha paciente está pronta para recebê-lo, Mr. Craddock. Na realidade, ela está ansiosa para vê-lo.

— Vou fazer o possível para não agitá-la — prometeu Craddock.

— É melhor eu avisar ao senhor sobre o que vai acontecer. O senhor achará Mrs. Goedler aparentemente normal. Ela vai falar e vai gostar de conversar, e, então, de repente, lhe faltarão forças. Saia imediatamente e mande me chamar. Ela é mantida quase inteiramente sob o efeito de morfina. Ela cochila a maior parte do tempo. Em preparação para sua visita, dei a ela um forte estimulante. Assim que o efeito do remédio passar, ela voltará a ficar semiconsciente.

— Entendo perfeitamente, Miss McClelland. Seria adequado que me dissesse exatamente como está o estado de saúde de Mrs. Goedler?

— Bem, Mr. Craddock, ela é uma mulher moribunda. Sua vida não poderá ser prolongada por mais que algumas semanas. Dizer que ela deveria estar morta há anos pode parecer estranho, mas é a verdade. O que manteve Mrs. Goedler vivendo foi seu intenso prazer e amor por estar viva. Isso talvez pareça esquisito de se dizer sobre alguém que viveu a vida de uma inválida por muitos anos e não saiu daqui de sua casa por quinze anos, mas é verdade. Mrs. Goedler nunca foi uma mulher forte, mas manteve a vontade de viver em um grau surpreendente. — E acrescentou com um sorriso: — Ela também é uma mulher muito charmosa, como o senhor verá.

O inspetor foi conduzido a um quarto amplo onde ardia uma lareira e uma velha senhora estava deitada em uma cama grande com dossel. Embora ela fosse apenas cerca de sete ou oito anos mais velha do que Letitia Blacklock, sua fragilidade a fazia parecer mais velha do que realmente era.

Seu cabelo branco estava cuidadosamente arrumado, um xale de lã azul-clara envolvia pescoço e ombros. Em seu rosto notava-se marcas de dor, mas também uma expressão de doçura. E havia, estranhamente, o que Craddock só poderia descrever como um brilho sapeca em seus olhos azul-claros.

— Ora, isso é interessante — disse ela. — Não é sempre que recebo a visita da polícia. Ouvi dizer que Letitia Blacklock não se feriu no atentado contra ela. Como está minha querida Blackie?

— Ela está muito bem, Mrs. Goedler. E mandou lembranças à senhora.

— Faz muito tempo que não a vejo. Por muitos anos, trocávamos apenas um cartão de Natal. Pedi a ela que viesse aqui quando voltasse para a Inglaterra após a morte de Charlotte, mas ela disse que seria doloroso depois de tanto tempo, e talvez estivesse certa. Blackie sempre teve muito bom senso. Eu tinha uma velha amiga de escola que veio me ver cerca de um ano atrás e... Senhor! — Ela sorriu. — Nos entediamos completamente. Depois de terminarmos todas as perguntas do tipo "Você se lembra?", não havia nada a acrescentar. *Muito* embaraçoso.

Craddock se contentou em deixá-la falar antes de pressioná-la com suas perguntas. Ele queria, por assim dizer, retornar ao passado e sentir como era aquela relação a três entre os Goedler e Blacklock.

— Suponho que queira perguntar sobre o dinheiro? — disse Belle, astuta. — Randall deixou tudo para Blackie após minha morte. Claro, na realidade, meu marido nunca sonhou que eu sobreviveria a ele. Ele era um homem grande e forte, nunca tinha adoecido, e eu sempre fui uma soma de dores, sofrimentos, queixumes e médicos chegando e fazendo caretas em cima de mim.

— Não acho que queixumes seja a palavra certa, Mrs. Goedler. A velha riu.

— Não quis dizer isso no sentido de reclamações. Nunca senti pena de mim mesma. Mas sempre foi dado como certo que eu, sendo fraca, iria primeiro. Não funcionou assim. Não, não funcionou assim...

— Por que, exatamente, seu marido deixou o dinheiro deste jeito?

— Quer dizer, por que ele o deixou para Blackie? Não pelo motivo que você provavelmente está pensando. — O brilho malicioso era muito aparente. — Que mentes vocês, policiais, têm! Randall nunca foi apaixonado por ela e ela não estava por ele. Letitia, sabe, realmente tem uma mente de homem. Ela não tem sentimentos femininos ou fraqueza. Não acredito que já amou algum homem. Ela nunca foi particularmente bonita e não ligava para roupas. Ela usou um pouco de maquiagem como concessão aos costumes vigentes, mas não para ficar mais bonita. — Havia pena na velha voz enquanto ela continuava: — Ela nunca viu graça alguma em ser mulher.

Craddock olhou, com interesse, para aquela figura frágil e pequena na cama grande. Belle Goedler, ele percebeu, havia gostado, e ainda gostava, de ser uma mulher.

Ela piscou para ele.

— Sempre achei que deve ser terrivelmente enfadonho ser um homem. — E continuou, pensativa: — Acho que Randall via Blackie como uma espécie de irmão mais novo. Ele confiava no julgamento dela, que sempre foi excelente. Ela o manteve longe de problemas em mais de uma vez, você sabia?

— Ela me disse que uma vez o socorreu com dinheiro.

— Sim, isso também, mas quis dizer mais do que isso. Posso falar a verdade depois de todos esses anos. Randall realmente não conseguia distinguir entre o que era falcatrua e o que não era. Ele não tinha essa sensibilidade. O pobre coitado realmente não sabia o que era apenas esperteza e o que era desonestidade. Blackie o manteve direito. Isso é uma coisa sobre Letitia Blacklock, ela é absolutamente correta. Ela nunca faria algo que fosse desonesto. Ela tem um caráter muito bom, sabe. Sempre a admirei. Elas tiveram uma infância terrível, aquelas meninas. O pai era um velho médico do interior, terrivelmente teimoso e tacanho, o completo tirano da família. Letitia saiu de casa, veio para Londres e se treinou como contadora oficial. A outra irmã era inválida, tinha uma espécie de deformidade e ela nunca via gente nem saía. É por isso que, quando o velho morreu, Letitia desistiu de tudo para voltar para casa e cuidar da irmã. Randall ficou louco com ela, mas não fez diferença. Se Letitia pensasse que algo era seu dever, ela o faria. E você não conseguiria demovê-la.

— Isso foi quanto tempo antes de seu marido morrer?

— Alguns anos, eu acho. Randall fez seu testamento antes de ela deixar a empresa, e ele não o alterou. Ele me disse: "Não temos outras pessoas." Nosso filho morreu, você sabe, quando tinha 2 anos. "Depois que você e eu partirmos, é melhor que Blackie fique com o dinheiro. Ela vai jogar nos mercados e fazê-lo render." Veja só — continuou Belle —, Randall gostava tanto desse jogo todo de ganhar dinheiro... Não era apenas o dinheiro em si, era a aventura, os riscos, a emoção de tudo isso. E Blackie também gostava. Ela tinha o mesmo espírito aventureiro e a mesma opinião. Pobre querida, ela nunca teve algo da diversão habitual, estar apaixonada, manipular os homens e provocá-los, ter uma casa com filhos e toda a verdadeira diversão da vida.

Craddock achou estranho o pesar sincero e o desprezo indulgente sentido por essa mulher, uma mulher cuja vida fora prejudicada por uma doença, cujos único filho e marido morreram, deixando-a numa viuvez solitária, e que fora por anos uma inválida sem esperança.

Ela assentiu com a cabeça para ele.

— Sei o que está pensando. Mas eu tive todas as coisas que fazem a vida valer a pena. Elas podem ter sido tiradas de mim, mas eu as tive. Eu era bonita e alegre quando menina, casei-me com o homem que amava e ele nunca deixou de me amar. Meu filho morreu, mas eu o tive por dois anos preciosos. Eu tive muitas dores físicas, mas se você tem dor, você sabe como desfrutar do prazer primoroso dos momentos em que ela para. E todos foram gentis comigo, sempre. Eu sou uma mulher de sorte, realmente.

Craddock aproveitou uma brecha em suas observações.

— A senhora acabou de me dizer, Mrs. Goedler, que seu marido deixou sua fortuna para Miss Blacklock porque não tinha outras pessoas para quem deixá-la. Mas isso não é estritamente verdade, é? Ele tinha uma irmã.

— Ah, Sonia. Mas eles brigaram há anos e romperam completamente após isso.

— Ele desaprovou o casamento dela?

— Sim, ela se casou com um homem chamado... Qual era o nome dele...?

— Stamfordis.

— Isso. Dmitri Stamfordis. Randall sempre disse que ele era um vigarista. Os dois homens não gostaram um do outro desde o início. Mas Sonia estava perdidamente apaixonada por ele e bastante determinada a se casar. E eu, sinceramente, nunca vi por que ela não deveria estar. Os homens têm ideias estranhas sobre essas coisas. Sonia não era uma menininha, ela tinha 25 anos e sabia exatamente o que estava fazendo. Ele era um vigarista, ouso dizer... Digo, realmente um vigarista. Creio que ele tinha ficha criminal, e Randall sempre suspeitou que o nome que estava usando aqui não fosse o seu. Sonia sabia de tudo isso. A questão era, claro, algo que Randall não conseguia apreciar, que Dmitri era realmente uma pessoa extremamente atraente para as mulheres. E ele estava tão apaixonado por Sonia quanto ela por ele. Randall insistiu que ele estava se casando com ela apenas por seu dinheiro, mas isso não era verdade. Sonia era muito bonita, sabe? E ela tinha muita determinação. Se o casamento tivesse dado errado, se Dmitri tivesse sido cruel com ela ou infiel, ela simplesmente teria acabado com tudo e o abandonado. Ela era uma mulher rica e poderia fazer o que quisesse com sua vida.

— A briga nunca foi resolvida?

— Não. Randall e Sonia nunca se deram muito bem. Ela se ressentiu da tentativa dele de impedir o casamento. Ela disse:

"Pois bem, você é totalmente impossível! Esta é a última vez que você ouve de mim!"

— Mas não foi a última vez em que a senhora ouviu falar dela?

Belle sorriu.

— Não, recebi uma carta dela cerca de dezoito meses depois. Ela escreveu de Budapeste, eu me lembro, mas não deu o endereço. Ela me disse para contar a Randall que estava extremamente feliz e que acabara de ter gêmeos.

— E ela te disse os nomes deles?

Mais uma vez, Belle sorriu.

— Ela disse que eles nasceram logo depois do meio-dia, e pretendia chamá-los de Pip e Emma. Isso pode ter sido apenas uma piada, é claro.

— A senhora não teve notícias dela de novo?

— Não. Ela disse que os quatro iriam para a América para uma curta estadia. Eu nunca tive mais informações...

— Não ocorreu, suponho, de ter guardado aquela carta?

— Não, receio que não. Eu a li para Randall e ele apenas resmungou: "Um dia desses, ela vai se arrepender de ter se casado com aquele sujeito." Isso é tudo que ele falou a respeito. Nós realmente nos esquecemos dela. Ela saiu de nossas vidas.

— No entanto, Mr. Goedler deixou sua propriedade para os filhos dela no caso de Miss Blacklock morrer antes de você?

— Ah, isso foi obra minha. Eu disse a ele, quando ele me contou sobre o testamento: "E se Blackie morrer antes de mim?" Ele ficou bastante surpreso. E continuei: "Ah, eu sei que Blackie é forte como um cavalo e eu sou uma criatura delicada, mas existem coisas como acidentes, você sabe, e coisas como vasos ruins..." E ele respondeu: "Não há outras pessoas, absolutamente ninguém." E eu disse: "Há a Sonia." E ele falou imediatamente: "E deixar aquele sujeito se apossar do meu dinheiro? Definitivamente não!" Eu argumentei: "Bem, então seus filhos, Pip e Emma, e pode haver muitos mais agora", então ele resmungou, mas colocou.

— E daquele dia em diante — disse Craddock, lentamente —, a senhora não ouviu qualquer coisa sobre sua cunhada ou os filhos dela?

— Nada. Eles podem estar mortos. Eles podem estar... em qualquer lugar.

"Eles podem estar em Chipping Cleghorn", pensou Craddock.

Como se ela lesse seus pensamentos, uma expressão de alarme surgiu nos olhos de Belle Goedler.

— Não os deixe machucar Blackie. Blackie é *boa*, é muito boa, você não deve deixar que mal algum lhe aconteça...

Sua voz sumiu de repente. Craddock viu as sombras cinzentas repentinas em torno de sua boca e seus olhos.

— A senhora está cansada — disse ele. — Vou embora.

Ela assentiu com a cabeça.

— Peça a Mac para vir até mim — sussurrou ela. — Sim, cansada... — Ela fez um movimento débil com a mão. — Cuide de Blackie... Nada deve acontecer com Blackie... Cuide dela...

— Farei o meu melhor, Mrs. Goedler. — Ele se levantou e se dirigiu até a porta.

A voz dela, um fino fio de som, o seguiu...

— Não falta muito agora, até que eu esteja morta, é perigoso para ela, tome cuidado...

A irmã McClelland passou por ele enquanto saía.

Ele disse, inquieto:

— Espero não ter feito mal a ela.

— Ah, acho que não, Mr. Craddock. Eu disse que ela se cansaria de repente.

Um pouco depois, ele perguntou à enfermeira:

— A única coisa que não tive tempo de perguntar à Mrs. Goedler foi se ela tinha alguma fotografia antiga. Se for assim, me pergunto...

Ela o interrompeu.

— Receio que não haja algo desse tipo. Todos os seus papéis e suas coisas pessoais foram guardados junto dos móveis da casa em Londres, no início da guerra. Mrs. Goedler estava gravemente doente na época. Em seguida, o depósito de armazenamento foi destruído. Ela ficou muito chateada por perder tantos *souvenirs* pessoais e papéis de família. Receio que não haja algo desse tipo.

"Então era isso", pensou Craddock.

Mesmo assim, ele sentiu que sua jornada não fora em vão. Pip e Emma, aquelas aparições gêmeas, não eram exatamente aparições.

O inspetor pensou:

"Aqui está uma irmã e um irmão criados em algum lugar da Europa. Sonia Goedler era uma mulher rica na época de seu casamento, mas dinheiro europeu não era bem dinheiro. Coisas estranhas aconteceram com o dinheiro durante esses anos de guerra. E então há dois jovens, filho e filha de um homem com ficha criminal. Suponhamos que eles tenham vindo para a Inglaterra, mais ou menos sem um tostão. O que eles fariam? Pesquisariam mais sobre parentes ricos. Seu tio, um homem de vasta fortuna, está morto. Possivelmente, a primeira coisa que fariam seria consultar o testamento dele. Descobrir se, por acaso, algum dinheiro foi deixado para eles ou para sua mãe. Então eles vão para Sommerset House e descobrem o conteúdo de testamento, e então, talvez, eles descubram a existência de Miss Letitia Blacklock. Em seguida, fazem perguntas sobre a viúva de Randall Goedler. Ela é uma inválida, vive na Escócia, e eles descobrem que ela não tem muito tempo de vida. Se essa Letitia Blacklock morrer antes dela, eles ganharão uma vasta fortuna. O que acontece então?"

Craddock continuou refletindo:

"Eles não iriam para a Escócia. Eles descobririam onde Letitia Blacklock está morando hoje. E eles iriam lá, mas não como eles próprios... Eles iriam juntos... ou separados? Emma... me pergunto? Pip e Emma. Eu corto meu braço fora se Pip, Emma ou ambos não estiverem em Chipping Cleghorn agora..."

Capítulo 15

Delícia Mortal

Na cozinha de Little Paddocks, Miss Blacklock dava instruções a Mitzi.

— Sanduíches de sardinha, assim como os de tomate. E alguns daqueles *scones* que você faz tão bem. E gostaria que você fizesse aquela sua torta especial.

— Vai ser festa então, para que a senhora *quer* todas esses coisas?

— É o aniversário de Miss Bunner e algumas pessoas virão para o chá.

— Na idade dela, não se *comemorar* aniversário. Melhor é esquecer.

— Bem, ela não quer esquecer. Várias pessoas estão trazendo presentes para ela, e será bom fazer uma festinha com isso.

— Isso *ser* o que a senhora disse do última vez... e veja o que aconteceu!

Miss Blacklock controlou seu temperamento.

— Bem, não vai acontecer desta vez.

— Como a senhora *saber* o que pode acontecer neste casa? O dia todo eu *tremer* e à noite eu *trancar* minha porta e olhar no guarda-roupa para ver se alguém está escondido lá.

— Isso deve mantê-la bem e segura — disse Miss Blacklock, friamente.

— O torta que a senhora quer que eu faça, é a... — Mitzi emitiu um som que aos ouvidos ingleses de Miss Blacklock soava como "schwitzebzr", ou, talvez, como gatos cuspindo uns nos outros.

— É essa mesma. Aquela bem gostosa.

— Sim. É gostosa. Mas para isso eu não *ter* os ingredientes! Impossível fazer torta assim. Preciso de chocolate, muita manteiga, açúcar e passas.

— Você pode usar esta lata de manteiga que nos foi enviada da América. E algumas das passas que estávamos guardando para o Natal. Aqui está um pedaço de chocolate e meio quilo de açúcar.

O rosto de Mitzi, de repente, explodiu em sorrisos radiantes.

— Então, eu *fazer* uma boa para você — gritou, em êxtase. — Vai ser gostosa, gostosa, de derreter na boca! E, por cima, eu *colocar* cobertura, cobertura de chocolate, vou fazer bem bonito, e escrever *Parabéns*. Esses ingleses com suas tortas com gosto de areia, nunca, *nunca*, terão provado uma torta assim. Deliciosa, eles dirão... deliciosa...

Seu rosto ficou sóbrio novamente.

— Mr. Patrick. Ele *chamar* de Delícia Mortal. Minha torta! Não quero que minha torta seja chamada assim!

— Foi um elogio, na realidade — disse Miss Blacklock. — Ele quis dizer que valia a pena morrer para comer uma torta dessas.

Mitzi olhou para ela em dúvida.

— Bem, eu não *gostar* dessa palavra... *morte*. Eles não *morrer* por comerem minha torta, não, eles *ficar* muito, muito melhor...

— Tenho certeza de que iremos todos.

Miss Blacklock se virou e saiu da cozinha com um suspiro de alívio pelo fim bem-sucedido da conversa. Com Mitzi, nunca se sabe.

Ela encontrou Dora Bunner do lado de fora.

— Ah, Letty, devo correr e dizer a Mitzi como cortar os sanduíches?

— Não — disse Miss Blacklock, conduzindo sua amiga firmemente para o corredor. — Ela está de bom humor agora e não a quero perturbada.

— Mas eu poderia apenas mostrar a ela...

— Por favor, não mostre coisa alguma a ela, Dora. Essa gente da Europa central não gosta de receber lições. Eles odeiam isso.

Dora olhou para ela em dúvida. Então, de repente, abriu um sorriso.

— Edmund Swettenham acabou de ligar. Ele me desejou muitas felicidades e disse que estava me trazendo um pote de mel de presente esta tarde. Não é gentil? Não consigo imaginar como ele soube que era meu aniversário.

— Todo mundo parece saber. Você deve ter falado sobre isso, Dora.

— Bem, acabei de mencionar que hoje devo ter 59 anos...

— Você tem 64 anos — disse Miss Blacklock, dando uma piscadela.

— E Miss Hinchcliffe disse: "Você não parece. Que idade você acha que eu tenho?" O que era um tanto estranho, porque Miss Hinchcliffe sempre parece tão peculiar que pode ter qualquer idade. Ela disse que estava me trazendo alguns ovos, por falar nisso. Eu disse que nossas galinhas não estavam pondo muitos ultimamente.

— Não estamos indo mal com seu aniversário — disse Miss Blacklock. — Mel, ovos, uma magnífica caixa de chocolates de Julia...

— Não sei de onde ela consegue essas coisas.

— Melhor não perguntar. É provável que seus métodos sejam estritamente ilegais. — Depois, continuou: — E seu lindo broche!

Miss Bunner olhou com orgulho para o peito, onde estava presa uma pequena folha de diamante.

— Você gostou disso? Fico feliz. Nunca me importei com joias.

— Eu amei.

— Bom. Vamos alimentar os patos.

— Rá! — exclamou Patrick, dramaticamente, enquanto o grupo tomava seus lugares ao redor da mesa da sala de jantar.

— O que vejo diante de mim? A Delícia Mortal.

— Shhh — disse Miss Blacklock. — Não deixe Mitzi escutar você. Ela se opõe muito ao nome que você deu para a torta dela.

— Mesmo assim, é a Delícia Mortal! É a torta de aniversário de Bunny?

— Sim, é — disse Miss Bunner. — Estou mesmo tendo um aniversário maravilhoso.

Suas bochechas estavam vermelhas de empolgação desde que o Coronel Easterbrook entregou-lhe uma pequena caixa de doces e declamou, com uma reverência: "Doces para um doce!"

Julia revirou os olhos, e foi censurada por Miss Blacklock.

Feita justiça às boas coisas na mesa de chá, eles se levantaram de seus assentos após uma rodada de biscoitos.

— Estou um pouco enjoada — disse Julia. — É aquele bolo. Lembro que me senti da mesma forma da última vez.

— Vale a pena — disse Patrick.

— Esses estrangeiros certamente entendem de confeitaria — disse Miss Hinchcliffe. — O que eles não conseguem fazer é um simples pudim cozido.

Todos ficaram respeitosamente em silêncio, embora os lábios de Patrick parecessem prestes a perguntar se alguém *realmente* queria um simples pudim inglês.

— Você tem um jardineiro novo? — perguntou Miss Hinchcliffe à Miss Blacklock, quando eles voltaram para a sala de estar.

— Não, por quê?

— Vi um homem bisbilhotando em volta do galinheiro. Um tipo militar, de aparência bastante decente.

— Ah, *isso* — disse Julia. — É o nosso detetive.

Mrs. Easterbrook deixou cair sua bolsa.

— Um detetive? — perguntou. — Mas... mas... por quê?

— Não sei — disse Julia. — Ele faz a ronda e fica de olho na casa. Está protegendo a tia Letty, suponho.

— Absolutamente absurdo — disse Miss Blacklock. — Posso me proteger, obrigada.

— Mas com certeza está tudo encerrado agora — exclamou Mrs. Easterbrook. — Embora eu estivesse querendo perguntar a você, por que eles adiaram o inquérito?

— A polícia não está satisfeita — disse o marido. — É isso que significa.

— Mas não está satisfeito com o quê?

O Coronel Easterbrook balançou a cabeça com o ar de um homem que poderia dizer muito mais, se quisesse. Edmund Swettenham, que não gostava do coronel, disse:

— A verdade é que estamos todos sob suspeita.

— Mas suspeitam *de quê*? — repetiu Mrs. Easterbrook.

— Não importa, gatinha — respondeu o marido.

— De alguém por aí com más intenções — disse Edmund. — A intenção era cometer assassinato na primeira oportunidade.

— Ah, não, por favor, não, Mr. Swettenham. — Dora Bunner começou a chorar. — Tenho certeza de que ninguém aqui poderia querer matar a querida, querida Letty.

Houve um momento de terrível constrangimento. Edmund ficou vermelho e murmurou:

— Foi só uma piada.

Phillipa sugeriu, em voz alta e clara, que eles poderiam ouvir o noticiário das dezoito horas e a sugestão foi recebida com consentimento entusiástico.

Patrick murmurou para Julia:

— Precisamos de Mrs. Harmon aqui. Ela com certeza diria, naquela voz alta e clara dela: "Mas suponho que alguém ainda *está* esperando por uma boa chance de matá-la, Miss Blacklock?"

— Estou feliz que ela e a velha Miss Marple não puderam vir — disse Julia. — Aquela velha é do tipo bisbilhoteira. E uma imaginação sórdida, me parece. Um verdadeiro tipo vitoriano.

Ouvir as notícias conduziu facilmente a uma discussão agradável sobre os horrores da guerra atômica. O Coronel Easterbrook disse que a verdadeira ameaça à civilização era, sem dúvida, a Rússia, e Edmund afirmou que tinha vários amigos russos encantadores, anúncio este que foi recebido com frieza. A festa terminou com novos agradecimentos à anfitriã.

— Divertiu-se, Bunny? — perguntou Miss Blacklock, quando o último convidado foi despachado.

— Ah, sim. Mas estou com uma dor de cabeça terrível. É a emoção, acho.

— Foi a torta — disse Patrick. — Até eu me sinto um pouco enjoado. E você mordiscou chocolates a manhã toda.

— Acho que vou me deitar — avisou Miss Bunner. — Vou tomar algumas aspirinas e tentar ter uma boa noite de sono.

— É um plano muito bom — disse Miss Blacklock.

Miss Bunner subiu as escadas.

— Quer que eu recolha os patos para a senhora, tia Letty?

Miss Blacklock olhou para Patrick severamente.

— Só se você se certificar de trancar a porta corretamente.

— Eu vou. Juro que vou.

— Beba um copo de xerez, tia Letty — disse Julia. — Como minha velha babá costumava dizer: "Isso vai acalmar seu estômago." Uma frase revoltante, mas curiosamente pertinente neste momento.

— Bem, arrisco dizer que pode ser uma coisa boa. A verdade é que não estamos acostumados com coisas fartas. Ah, Bunny, que susto você me deu. O que foi?

— Não consigo encontrar minhas aspirinas — disse Miss Bunner, desconsolada.

— Bem, pegue um pouco das minhas, querida, elas estão ao lado da minha cama.

— Há um frasco na minha penteadeira — disse Phillipa.

— Obrigada. Muito obrigada. Se não conseguir encontrar as minhas... Mas sei que as coloquei em algum lugar. Um pote novo. Agora, onde eu poderia ter colocado isso?

— Tem no banheiro aos montes — disse Julia, impaciente. — Esta casa está abarrotada de aspirinas.

— Me irrita ser tão descuidada e perder as coisas — respondeu Miss Bunner, voltando outra vez escada acima.

— Pobre Bunny — disse Julia, erguendo o copo. — Você acha que devíamos ter dado a ela um pouco de xerez?

— Melhor não, eu acho — disse Miss Blacklock. — Ela teve muita agitação hoje, e isso não é muito bom para ela. Temo que estará pior amanhã. Ainda assim, eu realmente acho que ela se divertiu!

— Ela adorou — comentou Phillipa.

— Vamos dar a Mitzi uma taça de xerez — sugeriu Julia. — Pat! — Ela o chamou ao ouvi-lo entrar pela porta lateral. — Chama a Mitzi.

Então Mitzi foi trazida, e Julia serviu um copo de xerez para ela.

— Aqui está a melhor cozinheira do mundo — disse Patrick.

Mitzi ficou satisfeita, mas, mesmo assim, sentiu que devia protestar.

— Isso não *ser* assim. Não sou uma cozinheira. No meu país, faço trabalho intelectual.

— Então você está perdida — disse Patrick. — O que é um trabalho intelectual se comparado a um *chef d'oeuvre* como a Delícia Mortal?

— Ahh... digo ao senhor que não gosto...

— Não importa o que você gosta, minha garota — falou Patrick. — Esse é o nome que dou para isso, e assim será. Vamos brindar à morte deliciosa e para o inferno com os efeitos colaterais.

— Phillipa, minha querida, quero falar com você.

— Sim, Miss Blacklock?

Phillipa Haymes ergueu o olhar com ligeira surpresa.

— Você não está preocupada com algo, está?

— Preocupada?

— Tenho notado que você anda preocupada ultimamente. Não há algo de errado, não é?

— Ah, não, Miss Blacklock. Por que deveria haver?

— Bem... só pensei. Pensei, talvez, que você e Patrick...?

— Patrick? — Phillipa parecia realmente surpresa.

— Não é isso, então. Por favor, me perdoe se fui impertinente. Mas vocês vivem muito próximos, e embora Patrick seja meu primo, não acho que ele seja um tipo de marido satisfatório. Pelo menos, não por um tempo.

O rosto de Phillipa congelou.

— Eu não vou me casar de novo — disse ela.

— Ah, sim, algum dia você vai, minha criança. Você é jovem. Mas não precisamos discutir isso. Não há outro problema? Você não está preocupada com... com dinheiro, por exemplo?

— Não, estou bem.

— Eu sei que você fica ansiosa às vezes com a educação do seu filho. É por isso que quero te dizer uma coisa. Eu dirigi até Milchester esta tarde para ver Mr. Beddingfeld, meu advogado. As coisas não andam muito definidas ultimamente e me ocorreu que gostaria de fazer um novo testamento... tendo em vista certas eventualidades. Além do legado de Bunny, tudo vai para você, Phillipa.

— O quê? — Phillipa se virou. Seu olhar estava fixo. Ela parecia consternada, quase assustada. — Mas não quero, eu realmente não quero... Ah, prefiro não... E, de qualquer modo, por quê? Por que *eu*?

— Talvez — disse Miss Blacklock com uma voz peculiar — porque não há mais ninguém.

— Mas há Patrick e Julia.

— Sim, há Patrick e Julia. — O tom estranho na voz de Miss Blacklock ainda estava lá.

— Eles são seus parentes.

— Muito distantes. Eles não têm direitos sobre mim.

— Mas eu... eu também, não... não sei o que você pensa... Ah, eu não quero isso.

Seu olhar continha mais hostilidade do que gratidão. Havia algo quase como medo em seus modos.

— Sei o que estou fazendo, Phillipa. Me afeiçoei a você, e há o menino... Você não receberá muito se eu morrer agora, mas em algumas semanas pode ser diferente.

Seu olhar encontrou o de Phillipa firmemente.

— Mas você não vai morrer! — protestou a jovem.

— Não se eu puder evitar, tomando as devidas precauções.

— Precauções?

— Sim. Pense bem... E não se preocupe mais.

Ela saiu da sala abruptamente. Phillipa a ouviu falando com Julia no corredor.

Julia entrou na sala alguns momentos depois.

Havia um brilho ligeiramente metálico em seus olhos.

— Jogou suas cartas muito bem, não é, Phillipa? Vejo que você é uma daquelas quietinhas... O azarão.

— Então você ouviu?

— Sim, eu ouvi. Acho que era para eu ouvir.

— O que você quer dizer?

— Nossa Letty não é boba... Bem, de qualquer maneira, você está bem, Phillipa. Se deu bem, não é?

— Ah, Julia, eu não pretendia, eu nunca quis...

— Não queria? Claro que queria. Você está em dificuldades, não está? Com pouco dinheiro. Mas lembre-se disso... se alguém der cabo de tia Letty agora, você será a suspeita número um.

— Mas eu não serei. Seria idiota se eu a matasse agora, quando... se eu esperasse...

— Então você *sabe* sobre a velha Mrs. Sei-lá-quem morrendo na Escócia? Eu me perguntava... Phillipa, estou começando a acreditar que você é um azarão, de fato.

— Eu não quero prejudicar você e Patrick.

— Não quer, minha querida? Sinto muito, mas não acredito em você.

Capítulo 16

O Inspetor Craddock retorna

O Inspetor Craddock teve uma noite ruim em sua viagem noturna para casa. Seus sonhos foram mais pesadelos do que o normal. Repetidamente ele corria pelos corredores cinzentos de um castelo do velho mundo em uma tentativa desesperada de chegar a algum lugar, ou de impedir algo, a tempo. Finalmente, ele sonhou que acordou. Um enorme alívio se apoderou dele. Então a porta de seu compartimento abriu-se lentamente, e Letitia Blacklock olhou para ele com sangue escorrendo pelo rosto, dizendo em reprovação: "Por que você não me salvou? Você poderia, se tentasse."

Desta vez, ele realmente acordou.

Ao todo, o inspetor ficou grato por finalmente chegar a Milchester. Ele foi imediatamente fazer seu relatório a Rydesdale, que o ouviu com atenção.

— Não nos leva muito mais longe — disse ele. — Mas isso confirma o que Miss Blacklock disse a você. Pip e Emma... Uhm, eu me pergunto.

— Patrick e Julia Simmons têm a idade certa, senhor. Se pudéssemos estabelecer que Miss Blacklock não os via desde que eram crianças...

Com uma risada muito fraca, Rydesdale disse:

— Nossa aliada, Miss Marple, esclareceu isso para nós. Na verdade, Miss Blacklock nunca os tinha visto até dois meses atrás.

— Então, com certeza, senhor...

— Não é tão fácil assim, Craddock. Estamos verificando. Pelo que temos, Patrick e Julia parecem definitivamente estar fora de questão. Seu histórico naval é genuíno... Um bom currículo, exceto uma tendência à "insubordinação". Ligamos para Cannes, e uma indignada Mrs. Simmons disse que é claro que seu filho e sua filha estão em Chipping Cleghorn com sua prima Letitia Blacklock. Então é isso!

— E essa Mrs. Simmons é a Mrs. Simmons?

— Ela é Mrs. Simmons há muito tempo, isso é tudo que posso dizer — disse Rydesdale secamente.

— Isso parece que ficou bastante claro. Apenas... aqueles dois serviam. Idade certa. Não são conhecidos de Miss Blacklock, pessoalmente. Se quiséssemos Pip e Emma, bem, lá estavam eles.

O chefe da polícia balançou a cabeça, pensativo, depois empurrou um papel para Craddock.

— Aqui está uma coisinha que desenterramos de Mrs. Easterbrook.

O inspetor leu com as sobrancelhas erguidas.

— Muito interessante — comentou ele. — Enganou aquele bode velho muito bem, não foi? No entanto, não está relacionado com este negócio, pelo que posso ver.

— Aparentemente, não.

— E aqui está um item que diz respeito a Mrs. Haymes.

Mais uma vez, as sobrancelhas de Craddock se ergueram.

— Acho que vou ter outra conversa com ela — disse ele.

— Você acha que esta informação pode ser relevante?

— Acho que pode ser. Seria um tiro no escuro, é claro...

Os dois homens ficaram em silêncio por alguns momentos.

— Como está Fletcher, senhor?

— Fletcher tem estado extremamente ativo. Ele fez uma busca de rotina na casa de comum acordo com Miss Blacklock, mas não encontrou nada significativo. Então ele está verificando quem poderia ter tido a oportunidade de lubrificar aquela porta, checando quem estava em casa nos dias em que aquela estrangeira esteve fora. É um pouco mais complicado do que pensávamos, porque parece que ela sai para passear quase todas as tardes. Geralmente vai até a aldeia para tomar uma xícara de café no Bluebird. Então, quando

Miss Blacklock e Miss Bunner estão fora, quase todas as tardes, quando elas vão dar uma volta, a barra está limpa.

— E as portas ficam sempre destrancadas?

— Elas costumavam estar. Acho que não estão agora.

— Quais são os resultados de Fletcher? Quem esteve na casa quando ela foi deixada vazia?

— Praticamente todos eles.

Rydesdale consultou uma página à sua frente.

— Miss Murgatroyd esteve lá com uma galinha para botar alguns ovos. (Parece complicado, mas é o que ela diz.) Muito nervosa com tudo isso e se contradiz, mas Fletcher acha que é nervosismo e não um sinal de culpa.

— Pode ser — admitiu Craddock. — Ela é agitada.

— Então Mrs. Swettenham veio buscar um pouco de carne de cavalo que Miss Blacklock havia deixado para ela na mesa da cozinha, porque Miss Blacklock estava em Milchester de carro naquele dia, e sempre traz carne de cavalo para Mrs. Swettenham. Isso faz sentido para você?

Craddock refletiu.

— Por que Miss Blacklock não deixou a carne de cavalo quando ela passou pela casa de Mrs. Swettenham no caminho de volta de Milchester?

— Eu não sei, mas ela não o fez. Mrs. Swettenham diz que ela (Miss B.) sempre a deixa na mesa da cozinha e ela (Mrs. S.) gosta de ir buscá-la quando Mitzi não está lá, porque Mitzi às vezes é muito rude.

— Faz sentido. E a próxima?

— Miss Hinchcliffe. Diz que não esteve lá ultimamente. Mas esteve. Porque Mitzi a viu saindo pela porta lateral um dia e também Mrs. Butt (ela é uma das moradoras locais). Miss H. então admitiu que ela poderia ter estado lá, mas que havia esquecido. Não conseguiu se lembrar o que ela foi fazer na casa. Diz que provavelmente só estava passando.

— Isso é bem estranho.

— Então, é o jeito dela, aparentemente. Depois, há Mrs. Easterbrook. Ela estava passeando com seus queridos cãezinhos por ali e só apareceu para ver se Miss Blacklock lhe emprestaria um padrão de tricô, mas Miss Blacklock não estava. Ela disse que esperou um pouco.

— Imagino. Podia estar bisbilhotando. Ou podia estar lubrificando uma porta. E o coronel?

— Foi lá um dia com um livro sobre a Índia que Miss Blacklock demonstrou o desejo de ler.

— E ela tinha?

— O que ela diz é que tentou evitar ter que ler, mas não adiantou.

— Faz sentido — suspirou Craddock. — Se alguém está realmente determinado a lhe emprestar um livro, você nunca conseguirá evitar!

— Não sabemos se Edmund Swettenham esteve lá. Ele foi extremamente vago. Disse que ocasionalmente aparecia para levar recados de sua mãe, mas acha que não ultimamente.

— Na verdade, é tudo inconclusivo.

— Sim.

Rydesdale falou, com um leve sorriso:

— Miss Marple também tem sido ativa. Fletcher relatou que ela tomou café da manhã no Bluebird. Também tomou xerez em Boulders e chá em Little Paddocks. Ela admirou o jardim de Mrs. Swettenham, e apareceu para ver as curiosidades indianas do Coronel Easterbrook.

— Ela pode nos dizer se o Coronel Easterbrook é um coronel *pukka* ou não.

— Ela saberá, concordo. Parece tudo correto com ele. Teríamos que verificar com as autoridades do Extremo Oriente para obter uma identificação certa.

— E nesse ínterim — interrompeu-o o inspetor —, você acha que Miss Blacklock consentiria em ir embora?

— Ir embora de Chipping Cleghorn?

— Sim. Levar a fiel Bunner com ela, talvez, e partir para um destino desconhecido. Por que ela não deveria ir para a Escócia e ficar com Belle Goedler? É um lugar inalcançável.

— Parar ali e esperar a outra morrer? Não acho que ela faria isso. Não acho que uma mulher de boa índole gostaria dessa sugestão.

— Se é uma questão de salvar a vida dela...

— Vamos, Craddock, não é tão fácil dar cabo de alguém como você parece pensar.

— Não é, senhor?

— Bem, de certa forma, é fácil, eu concordo. Há muitos métodos. Herbicida. Uma pancada na cabeça quando ela está recolhendo os patos, um tiro por trás de uma cerca viva. Tudo muito simples. Mas dar cabo de alguém e não ser suspeito de ter feito isso... isso não é tão fácil. E eles devem ter notado que estão todos sob observação. O plano original, cuidadosamente planejado, falhou. Nosso assassino desconhecido precisa pensar em outra coisa.

— Sei disso, senhor. Mas há o elemento tempo a ser considerado. Mrs. Goedler é uma mulher moribunda, ela pode morrer a qualquer minuto. Isso significa que nosso assassino não tem muito tempo.

— Verdade.

— E outra coisa, senhor. Ele, ou ela, deve saber que estamos verificando todo mundo.

— E isso leva tempo — disse Rydesdale com um suspiro. — Significa verificar com o Oriente, com a Índia. Sim, é um negócio muito tedioso.

— Então, esse é outro motivo para... ter pressa. Tenho certeza, senhor, de que o perigo é muito real. É uma quantia muito grande que está em jogo. Se Belle Goedler morrer...

Ele parou quando um policial entrou.

— Legg está na linha de Chipping Cleghorn, senhor.

— Passe por aqui.

O Inspetor Craddock, observando o chefe da polícia, viu suas feições endurecerem e enrijecerem.

— Muito bem — vociferou Rydesdale. — O Detetive-inspetor Craddock sairá imediatamente.

Ele desligou.

— Miss Blacklock... — Craddock emudeceu.

— Não — respondeu o chefe da polícia. — Foi Dora Bunner. Ela queria aspirina. Aparentemente, tomou algumas de um frasco que estava mesa de cabeceira de Letitia Blacklock. Restavam somente alguns comprimidos. Ela tomou dois deles e deixou apenas um. O médico já coletou o que restou e o está enviando para análise. Ele afirma que, definitivamente, não é aspirina.

— Ela está morta?

— Sim. Foi encontrada na sua cama hoje pela manhã. Morreu dormindo, o médico garante. Ele não acha que tenha sido uma morte natural, apesar de sua saúde não estar nas melhores condições. Envenenamento, essa é a aposta dele. A autópsia está agendada para hoje à noite.

— Comprimidos de aspirina na mesa de cabeceira de Letitia Blacklock. Que demônio esperto. Patrick me disse que Miss Blacklock jogou fora meia garrafa de xerez no dia do anúncio. Abriu uma nova. Eu não imagino que ela tenha tido a ideia de fazer o mesmo com um frasco de aspirinas aberto. Quem esteve na casa nos últimos dois dias? Os comprimidos não poderiam ter sido trocados havia muito tempo.

Rydesdale olhou para ele.

— Muitos deles estiveram lá ontem — afirmou o chefe da polícia. — Festa de aniversário para Miss Bunner. Qualquer um deles poderia ter subido a escada e realizado a troca do conteúdo do frasco. Ou, é claro, um dos moradores da casa poderia ter feito isso a qualquer momento.

Capítulo 17

O álbum

Parada no portão da casa do vigário, bem agasalhada, Miss Marple pegou o bilhete da mão de Docinho.

— Diga à Miss Blacklock — disse Docinho — que Julian sente muito por ele mesmo não poder ir. Ele está atendendo um paroquiano agonizante em Locke Hamlet. Ele irá depois do almoço se Miss Blacklock quiser vê-lo. A nota é sobre os preparativos para o funeral. Ele sugere quarta-feira se o inquérito for na terça. Pobre Bunny. De certo modo, é muito típico dela, pegar a aspirina envenenada destinada a outra pessoa. Até mais, querida. Espero que a caminhada não seja muito para você. Mas eu simplesmente preciso levar aquela criança para o hospital imediatamente.

Miss Marple disse que a caminhada não seria muito para ela, e Docinho saiu correndo.

Enquanto esperava por Miss Blacklock, Miss Marple olhou ao redor da sala de estar e se perguntou o que exatamente Dora Bunner quis dizer naquela manhã no Café Bluebird, quando disse acreditar que Patrick "havia mexido naquele abajur da sala, para fazer as luzes se apagarem". Que abajur? E como ele "mexeu" nele?

Miss Marple decidiu que ela só podia estar se referindo ao pequeno abajur que ficava sobre a mesa perto da arcada. Ela havia dito algo sobre uma pastora ou pastor, e esta era, na verdade, uma delicada peça de porcelana de Dresden, um pastor de casaco azul e calça rosa segurando o que, originalmente, havia sido um castiçal, e fora adaptado para a eletricidade. O abajur era de velino simples e um pouco grande demais, quase escondendo a figura. O que mais Dora Bunner havia dito? "Porque me lembro claramente que era a pastora, e não o pastor. E no dia seguinte..." Mas era certamente um pastor agora.

Miss Marple lembrou-se de que, quando Docinho e ela foram tomar chá, Dora Bunner dissera algo sobre o abajur ser parte de um par. Claro, um pastor e uma pastora. E era a pastora no dia do assalto, e na manhã seguinte era o outro abajur, o que estava aqui agora, o pastor. Os abajures foram trocados durante a noite. E Dora Bunner tinha motivos para acreditar (ou acreditava sem razão) que era Patrick quem os havia trocado.

Por quê? Porque, se o abajur original fosse examinado, isso mostraria como Patrick conseguiu "fazer as luzes se apagarem". Como ele conseguiu? Miss Marple olhou seriamente para o objeto à sua frente. O cabo flexível corria ao longo da mesa, até a borda, e estava conectado à parede. Havia um pequeno interruptor em forma de pera no meio do cabo. Nada dizia a Miss Marple, porque ela sabia muito pouco sobre eletricidade.

Ela se perguntou: "Onde estava o abajur da pastora?" No quarto de tralhas, tinha sido jogado fora ou... Onde Dora Bunner encontrou Patrick Simmons com uma pena e uma xícara com óleo? No matagal dos fundos? Miss Marple decidiu levar todas essas questões ao Inspetor Craddock.

No início, Miss Blacklock chegara a pensar que seu sobrinho, Patrick, estava por trás da inserção daquele anúncio. Esse tipo de crença instintiva costumava ter seus motivos, ou assim acreditava Miss Marple. Porque, se você conhece as pessoas muito bem, sabe o tipo de coisas em que elas pensam...

Patrick Simmons...

Um jovem bonito. Um jovem atraente. Um jovem do qual as mulheres gostavam, tanto as jovens quanto as mais velhas. O tipo de homem, talvez, com o qual a irmã de Randall Goedler se casou. Poderia Patrick Simmons ser Pip? Mas ele esteve na Marinha durante a guerra. A polícia logo poderia verificar isso.

Apenas que, às vezes, as pessoas conseguem se passar por outras das formas mais incríveis.

Você poderia se safar de muita coisa tendo a audácia necessária...

A porta foi aberta e Miss Blacklock entrou. Ela parecia muitos anos mais velha, pensou Miss Marple. Toda a vida e a energia tinham saído dela.

— Lamento muito incomodá-la assim — disse Miss Marple. — Mas o vigário tinha um paroquiano moribundo e Docinho teve de levar uma criança doente para o hospital. O vigário escreveu uma nota para você.

Ela a estendeu e Miss Blacklock a pegou e abriu.

— Sente-se, Miss Marple — disse ela. — É muito gentil de sua parte ter trazido isso.

Ela leu o bilhete.

— O vigário é um homem muito compreensivo — comentou ela, calmamente. — Ele não oferece palavras de consolo vazias... Diga a ele que esses arranjos servirão muito bem. Seu... seu hino favorito era "Lead Kindly Light".

Sua voz rachou de repente.

Miss Marple disse, com gentileza:

— Sou apenas uma estranha, mas sinto muito, muito mesmo.

E de repente, de modo incontrolável, Letitia Blacklock chorou. Foi uma dor terrível e dominadora, uma espécie de desesperança. Miss Marple ficou imóvel.

Miss Blacklock por fim sentou-se. Seu rosto estava inchado e molhado de lágrimas.

— Eu sinto muito — disse ela. — Isso... foi mais forte do que eu. O que eu perdi. Ela... ela era o único elo com o passado, veja só. A única que... que se lembrava. Agora que ela se foi, estou sozinha.

— Eu sei o que quer dizer — disse Miss Marple. — A gente fica sozinho quando o último que *ainda lembra* parte. Tenho sobrinhos, sobrinhas e amigos gentis, mas não há alguém que me conheceu quando eu era uma menina, alguém que pertence aos velhos tempos. Já estou sozinha há muito tempo.

Ambas as mulheres ficaram em silêncio por alguns momentos.

— Você entende muito bem — disse Letitia Blacklock. Ela se levantou e foi até sua mesa. — Preciso escrever algumas palavras ao vigário. — Ela segurou a caneta de maneira um tanto desajeitada e começou devagar.

— Artrite — explicou. — Às vezes, mal consigo escrever.

Ela lacrou o envelope e pôs o destinatário.

— Se não se importasse de fazer isso, seria muito gentil.

Ouvindo a voz de um homem no corredor, ela disse rapidamente:

— Deve ser o Inspetor Craddock.

Foi até o espelho sobre a lareira e aplicou um pouco de pó no rosto.

Craddock entrou com uma cara séria e zangada.

Ele olhou para Miss Marple com desaprovação.

— Ah — disse ele. — Então a senhora está aqui.

Miss Blacklock se virou da lareira.

— Miss Marple veio gentilmente trazer um bilhete do vigário.

Ela disse apressadamente:

— Já estou indo embora. Não quero atrapalhar o senhor de modo algum.

— A senhora estava na hora do chá aqui ontem à tarde?

Miss Marple disse, nervosa:

— Não, não, não estava. Docinho me levou para visitar alguns amigos.

— Então não há nada que a senhora possa me dizer. — Craddock segurou a porta aberta de uma forma indicativa, e Miss Marple saiu, às pressas, de um modo um tanto constrangido.

— Essas velhas bisbilhoteiras — comentou Craddock.

— Acho que o senhor está sendo injusto com ela — disse Miss Blacklock. — Ela realmente veio trazer uma nota do vigário.

— Aposto que sim.

— Não acho que tenha sido mera curiosidade.

— Bem, talvez a senhora esteja certa, Miss Blacklock, mas meu próprio diagnóstico seria um ataque severo de bisbilhotice aguda...

— Ela é uma coisinha velha muito inofensiva — disse Miss Blacklock.

"Perigosa feito uma cascavel, se você soubesse", o inspetor pensou, de modo sinistro. Mas ele não tinha a intenção de dar confiança a alguém sem necessidade. Agora que sabia definitivamente que havia um assassino à solta, ele sentiu que quanto menos falasse, melhor. Não queria que a próxima pessoa eliminada fosse Jane Marple.

Em algum lugar havia um assassino... mas onde?

— Não vou perder tempo oferecendo condolências, Miss Blacklock — disse ele. — Na verdade, sinto-me muito mal com a morte de Miss Bunner. Devíamos ter sido capazes de evitá-la.

— Não vejo o que o senhor poderia ter feito.

— Não, bem, não teria sido fácil. Mas temos que trabalhar rápido. Quem está fazendo isso, Miss Blacklock? Quem já tentou matá-la duas vezes, e se não formos rápidos o suficiente, provavelmente tentará de novo em breve?

Letitia Blacklock estremeceu.

— Eu não sei, inspetor, eu não sei mesmo!

— Eu verifiquei com Mrs. Goedler. Ela me deu toda a ajuda que pôde. Não foi muita. Existem apenas algumas pessoas que definitivamente lucrariam com a sua morte. Primeiro, Pip e Emma. Patrick e Julia Simmons têm a idade certa, mas seus antecedentes parecem bastante claros. De qualquer forma, não podemos nos concentrar nesses dois sozinhos. Diga-me, Miss Blacklock, você reconheceria Sonia Goedler se a visse?

— Reconhecer Sonia? Ora, claro... — Ela parou de repente. — Não — disse lentamente. — Não sei se reconheceria. É muito tempo. Trinta anos... Ela seria uma mulher idosa agora.

— Como ela era na época que se lembra dela?

— Sonia? — Miss Blacklock considerou por alguns momentos. — Ela era bem pequena, morena...

— Alguma peculiaridade especial? Maneirismos?

— Não, não, acho que não. Ela era alegre, jovial.

— Ela pode não ser tão alegre e jovial hoje — disse o inspetor. — A senhora tem uma fotografia dela?

— De Sonia? Deixe-me ver... Não é uma fotografia adequada. Tenho alguns instantâneos antigos, num álbum em algum lugar. Pelo menos, acho que há uma dela.

— Ah. Posso dar uma olhada nisso?

— Sim, claro. Agora, onde coloquei esse álbum?

— Diga-me, Miss Blacklock, a senhora considera remotamente possível que Mrs. Swettenham possa ser Sonia Goedler?

— Mrs. Swettenham? — Miss Blacklock olhou para ele com grande espanto. — Mas o marido dela trabalhava para o governo, primeiro na Índia, eu acho, e depois em Hong Kong.

— O que a senhora quer dizer é que essa é a história que ela lhe contou. A senhora não sabe, como se diz nos tribunais, por sua própria conta, não é?

— Não — confirmou Miss Blacklock, lentamente. — Quando o senhor fala assim, eu não... Mas Mrs. Swettenham? Ah, é um absurdo!

— Sonia Goedler atuou alguma vez? Em teatros amadores?

— Ah, sim. Ela era boa.

— Aí está! Outra coisa, Mrs. Swettenham usa uma peruca. Ou, ao menos — corrigiu-se o inspetor —, Mrs. Harmon diz que sim.

— Sim, sim, acho que pode ser uma peruca. Todos aqueles cachos acinzentados. Mas ainda acho um absurdo. Ela é muito gentil e extremamente engraçada às vezes.

— Depois, há Miss Hinchcliffe e Miss Murgatroyd. Será que alguma delas pode ser Sonia Goedler?

— Miss Hinchcliffe é muito alta. Ela é alta como um homem.

— Miss Murgatroyd, então?

— Ah, mas... Não, tenho certeza de que Miss Murgatroyd não pode ser Sonia.

— A senhora não enxerga muito bem, não é, Miss Blacklock?

— Sou míope. É isso que o senhor quer dizer?

— Sim. O que eu gostaria de ver é uma fotografia dessa Sonia Goedler, mesmo que seja de muito tempo atrás e não seja das melhores. Somos treinados, sabe, para identificar semelhanças, de uma forma que nenhum amador pode fazer.

— Vou tentar encontrar para você.

— Agora?

— Já?

— Eu prefiro.

— Pois bem. Ora, deixe-me ver. Eu vi aquele álbum quando estávamos arrumando um monte de livros no armário. Julia estava me ajudando. Ela ria, eu me lembro, das roupas que usávamos naquela época... Os livros que colocamos na estante da sala. Onde colocamos os álbuns e os grandes volumes encadernados do *Art Journal*? Que memória miserável eu tenho! Talvez Julia se lembre. Ela está em casa hoje.

— Vou encontrá-la.

O inspetor partiu em sua busca. Não encontrou Julia nos quartos do térreo. Mitzi, ao ser perguntada onde estava Miss Simmons, disse, irritada, que não era problema dela.

— Eu! Eu *ficar* no cozinha e me *ocupar* de almoço. E eu não *comer* algo que eu mesma não *tiver* cozinhado. Nada, está ouvindo?

O inspetor chamou "Miss Simmons" escada acima e, não obtendo resposta, subiu.

Encontrou-a frente a frente assim que dobrou a esquina do patamar. Ela tinha acabado de sair de uma porta que mostrava atrás dela uma pequena escada sinuosa.

— Eu estava no sótão — explicou. — O que foi?

O Inspetor Craddock explicou.

— Aqueles álbuns de fotografias antigas? Sim, lembro-me deles muito bem. Colocamos no armário grande do escritório, acho. Vou encontrá-los para você.

Ela seguiu escada abaixo e abriu a porta do escritório. Perto da janela havia um armário grande. Julia o abriu e revelou uma quantidade heterogênea de objetos.

— Lixo — disse Julia. — Tudo lixo. Mas os velhos simplesmente não jogam as coisas fora.

O inspetor se ajoelhou e pegou alguns álbuns antigos da prateleira de baixo.

— São eles?

— Sim.

Miss Blacklock entrou e juntou-se a eles.

— Ah, então foi *aí* que os colocamos. Não conseguia me lembrar.

Craddock tinha os livros sobre a mesa e estava virando as páginas.

Mulheres com grandes chapéus cartwheel, com vestidos que iam até os pés de modo que mal conseguiam andar. As fotos tinham legendas bem-impressas abaixo delas, mas a tinta era velha e desbotada.

— Seria neste aqui — disse Miss Blacklock. — Na segunda ou terceira página. O outro livro é depois que Sonia se casou e foi embora. — Ela virou uma página. — Deve ser aqui. — Ela parou.

Havia vários espaços vazios na página. Craddock se curvou e decifrou a escrita desbotada.

— Sonia... Eu... R.G. — E um pouco mais adiante: — Sonia e Belle na praia. — E novamente na página oposta: — Piquenique em Skeyne. — Ele virou outra página: — Charlotte, eu, Sonia, R.G.

Craddock se ergueu. Seus lábios estavam crispados.

— *Alguém removeu essas fotos* e, devo dizer, não faz muito tempo.

— Não havia espaços em branco quando as olhamos outro dia. Havia, Julia?

— Não olhei com muita atenção, apenas alguns dos vestidos. Mas não... A senhora está certa, tia Letty, não havia espaços em branco.

Craddock pareceu ainda mais sombrio.

— Alguém — disse ele — removeu todas as fotos de Sonia Goedler deste álbum.

Capítulo 18

As cartas

— Desculpe incomodá-la outra vez, Mrs. Haymes.

— Não tem problema — disse Phillipa, com frieza.

— Podemos entrar nesta sala aqui?

— O estúdio? Sim, se quiser, inspetor. Ele é bastante frio. Não há lareira.

— Não tem problema. Não será por muito tempo. E provavelmente não seremos ouvidos aqui.

— Isso importa?

— Não para mim, Mrs. Haymes. Talvez para a senhora.

— O que quer dizer?

— Acho que me disse, Mrs. Haymes, que seu marido foi morto lutando na Itália?

— E daí?

— Não teria sido mais simples ter me contado a verdade, que ele desertou de seu regimento?

Ele viu o rosto dela ficar branco e as mãos dela se fecharem e se abrirem.

— Você tem de ir atrás *de tudo*? — perguntou, amarga.

— Esperamos que as pessoas nos digam a verdade sobre si mesmas — disse Craddock, seco.

Ela ficou em silêncio. Então falou:

— E...

— O que a senhora quer dizer com "E...", Mrs. Haymes?

— Quero dizer, o que o senhor vai fazer a respeito? Contar para todo mundo? Isso é necessário... ou mesmo justo ou gentil?

— Ninguém sabe?

— Ninguém aqui. Harry... — a voz dela mudou — meu filho, ele não sabe. Não quero que ele saiba. Não quero que ele saiba nunca.

— Então, deixe-me dizer que a senhora está correndo um risco muito grande, Mrs. Haymes. Quando o menino tiver idade suficiente para entender, diga a verdade. Se ele descobrir sozinho algum dia, não será bom para ele. Se a senhora continuar enchendo-o de histórias a respeito do pai morrendo como um herói...

— Não faço isso. Não sou completamente desonesta. Eu simplesmente não falo sobre isso. Seu pai foi... morto na guerra. Afinal, é isso que significa, para nós.

— Mas seu marido ainda está vivo?

— Possivelmente. Como eu poderia saber?

— Quando a senhora o viu pela última vez, Mrs. Haymes?

— Não o vejo há anos — respondeu, rapidamente.

— Tem certeza de que isso é verdade? A senhora não o viu, por exemplo, cerca de quinze dias atrás?

— O que você está querendo dizer?

— Nunca achei muito provável que a senhora tivesse encontrado Rudi Scherz na casa de verão aqui. Mas a história de Mitzi era muito enfática. Suponho, Mrs. Haymes, que o homem com o qual a senhora voltou do trabalho para se encontrar naquela manhã era seu marido.

— Eu não encontrei quem quer que seja na casa de verão.

— Ele talvez estivesse com problemas de dinheiro, e a senhora forneceu-lhe algum?

— Eu não o vi, estou dizendo. Não encontrei quem quer que seja na casa de verão.

— Os desertores costumam ser homens bastante desesperados. Eles costumam participar de roubos, sabe. Assal-

· CONVITE PARA UM HOMICÍDIO ·

187

tos. Coisas desse tipo. *E não é raro que eles tenham revólveres estrangeiros que trouxeram do exterior.*

— Não sei onde meu marido está. Eu não o vejo há anos.

— Essa é sua última palavra, Mrs. Haymes?

— Não tenho algo mais a acrescentar.

Craddock voltou de seu inquérito com Phillipa Haymes zangado e perplexo.

— Obstinada como uma mula — disse a si mesmo, com raiva.

Ele tinha quase certeza de que Phillipa estava mentindo, mas não conseguiu quebrar suas negativas obstinadas.

Ele gostaria de saber um pouco mais sobre o ex-Capitão Haymes. Suas informações eram escassas. Um histórico insatisfatório do Exército, mas nada que sugerisse a possibilidade de que tivesse se tornado um criminoso.

E, de qualquer modo, Haymes não se encaixava com a história da porta lubrificada.

Alguém na casa tinha feito isso, ou alguém com fácil acesso a ela.

Ele ficou olhando escada acima e, de repente, perguntou-se o que Julia estaria fazendo no sótão. Um sótão, pensou ele, era um lugar improvável para a meticulosa Julia visitar.

O que ela estava fazendo lá?

Caminhou apressado até o primeiro andar. Não havia pessoas por perto. Ele abriu a porta pela qual Julia havia saído e subiu a escada estreita até o sótão.

Lá havia baús, malas velhas, vários móveis quebrados, uma cadeira sem uma perna, uma lamparina de porcelana quebrada, parte de um antigo serviço de jantar.

Ele se virou para os baús e abriu, aleatoriamente, a tampa de um deles.

Roupas. Roupas femininas antiquadas e de boa qualidade. Roupas pertencentes, ele supôs, à Miss Blacklock ou à irmã dela que havia morrido.

Abriu outro baú.

Cortinas.

Passou para uma pequena pasta de documentos. Tinha papéis e cartas. Letras muito antigas, amareladas com o tempo. Ele olhou para o lado externo da caixa que tinha as iniciais C.L.B. nele. Deduziu corretamente que tinha pertencido à irmã de Letitia, Charlotte. Ele desdobrou uma das cartas. Começava com:

Querida Charlotte.
Ontem Belle se sentiu bem o suficiente para fazer um piquenique. R.G. também tirou um dia de folga. A cotação do Asvogel foi esplêndida, R.G. está terrivelmente satisfeito com isso. As ações preferenciais têm um prêmio.

Ele pulou o resto e olhou para a assinatura:

Sua querida irmã, Letitia.

Ele pegou outra.

Querida Charlotte.
Eu gostaria que você às vezes resolvesse visitar as pessoas. Você exagera, sabe. Não é tão ruim quanto você pensa. E as pessoas realmente não se importam com coisas assim. Não é a desfiguração que você pensa que é.

Ele balançou a cabeça. Lembrou-se de Belle Goedler dizendo que Charlotte Blacklock tinha algum tipo de desfiguração ou deformidade. Letitia acabou desistindo do emprego para ir cuidar da irmã. Todas essas cartas exalavam os ares ansiosos de seu afeto e amor por uma inválida. Ela havia escrito para a irmã, aparentemente, longos relatos sobre os acontecimentos do dia a dia, sobre qualquer pequeno detalhe que achasse que pudesse interessar à menina doente.

E Charlotte guardou essas cartas. Ocasionalmente, fotografias instantâneas estranhas foram incluídas.

A empolgação inundou a mente de Craddock. Aqui, talvez, ele pudesse encontrar uma pista. Nessas cartas haveria coisas que a própria Letitia Blacklock esquecera havia muito tempo. Aqui havia uma imagem fiel do passado e, em algum lugar no meio dela, poderia existir uma pista que o ajudaria a identificar o desconhecido. Fotografias também. Era possível que houvesse uma imagem de Sonia Goedler ali que a pessoa que tirou as outras fotos do álbum não conhecesse.

O Inspetor Craddock empacotou as cartas novamente, com cuidado, fechou a caixa e começou a descer as escadas.

Letitia Blacklock, parada no patamar abaixo, olhou para ele com espanto.

— Era o senhor no sótão? Eu ouvi passos. Eu não imaginava quem...

— Miss Blacklock, encontrei algumas cartas aqui, escritas por você para sua irmã Charlotte há muitos anos. A senhora me permite levá-las e lê-las?

Ela corou de raiva.

— O senhor precisa fazer uma coisa dessas? Por quê? De que utilidade elas podem ser ao senhor?

— Elas podem me dar uma imagem de Sonia Goedler, de seu caráter, pode haver alguma alusão, algum incidente, que possa ajudar.

— São cartas particulares, inspetor.

— Eu sei.

— Acredito que o senhor as levará de qualquer modo... O senhor tem o poder para fazer isso, suponho, ou pode obtê-lo facilmente. Leve-as, leve-as! Mas o senhor encontrará muito pouco sobre Sonia. Ela se casou e foi embora apenas um ou dois anos depois que comecei a trabalhar para Randall Goedler.

Craddock disse, obstinadamente:

— Pode haver algo. — E acrescentou: — Temos que tentar de tudo. Garanto que o perigo é muito real.

Ela disse, mordendo os lábios:

— Eu sei. Bunny está morta por tomar um comprimido de aspirina que foi feito para mim. O próximo pode ser Patrick, ou Julia, ou Phillipa, ou Mitzi. Alguém jovem com sua vida pela frente. Alguém que beba uma taça de vinho que foi servida para mim, ou coma um chocolate que foi enviado para mim. Ah! Leve as cartas, leve-as embora. E depois queime--as. Elas não significam coisa alguma para alguém além de mim e Charlotte. Tudo acabou, tudo se foi, é passado. Ninguém se lembra agora...

Sua mão foi até a gargantilha de pérolas falsas que estava usando. Craddock pensou como aquilo parecia incongruente com seu casaco e saia de tweed.

Ela disse novamente:

— Leve as cartas.

Foi na tarde seguinte que o inspetor foi até a casa do vigário.

Era um dia escuro e ventava bastante.

Miss Marple estava numa cadeira perto do fogo e tricotava. Docinho estava ajoelhada, arrastando-se pelo chão, cortando material em um padrão.

Ela se sentou e afastou uma mecha de cabelo dos olhos, estudando Craddock com expectativa.

— Não sei se é uma quebra de confiança — disse o inspetor, dirigindo-se a Miss Marple. — Mas gostaria que a senhora lesse esta carta.

Ele explicou as circunstâncias de sua descoberta no sótão.

— É uma coleção de cartas bastante comovente — disse ele. — Miss Blacklock apostou tudo na esperança de manter o interesse de sua irmã pela vida e a sua saúde em bom estado. Há uma imagem muito clara de um velho pai ao fundo, o velho Dr. Blacklock. Um legítimo velho teimoso e abusivo, absolutamente convicto sobre seus métodos e convencido de que tudo o que pensava e dizia estava certo. Provavelmente, matou milhares de pacientes devido a sua teimosia. Não aceitava novas ideias ou novos métodos.

— Eu realmente não sei se o culpo — disse Miss Marple.

— Sempre sinto que os jovens médicos são ansiosos demais por experimentar. Depois de arrancar todos os nossos dentes, administrar grandes quantidades de remédios muito peculiares e remover pedaços de nossas entranhas, eles confessam que nada pode ser feito por nós. Eu realmente prefiro a medicina antiquada dos grandes frascos pretos de remédios. Afinal, sempre se pode jogar isso na pia.

Ela pegou a carta que Craddock lhe entregou.

— Quero que a senhora leia porque acho que essa geração é mais facilmente compreendida pela senhora do que por mim — confessou. — Eu realmente não sei como as mentes dessas pessoas funcionavam.

Miss Marple desdobrou o papel delicado.

Querida Charlotte,

Não escrevo há dois dias, porque estamos tendo complicações domésticas das mais terríveis. Sonia, irmã de Randall (lembra dela? Ela veio levar você para passear de carro naquele dia? Como eu gostaria que você saísse mais.), declarou sua intenção de se casar com um tal Dmitri Stamfordis. Eu só o vi uma vez. Muito atraente, mas devo dizer, não parece ser do tipo confiável. R.G. o odeia e diz que é vigarista e trapaceiro. Belle, Deus a abençoe, apenas sorri e se deita no sofá. Sonia, ainda que pareça tão impassível, tem um temperamento terrível, foi simplesmente selvagem com R.G. Realmente pensei que ontem ela iria matá-lo!

Eu fiz o meu melhor. Falei com a Sonia e com o R.G., e coloquei os dois em um estado de espírito mais razoável. E então eles se encontraram e tudo começou de novo! Você não tem ideia de como é cansativo. R.G. tem investigado, e realmente parece que esse tal de Stamfordis era totalmente indesejável.

Enquanto isso, os negócios vão sendo negligenciados. Continuo no escritório e, de certa forma, é bastante divertido, porque R.G. me dá carta branca. Ele me disse ontem: "Graças a Deus, existe uma pessoa sã no mundo. Você nunca vai se apaixonar por um vigarista, não é, Blackie?" Eu disse que não achava que me apaixonaria por quem quer que fosse. R.G. falou: "Vamos assustar umas lebres novas lá na Bolsa." Às vezes, ele é realmente um diabinho travesso, e se arrisca demais. "Você está bastante determinada a me fazer manter o rumo, não é, Blackie?", disse ele outro dia. E estou mesmo! Não consigo entender como as pessoas não conseguem ver quando uma coisa é desonesta, mas o R.G. realmente, verdadeiramente, não consegue. Ele só sabe quando algo é contra a lei.

Belle apenas ri de tudo isso. Ela acha que toda a confusão sobre Sonia é um disparate. "Sonia tem seu próprio dinheiro", disse ela. "Por que ela não deveria se casar com esse homem se quiser?" Eu disse que poderia ser um erro terrível e Belle retrucou: "Nunca é um erro se casar com um homem com quem você quer se casar, mesmo que você se arrependa." E então ela falou: "Suponho que Sonia não queira romper com Randall por causa de dinheiro. Sonia gosta muito de dinheiro."

Chega disso, agora. Como está o pai? Não vou dizer "dê a ele meu amor", mas você pode dizer, se achar que é o melhor a ser feito. Você tem visto mais pessoas? Sinceramente, você não deveria se tornar mórbida, querida.

Sonia pede para que você se lembre dela. Ela acabou de entrar e está fechando e abrindo as mãos feito um gato irritado afiando as garras. Acho que R.G. e ela tiveram outra briga. Claro que Sonia pode ser muito irritante. Ela encara a gente com aquele olhar frio dela.

Mando muito amor, querida, e se anime. Este tratamento com iodo pode fazer muita diferença. Tenho perguntado sobre isso e realmente parece ter bons resultados.
Sua querida irmã,
Letitia.

Miss Marple dobrou a carta e a devolveu. Ela parecia distraída.

— Bem, o que a senhora acha dela? — perguntou Craddock, afoito. — Que imagem a senhora tira dela?

— De Sonia? É difícil, sabe, ver alguém através da mente de outra pessoa... Determinada a fazer o que quer... Isso é o que acho, definitivamente. E querendo o melhor de dois mundos...

— "Fechando e abrindo as mãos feito um gato irritado..." — murmurou Craddock. — Sabe, isso me lembra alguém...

Ele franziu a testa.

— "Tem investigado..." — murmurou Miss Marple.

— Se pudéssemos obter o resultado dessas investigações — disse Craddock.

— Essa carta lembra alguma coisa em St. Mary Mead? — perguntou Docinho, de modo um tanto confuso, já que sua boca estava cheia de alfinetes.

— Eu realmente não posso dizer que lembra, querida... O Dr. Blacklock é, talvez, um pouco como Mr. Curtiss, o pastor wesleyano. Ele não deixava seu filho usar um aparelho nos dentes. Dizia que seria a vontade do Senhor se seus dentes caíssem. "Mas afinal", falei a ele, "o senhor aparou a barba e cortou o cabelo. Pode ser a vontade do Senhor que seu cabelo cresça". Ele disse que isso era muito diferente. Típico dos homens. Mas isso não nos ajuda com nosso problema atual.

— Nós nunca rastreamos aquele revólver, sabe. Não era de Rudi Scherz. Se eu soubesse quem tinha um revólver em Chipping Cleghorn...

— O Coronel Easterbrook tem um — disse Docinho. — Ele guarda na gaveta de colarinhos.

— Como você sabe, Mrs. Harmon?

— Mrs. Butt me contou. Ela é minha diarista. Digo, ela vem duas vezes por semana. Ela disse que, por ser um militar, é natural que ele tivesse um revólver e que seria muito útil se ladrões aparecessem.

— Quando ela lhe contou isso?

— Tem muito tempo. Acho que há cerca de seis meses.

— O Coronel Easterbrook? — murmurou Craddock.

— É como aquelas roletas em parque de diversões, não é? — disse Docinho, ainda falando com a boca cheia de alfinetes. — Gira e gira, e para em alguma coisa diferente toda hora.

— Nem me fale! — disse Craddock, com um gemido.

— O Coronel Easterbrook esteve em Little Paddocks para deixar um livro um dia. Ele poderia ter lubrificado aquela porta, então. Ele foi bastante claro sobre ter ido lá, no entanto. Diferente de Miss Hinchcliffe.

Miss Marple tossiu de leve.

— O senhor deve fazer concessões aos tempos em que vivemos, inspetor — afirmou.

Craddock olhou para ela sem compreender.

— Afinal — disse Miss Marple —, o senhor *é* da polícia, não é? As pessoas não podem dizer tudo o que gostariam de dizer à polícia, podem?

— Não vejo por que não — disse Craddock. — A menos que tenham algum processo criminal para esconder.

— Ela se refere à manteiga — disse Docinho, rastejando ativamente em volta da perna da mesa para prender um pedaço de papel solto. — Manteiga e milho para galinhas, e às vezes creme de leite... e às vezes até um pedaço de bacon.

— Mostre a ele aquele bilhete de Miss Blacklock — pediu Miss Marple. — Já faz algum tempo, mas parece uma história de mistério de primeira.

— Onde coloquei aquilo? É este que a senhora quer dizer, tia Jane?

Miss Marple o pegou e olhou para ele.

— Sim — disse ela, com satisfação. — É este mesmo.

Ela o entregou ao inspetor.

Fiz envestigações, quinta-feira é o dia. A qualquer hora depois das três. Se houver algum para mim, deixe-o no lugar de sempre.

Docinho cuspiu seus alfinetes e riu. Miss Marple estava observando o rosto do inspetor.

A esposa do vigário se encarregou de explicar.

— Quinta-feira é o dia em que uma das fazendas daqui faz manteiga. Eles deixam qualquer um de quem eles gostam pegar um pouco. Normalmente é Miss Hinchcliffe quem faz a coleta. Ela é muito ligada a todos os fazendeiros, por causa de seus porcos, acho. Mas é tudo muito discreto, sabe, uma espécie de esquema local de troca. Uma pessoa pega manteiga e manda pepinos, ou algo assim, e alguma coisinha quando um porco é morto. E de vez em quando um animal sofre um acidente e precisa ser abatido. Ah, o senhor sabe como são essas coisas. Só não se pode, veja bem, dizer isso diretamente à polícia. Porque suponho que grande parte dessas trocas seja ilegal. Só que ninguém sabe de verdade, porque é tudo muito complicado. Mas imagino que Hinch tenha entrado em Little Paddocks com meio quilo de manteiga ou algo assim e colocado no lugar de costume. A propósito, isso é uma caixa de farinha debaixo da cômoda. Não tem farinha.

Craddock suspirou.

— Ainda bem que vim falar com as senhoras — disse ele.

— Costumava haver cupons para roupas também — disse Docinho. — Mas ninguém os compra. Isso não é considerado honesto. Não circula dinheiro. Mas pessoas como Mrs. Butt, Miss Finch ou Mrs. Huggins gostam de um belo vestido de lã, ou um casaco de inverno que não foi muito usado, e pagam com cupons em vez de dinheiro.

— É melhor você não me contar o resto — disse Craddock. — É tudo contra a lei.

— Então não deveria haver leis tão idiotas — disse Docinho, enchendo a boca de alfinetes novamente. — Eu não faço isso, é claro, porque Julian não gosta que eu faça, então não faço. Mas eu sei o que está acontecendo, é claro.

Uma espécie de desespero estava se apossando do inspetor.

— Tudo parece tão agradável e corriqueiro — disse ele. — E engraçado, mesquinho e simples. No entanto, uma mulher e um homem foram mortos, e outra mulher pode ser morta antes que eu consiga algo definitivo para continuar. Parei de me preocupar com Pip e Emma por enquanto. Estou me concentrando em Sonia. Eu gostaria de saber como ela era. Havia uma ou duas fotografias com essas cartas, mas nenhuma das fotos poderia ser dela.

— Como sabe que não pode ter sido ela? Você sabe como ela era?

— Ela era pequena e morena, segundo Miss Blacklock disse.

— É mesmo? — disse Miss Marple. — Isso é *muito* interessante.

— Havia uma foto que me lembrou vagamente alguém. Uma garota alta e loira com o cabelo todo penteado para cima. Eu não sei quem ela poderia ter sido. De qualquer forma, não poderia ter sido Sonia. Você acha que Mrs. Swettenham poderia ter o cabelo escuro quando era menina?

— Não muito escuro — disse Docinho. — Ela tem olhos azuis.

— Eu esperava que pudesse haver uma foto de Dmitri Stamfordis, mas acho que seria esperar demais... Bem... — Ele pegou a carta. — Lamento que isso não signifique algo para a senhora, Miss Marple.

— Ah! Mas significa, sim — falou Miss Marple. — Bastante. Basta ler, inspetor, especialmente onde fala que Randall Goedler estava investigando Dmitri Stamfordis.

Craddock encarou-a.

O telefone tocou.

Docinho levantou-se do chão e saiu para o corredor onde, de acordo com as melhores tradições vitorianas, o telefone fora colocado originalmente e onde ainda estava.

Ela voltou para a sala e disse a Craddock:

— É para o senhor.

Um pouco surpreso, o inspetor foi até o instrumento, fechando cuidadosamente a porta da sala atrás de si.

— Craddock? É o Rydesdale.

— Sim, senhor.

— Estive analisando seu relatório. Na entrevista que você fez com Phillipa Haymes, vejo que ela afirma categoricamente que não vê o marido desde sua deserção do exército?

— Isso mesmo, senhor, ela foi muito enfática. Mas, na minha opinião, ela não estava falando a verdade.

— Eu concordo com você. Você se lembra de um caso de cerca de dez dias atrás, homem atropelado por um caminhão, levado para o hospital de Milchester com concussão e fratura na pélvis?

— O sujeito que arrancou uma criança de baixo das rodas de um caminhão e também foi atropelado?

— Esse mesmo. Nenhum documento de qualquer tipo sobre ele e ninguém se apresentou para identificá-lo. Parece que ele poderia estar fugindo. Morreu ontem à noite sem recuperar a consciência. Mas ele foi identificado. Desertor do exército. Ronald Haymes, ex-Capitão do sul de Loamshires.

— O marido de Phillipa Haymes?

— Sim. A propósito, ele estava com uma passagem antiga de ônibus para Chipping Cleghorn e uma quantia razoável de dinheiro.

— Então ele conseguiu dinheiro com a esposa? Sempre pensei que ele era o homem que Mitzi ouvira conversando com ela na casa de verão. Ela negou categoricamente, é claro. Mas com certeza, senhor, aquele acidente de caminhão foi antes...

Rydesdale tirou as palavras de sua boca.

— Sim, ele foi levado para o hospital de Milchester no dia 28. O assalto em Little Paddocks foi no dia 29. Isso o deixa fora de qualquer conexão possível com ela. Mas sua esposa, é claro, nada sabia sobre o acidente. Ela pode ter pensado o tempo todo que ele estava envolvido com isso. Ela seguraria a língua, naturalmente, afinal, ele era o marido dela.

— Foi uma coisa bastante heroica, não foi, senhor? — perguntou Craddock, lentamente.

— Resgatar aquela criança do caminhão? Sim. Corajoso. Não suponha que foi a covardia que fez Haymes desertar. Bem, tudo isso é história passada. Para um homem que havia manchado seu histórico, foi uma boa morte.

— Fico feliz por ela — disse o inspetor. — E por aquele menino deles.

— Sim, ele não precisa ter vergonha do pai. E a jovem poderá se casar novamente agora.

Craddock disse com calma:

— Eu estava pensando nisso, senhor... Isso abre... possibilidades.

— É melhor você dar a notícia a ela, pois você está no local.

— Eu vou, senhor. Eu vou passar lá agora. Ou talvez seja melhor esperar até que ela esteja de volta em Little Paddocks. Pode ser um tanto chocante, e há outra pessoa com quem quero trocar uma palavrinha antes.

Capítulo 19

Reconstituição de um crime

— Vou acender a luz antes de sair — disse Docinho. — Está tão escuro aqui. Vai haver uma tempestade, acho.

Ela levou a pequena lâmpada de leitura para o outro lado da mesa, onde iluminaria o tricô de Miss Marple, que estava sentada em uma cadeira de espaldar alto.

Quando o cabo flexível se estendeu pela mesa, o gato, Tiglate-Pileser, saltou sobre ele e o mordeu e o arranhou com violência.

— Não, Tiglate-Pileser, não faça isso... Ele é realmente terrível. Olha, ele quase abriu o fio, ficou todo mordido. Você não entende, seu gatinho idiota, que você pode levar um choque elétrico bem desagradável se fizer isso?

— Obrigada, querida — disse Miss Marple, e estendeu a mão para acender a lâmpada.

— Não é aí que liga. Você tem que pressionar aquele botãozinho bobo no meio do caminho ao longo do fio. Espere um minuto. Vou tirar essas flores do caminho.

Ela ergueu um vaso com rosas natalinas. Tiglate-Pileser, com a cauda balançando, estendeu uma pata travessa e agarrou o braço de Docinho. Ela, então, derramou um pouco da água do vaso. Caiu na área desgastada do cabo flexível e no próprio Tiglate-Pileser, que saltou ao chão com um chiado indignado.

Miss Marple apertou o pequeno botão em forma de pera. Onde a água encharcara a linha gasta, houve um clarão e um estalo.

— Ai, céus — disse Docinho. — Queimou o fusível. Agora, imagino que todas as luzes aqui estão apagadas. — Ela testou. — Sim, elas estão. Tão estúpido estar tudo ligado no mesmo sei-lá-o-quê. E deixou uma marca de queimado na mesa também. Muito impertinente, o Tiglate-Pileser, é tudo culpa dele. Tia Jane... qual é o problema? Isso a assustou?

— Nada importante, querida. Apenas algo que percebi de repente e que deveria ter percebido antes...

— Vou consertar o fusível e pegar a lâmpada no escritório de Julian.

— Não, querida, não se preocupe. Você vai perder seu ônibus. Eu não quero mais luz. Eu só quero sentar quieta e... pensar em algo. Depressa, ou você vai perder o ônibus.

Quando Docinho partiu, Miss Marple permaneceu sentada, em silêncio, por cerca de dois minutos. O ar na sala estava pesado e ameaçador, com a tempestade se anunciando lá fora.

Miss Marple puxou uma folha de papel para perto.

Ela escreveu primeiro: *lâmpada?* E sublinhou com força.

Após alguns segundos, ela escreveu outra palavra.

Seu lápis correu pela folha de papel, fazendo anotações curtas e enigmáticas...

Na sala de estar bastante escura de Boulders, com seu teto baixo e vidraças de treliça, Miss Hinchcliffe e Miss Murgatroyd estavam tendo uma discussão.

— O seu problema, Murgatroyd — disse Miss Hinchcliffe —, é que você não vai nem *tentar*.

— Mas estou te dizendo, Hinch, não consigo me lembrar.

— Agora, olha aqui, Amy Murgatroyd, vamos tentar pensar de forma lógica. Até agora não pensamos pelo ponto de vista do detetive. Eu estava muito errada sobre a questão da porta. Afinal de contas, você não segurou a porta aberta para o assassino. Está liberada, Murgatroyd!

Miss Murgatroyd deu um sorriso meio fraco.

— Sorte nossa que temos a única faxineira silenciosa em Chipping Cleghorn — continuou Miss Hinchcliffe. — Normalmente, sou grata por isso, mas, desta vez, significa que começamos mal. Todo mundo naquele lugar sabia que a segunda porta da sala de estar estava sendo usada, e só ouvimos sobre isso ontem...

— Eu ainda não entendo muito bem como...

— É perfeitamente simples. Nossas premissas originais estavam corretas. Você não pode segurar uma porta aberta, balançar uma lanterna e atirar com um revólver, tudo ao mesmo tempo. Mantemos o revólver e a lanterna e eliminamos a porta. Bem, estávamos erradas. Era o revólver que devíamos ter eliminado.

— Mas ele *tinha* um revólver — disse Miss Murgatroyd.

— Eu vi. Estava lá no chão ao lado dele.

— Sim, quando ele estava morto. Isso ficou bem claro. Mas *ele* não disparou aquele revólver...

— Então quem foi?

— Isso é o que vamos descobrir. Mas quem quer que tenha feito isso, também colocou comprimidos de aspirina envenenados na mesa de cabeceira de Letty Blacklock, e assim matou a pobre Dora Bunner. E não poderia ser Rudi Scherz, porque ele está morto feito uma pedra. Era alguém que estava na sala naquela noite do assalto e, provavelmente, alguém que estava na festa de aniversário também. E a única pessoa que fica de *fora* é Mrs. Harmon.

— Você acha que alguém colocou aquelas aspirinas lá no dia da festa de aniversário?

— Por que não?

— Mas como poderiam?

— Bem, todos nós fomos ao banheiro, não fomos? — disse Miss Hinchcliffe, com aspereza. — E eu lavei minhas mãos no lavabo por causa daquele bolo pegajoso. E a pequena Sweetie Easterbrook passou pó de maquiagem em seu rostinho sujo no quarto de Blacklock, não foi?

— Hinch! Você acha que ela...

— Eu não sei ainda. Seria bastante óbvio, se ela quisesse. Eu não acho que se você vai plantar alguns comprimidos, você gostaria de ser visto no quarto. Ah, sim, houve muitas oportunidades.

— Os homens não subiram.

— Existem escadas nos fundos. Afinal, se um homem sai da sala, você não o segue para ver se ele realmente está indo para onde você pensa que está indo. Não seria delicado! De qualquer forma, não *discuta*, Murgatroyd. Quero voltar à primeira tentativa contra Letty Blacklock. Para começar, organize os fatos em sua cabeça, porque tudo vai depender de você.

Miss Murgatroyd parecia alarmada.

— Ai, céus, Hinch, você sabe como eu me atrapalho!

— Não é uma questão de cérebro, ou do miolo mole que se passa por cérebro em você. É uma questão de olhos. É uma questão do que você *viu*.

— Mas eu não vi coisa alguma.

— O problema com você, Murgatroyd, como eu disse há pouco, é que você nem tenta. Agora, preste atenção. Foi isso o que aconteceu. Quem quer que esteja atrás de Letty Blacklock estava lá naquela noite. Ele, digo ele porque é mais simples, mas não há razão para que seja um homem mais do que uma mulher, exceto, é claro, que os homens são uns cachorros sujos, bem, ele já tinha lubrificado aquela segunda porta que leva para fora da sala de estar e que devia estar trancada ou algo assim. Não me pergunte *quando* ele fez isso, porque isso confunde as coisas. Na realidade, escolhendo bem a hora, eu poderia entrar em qualquer casa em Chipping Cleghorn e fazer qualquer coisa que eu quisesse lá por meia hora ou mais, sem ninguém saber. É apenas uma questão de descobrir onde ficam as funcionárias, quando os ocupantes estão fora, para onde eles foram e por quanto tempo ficarão fora. É só um bom trabalho de equipe. Agora, para continuar. Ele lubrificou aquela segunda porta. Ela vai abrir sem fazer som algum. A coisa fica assim: as luzes se apagam, a porta A (que é a porta normal) se abre com um floreio. Acontece a coisa com a lanterna e as frases de efeito. Nesse ínterim, enquanto estamos todos de olhos arregalados, X (esse é o melhor termo a se usar) desliza silenciosamente pela porta B para o corredor escuro, surge por trás daquele idiota suíço, dá alguns tiros em Letty Blacklock e depois mata o suíço. Larga o revólver num lugar específico para que os preguiçosos feito você presumam que é uma prova de que o ladrão atirou, e volta para a sala quando alguém acende um isqueiro. Entendeu?

— Sim, sim, mas quem era?

— Bem, se *você* não sabe, Murgatroyd, ninguém sabe!

— *Eu*? — exclamou alarmada. — Mas eu não sei de *coisa alguma*. Eu não sei *mesmo*, Hinch!

— Use esse miolo mole que você chama de cérebro. Para começar, onde estavam todos quando as luzes se apagaram?

— Não sei.

— Sabe, sim. Você é de enlouquecer, Murgatroyd. Você sabe onde *você* estava, não sabe? Estava atrás da porta.

— Sim, sim, eu estava. Ela bateu no meu calo quando foi aberta.

— Por que você não vai numa pedicure adequada, em vez de deixar seus pés nesse estado? Um dia desses você ainda vai ganhar uma infecção no sangue. Agora, vamos... *você* está atrás da porta. Estou de pé contra a lareira com a língua de fora para tomar uma bebida. Letty Blacklock está perto da mesa próxima da arcada, pegando os cigarros. Patrick Simmons atravessou a arcada e entrou na salinha onde Letty Blacklock colocou as bebidas. De acordo?

— Sim, sim, lembro-me de tudo isso.

— Bom, alguém mais seguiu Patrick até aquela sala ou estava começando a segui-lo. Um dos homens. O chato é que não consigo me lembrar se foi Easterbrook ou Edmund Swettenham. Você se lembra?

— Não, não lembro.

— É claro que não! E havia outra pessoa que entrou na salinha: Phillipa Haymes. Lembro-me disso claramente, porque me recordo de ter notado como ela tem as costas bem retas, e pensei comigo mesma: "Aquela garota ficaria bem em um cavalo." Eu estava olhando para ela e pensando exatamente isso. Ela foi até a lareira na outra sala. Não sei o que ela queria lá, porque naquele momento as luzes se apagaram. Então essa é a posição. Na sala de estar estão Patrick Simmons, Phillipa Haymes e o Coronel Easterbrook ou Edmund Swettenham, não sabemos qual. Agora, Murgatroyd, preste atenção. O mais provável é que tenha sido um dos três que o fez. Se alguém quisesse sair por aquela porta distante, naturalmente tomaria o cuidado de se colocar em um lugar conveniente quando as luzes se apagassem. Então, como falei, com toda probabilidade, é um desses três. E, nesse caso, Murgatroyd, não há algo que você possa fazer quanto a isso!

Miss Murgatroyd ficou visivelmente animada.

— Por outro lado — continuou Miss Hinchcliffe —, há a possibilidade de que *não seja* um desses três. E é aí que você entra, Murgatroyd.

— Mas como *eu* poderia saber algo sobre isso?

— Como falei antes, se você não lembrar, ninguém vai.

— Mas eu não me lembro! Eu realmente *não me lembro!* Eu não conseguia ver *nadica de nada!*

— Ah, você conseguia, sim. Você era a única pessoa que *podia* ver. Você estava atrás da porta. Você não conseguia olhar *para* a lanterna, porque a porta estava entre você e ela. Você estava de frente para o outro lado, o mesmo para o qual a lanterna apontava. O resto de nós estava simplesmente atordoado. Mas você não ficou atordoada.

— Não, não, talvez não, mas eu não *vi* coisa alguma, a lanterna balançou e balançou...

— Mostrando o *quê?* Iluminando *rostos,* não foi? E mesas? E cadeiras?

— Sim, sim, foi... Miss Bunner, com a boca bem aberta e os olhos esbugalhados, olhando fixamente e piscando.

— Esse é o ponto! — Miss Hinchcliffe deu um suspiro de alívio. — A dificuldade que é fazer você usar esse seu miolo mole! Então, continue.

— Mas eu não vi outras coisas, não vi, verdade.

— Quer dizer que você viu uma sala vazia? Não havia pessoas de pé? Alguma delas sentada?

— Não, claro que não. Miss Bunner com a boca aberta e Mrs. Harmon estava sentada no braço de uma cadeira. Ela estava com os olhos bem fechados e os punhos cobrindo o rosto, feito uma criança.

— Bom, essas são Mrs. Harmon e Miss Bunner. Você ainda não vê aonde quero chegar? O problema é que não quero colocar ideias na sua cabeça. Mas quando eliminamos quem você viu, podemos ir para o ponto importante, que é se havia alguém que você não viu. Entendeu? Além das mesas, das cadeiras, dos crisântemos e do resto, havia certas pessoas: Julia Simmons, Mrs. Swettenham, Mrs. Easterbrook... o Coronel Easterbrook *ou* Edmund Swettenham... Dora Bunner e Docinho. Tudo bem, você viu Docinho e Dora Bunner. Risque-as. Agora *pense*, Murgatroyd, *pense*, havia alguma daquelas pessoas que definitivamente *não estava* lá?

Miss Murgatroyd deu um leve salto quando um galho bateu na janela aberta. Ela fechou os olhos. Murmurou para si mesma:

— As flores... na mesa... a grande poltrona... a lanterna não foi tão longe até você, Hinch... Mrs. Harmon, sim...

O telefone tocou com força. Miss Hinchcliffe foi até ele.

— Alô. Sim? Da estação?

A obediente Miss Murgatroyd, de olhos fechados, revivia a noite do dia 29. A lanterna balançando lentamente em volta... um grupo de pessoas... as janelas... o sofá... Dora Bunner... a parede... a mesa com o abajur.... a arcada... o súbito estampido do revólver...

— ...mas isso é *extraordinário*! — disse Miss Murgatroyd.

— O quê? — berrava Miss Hinchcliffe com raiva ao telefone. — Está aí desde hoje de manhã? Desde que horas? Maldito seja, e você só me liga *agora*? Vou colocar a Real Sociedade Protetora dos Animais atrás de você. Um lapso? É *só isso* que você tem a dizer?

Ela desligou o telefone.

— É a cadela — disse ela. — A Setter Irlandês. Estava na estação desde hoje de manhã... desde as oito horas. Sem uma gota d'água! E os idiotas só me ligam agora. Vou lá buscá-la imediatamente.

Ela saiu da sala, com Miss Murgatroyd guinchando estridente em seu rastro.

— Mas escute, Hinch, uma coisa extraordinária... Eu não entendo...

Miss Hinchcliffe saiu apressada pela porta e foi para o galpão que servia de garagem.

— Vamos continuar quando eu voltar — disse ela. — Não posso esperar para que você venha comigo. Você está de pantufas, como de costume.

Ela deu a partida no carro e saiu da garagem com um solavanco. Miss Murgatroyd saltou para o lado agilmente.

— Mas escute, Hinch, preciso lhe dizer...

— Quando eu voltar...

O carro sacudiu e saiu em disparada. A voz de Miss Murgatroyd saiu fraca depois disso, com uma nota de alta excitação.

— Mas, Hinch, *ela não estava lá...*

Acima, as nuvens estavam se aglomerando pesadas e escuras. Enquanto Miss Murgatroyd olhava o carro partir, as primeiras gotas grossas começaram a cair.

De um modo agitado, Miss Murgatroyd correu até um varal onde, algumas horas antes, havia pendurado dois moletons e um par de cachecóis de lã para secar.

Ela estava murmurando baixinho:

— É mesmo *muito* extraordinário... Ai, céus, nunca vou conseguir tirá-los a tempo... e eles estavam quase secos...

Ela lutou contra um prendedor de roupa recalcitrante, e então virou o rosto ao ouvir que alguém se aproximava.

Então ela deu um sorriso de boas-vindas.

— Olá! Entre, você vai se molhar.

— Permita que eu a ajude.

— Ah, se você não se importa... Será tão irritante se todos eles ficarem encharcados de novo. Eu devia mesmo era baixar o varal, mas acho que posso apenas alcançar.

— Aqui está seu cachecol. Devo colocar em volta do seu pescoço?

— Ah, obrigada... Sim, talvez... Agora, se eu pudesse alcançar este pino...

O cachecol de lã foi colocado ao redor do pescoço e, de repente, foi sendo apertado...

A boca de Miss Murgatroyd se abriu, mas nenhum som saiu, exceto um pequeno gorgolejo engasgado.

E o cachecol foi sendo ainda mais apertado...

No caminho de volta da estação, Miss Hinchcliffe parou o carro para pegar Miss Marple, que corria pela rua.

— Oi! — gritou. — Você vai ficar muito molhada. Venha tomar um chá com a gente. Vi Docinho aguardando o ônibus. Você vai ficar sozinha na casa do vigário. Venha e junte-se a nós. Murgatroyd e eu estamos fazendo uma pequena reconstrução do crime. Quero acreditar que já estamos chegando a algum lugar. Cuidado com a cachorra. Ela está bastante nervosa.

— Que bonita!

— Sim, uma cadela linda, não é? Aqueles idiotas a mantiveram na estação desde esta manhã sem me avisar. Eu os descasquei, aqueles filhos da p... Ah, desculpe meu linguajar. Fui criada em meio a cavalos, numa casa da Irlanda.

O veículo entrou com um solavanco no pequeno quintal de Boulders.

Uma multidão de patos e galinhas ansiosos cercou as duas senhoras enquanto desciam do carro.

— Maldição, Murgatroyd — disse Miss Hinchcliffe —, ela não deu milho a eles.

— É difícil conseguir milho? — perguntou Miss Marple.

Miss Hinchcliffe deu uma piscadela.

— Me dou bem com a maioria dos fazendeiros — disse ela.

Enxotando as galinhas, ela acompanhou Miss Marple até a cabana.

— Espero que você não esteja muito molhada.

— Não, esta gabardina é muito boa.

— Vou acender a lareira se Murgatroyd já não a acendeu. Olá, Murgatroyd? Onde se meteu essa mulher? Murgatroyd! Onde está aquela desmiolada? Agora *ela* desapareceu.

Um uivo lento e sombrio veio de fora.

— Maldita cadela boba. — Miss Hinchcliffe caminhou até a porta e chamou: — Vem cá, Fofa. Fofa! Maldito nome besta, mas é como a chamavam, ao que parece. Temos que pensar em outro nome para ela. Aqui, Fofa.

A Setter Irlandês estava farejando algo caído debaixo do varal esticado, onde uma fileira de roupas girava com o vento.

— Murgatroyd nem teve o bom senso de recolher a roupa. Onde ela está?

Mais uma vez a Setter farejou o que parecia ser uma pilha de roupas, ergueu o nariz no ar e uivou novamente.

— Qual é o *problema* com essa cadela?

Miss Hinchcliffe caminhou pela grama.

E rapidamente, Miss Marple correu atrás dela, apreensiva. Elas ficaram ali, lado a lado, a chuva caindo sobre elas, e o braço da mulher mais velha passou em volta dos ombros da mais jovem.

Ela sentiu os músculos ficarem rígidos e tensos enquanto Miss Hinchcliffe permanecia parada, olhando para a coisa caída ali, com o rosto azul e frio e a língua para fora.

— Vou matar quem fez isso — disse Miss Hinchcliffe em voz baixa e tranquila —, se algum dia eu colocar minhas mãos *nela*...

Miss Marple perguntou:

— *Nela*?

Miss Hinchcliffe virou o rosto devastado para ela.

— Sim. Eu sei quem é, ou quase... Digo, é uma de três possibilidades.

Ela ficou parada por mais um instante, olhando para sua amiga morta, e então se voltou para a casa. Sua voz estava seca e dura.

— Temos de ligar para a polícia — disse ela. — E enquanto esperamos por eles, vou lhe contar. É por minha culpa, de certo modo, que Murgatroyd esteja caída lá fora. Eu transformei isso em um jogo... Mas assassinato não é um jogo...

— Não — disse Miss Marple. — Assassinato não é um jogo.

— Você sabe algo sobre isso, não é? — disse Miss Hinchcliffe, enquanto levantava o fone e discava.

Ela fez um breve relato e desligou.

— Eles vão chegar aqui em alguns minutos... Sim, ouvi dizer que você já se envolveu neste tipo de negócio antes... Acho que foi Edmund Swettenham quem me disse isso... Você quer escutar o que estávamos fazendo, Murgatroyd e eu?

Ela descreveu de modo sucinto a conversa que teve antes de partir para a estação.

— Ela me chamou, sabe, quando eu estava saindo... É por isso que sei que é uma mulher e não um homem... Se eu tivesse esperado, se eu apenas tivesse escutado! Diabos, a cadela podia ter ficado onde estava por mais meia hora.

— Não se culpe, minha querida. Isso não adianta. Não se pode prever.

— Não, não se pode... Lembro que algo bateu contra a janela. Talvez *ela* estivesse lá fora, então... Sim, é claro, ela devia estar... indo para a casa... e lá estávamos Murgatroyd e eu berrando uma com a outra. A plenos pulmões... Ela escutou... Ela ouviu tudo...

210 · AGATHA CHRISTIE ·

— Você ainda não me disse o que sua amiga disse.

— Apenas uma frase: "Ela não estava lá."

Ela fez uma pausa.

— Compreende? Havia três mulheres que não eliminamos. Mrs. Swettenham, Mrs. Easterbrook e Julia Simmons. E uma dessas três... *não estava lá*... Ela não estava na sala de estar porque passou pela outra porta e saiu para o corredor.

— Sim — disse Miss Marple. — Entendo.

— É *uma* dessas três mulheres. Não sei qual. Mas eu vou descobrir!

— Com licença — disse Miss Marple. — Mas ela... digo, Miss Murgatroyd, falou exatamente como você disse?

— Como assim... Quer dizer, do modo como falei?

— Ah, querida, como posso explicar? Você falou mais ou menos assim: *ela não estava lá*. Com a mesma ênfase em cada palavra. Veja, existem três maneiras de dizer isso. Você poderia dizer: "*Ela* não estava lá." Um modo bem pessoal. Ou então, "ela *não estava* lá". De modo a confirmar uma suspeita que já existia. Ou então se pode dizer, e isso está mais próximo da maneira como você disse agora: "Ela não estava *lá*..." de modo bem neutro, com a ênfase, se houver alguma, no "*lá*".

— Não sei. — Miss Hinchcliffe balançou a cabeça. — Não consigo me lembrar... Como diabos posso me lembrar? Acho que, sim... com certeza ela disse "*Ela* não estava lá". Essa seria a maneira natural, eu acho. Mas eu simplesmente não sei. Isso faz alguma diferença?

— Faz, sim — confirmou Miss Marple, pensativa. — Eu acredito que sim. É uma indicação muito leve, claro, mas acho que *é* uma indicação. Sim, acho que faz muita diferença...

Capítulo 20

Miss Marple desaparece

O carteiro, um tanto a contragosto, ultimamente vinha recebendo ordens para fazer uma entrega de cartas à tarde em Chipping Cleghorn, assim como uma pela manhã.

Nesse dia, em particular, ele deixou três cartas em Little Paddocks exatamente às 16h50.

Uma fora endereçada a Phillipa Haymes com uma letra de colegial; as outras duas eram para Miss Blacklock. Ela as abriu enquanto Phillipa e ela se sentavam à mesa de chá. A chuva torrencial permitiu que Phillipa deixasse o Dayas Hall mais cedo hoje, já que depois que ela fechou as estufas, não havia algo mais a fazer.

Miss Blacklock rasgou sua primeira carta, que era a conta do conserto do aquecedor da cozinha. Ela bufou de raiva.

— Os preços do Dymond são *absurdos*, muito absurdos. Mesmo assim, suponho que todas as outras pessoas sejam tão caras quanto.

Ela abriu a segunda carta, que tinha uma caligrafia totalmente desconhecida para ela. Dizia:

Querida prima Letty,
Espero que não haja problema se eu for visitá-la na terça-feira. Escrevi para Patrick há dois dias, mas ele não respondeu. Então presumo que esteja tudo bem. Mamãe está vindo para a Inglaterra no mês que vem, e espera vê-la então.

Meu trem chega em Chipping Cleghorn às 6h15, se for conveniente?
Atenciosamente,
Julia Simmons.

Miss Blacklock leu a carta, primeiro, com puro e simples espanto, e então outra vez com uma expressão sombria. Ela olhou para Phillipa, que sorria lendo a carta do filho.

— Sabe se Julia e Patrick estão de volta?

Phillipa olhou para cima.

— Sim, eles chegaram logo depois de mim. Subiram para se trocar. Eles estavam molhados.

— Se importaria de ir lá e chamá-los?

— Claro que não.

— Espere um instante... Gostaria que lesse isso.

Ela entregou para Phillipa a carta que havia recebido.

Phillipa leu e franziu a testa.

— Não estou entendendo...

— Nem eu, tampouco... Mas acho que é hora de começar a entender. Chame Patrick e Julia, Phillipa.

Phillipa chamou das escadas:

— Patrick! Julia! Miss Blacklock quer falar com vocês.

Patrick desceu correndo as escadas e entrou na sala.

— Não vá, Phillipa — pediu Miss Blacklock.

— Olá, tia Letty — disse Patrick, alegremente. — Queria me ver?

— Sim, queria. Talvez você me dê uma explicação quanto a *isso*?

O rosto de Patrick mostrou uma consternação quase cômica enquanto lia.

— Eu pretendia telegrafar para ela! Que idiota eu fui!

— Esta carta, presumo, é de sua irmã Julia?

— Sim. Sim, é.

Miss Blacklock disse severamente:

— *Então quem, se eu posso perguntar, é a jovem que você trouxe aqui como Julia Simmons*, e que me deram a entender que era sua irmã e minha prima?

— Bem, veja só, tia Letty, o fato é que posso explicar tudo, eu sei que não deveria ter feito isso, mas realmente parecia mais uma brincadeira do que qualquer outra coisa. Se você apenas me deixar explicar...

— Estou esperando você explicar. *Quem é esta jovem?*

— Bem, eu a conheci num coquetel logo depois que dei baixa do exército. Nós conversamos e eu disse que viria aqui e então... Bem, pensamos que seria uma boa piada se eu a trouxesse junto... Veja bem, Julia, a verdadeira Julia, estava louca para trabalhar no teatro e mamãe deu um chilique com a ideia... No entanto, Julia teve a chance de entrar para um grupo de repertório muito bom em Perth ou sei lá onde, e ela pensou em tentar... Mas ela pensou em manter a mamãe calma, deixando-a pensar que ela estava aqui comigo estudando para ser uma enfermeira, como uma boa menina.

— Ainda quero saber quem é essa *outra* jovem.

Patrick se virou aliviado quando Julia, fria e indiferente, entrou na sala.

— Já sabem tudo — disse ele.

Julia ergueu as sobrancelhas. Então, mantendo a frieza, ela se adiantou e se sentou.

— Ok — disse a impostora. — É isso. Suponho que a senhora esteja com muita raiva? — Ela estudou o rosto de Miss Blacklock com um interesse quase desapaixonado. — Eu estaria, se fosse você.

— *Quem é você?*

Julia suspirou.

— Acho que chegou o momento de pôr as coisas a limpo. Aqui vamos nós. Eu sou metade da combinação de Pip e Emma. Para ser mais exata, meu nome de batismo é Emma Jocelyn Stamfordis, só que papai logo largou o Stamfordis. Acho que ele se autodenominou De Courcy em seguida. Meu pai e minha mãe, deixe-me dizer, se separaram cerca de três anos depois que Pip e eu nascemos. Cada um deles seguiu seu próprio caminho. E eles nos dividiram entre si. Eu fui a parte que coube a meu pai. Em geral, ele era um péssimo pai, embora fosse bastante charmoso. Por várias vezes fui deixada para ser educada em conventos, quando ele estava sem dinheiro ou se preparando para se envolver em algum negócio particularmente nefasto. Ele costumava pagar o primeiro semestre com todos os sinais de riqueza e depois partir e me deixar nas mãos das freiras por um ou dois anos. Nos intervalos, ele e eu nos divertíamos muito, andando por uma sociedade cosmopolita. No entanto, a guerra nos separou completamente. Eu não tenho ideia do que aconteceu com ele. Também tive algumas aventuras. Estive com a Resistência Francesa por um tempo. Muito emocionante. Para encurtar a história, eu desembarquei em Londres e comecei a pensar sobre meu futuro. Eu sabia que o irmão de minha mãe, com quem ela teve uma briga terrível, morreu muito rico. Eu pesquisei seu testamento para ver se havia algo para mim. Não havia. Quer dizer, não diretamente. Fiz algumas indagações sobre a viúva dele. Parecia que ela já estava bem gagá e vivia sob o efeito de drogas, morrendo aos pouquinhos. Francamente, parecia que *você* era minha melhor aposta. Você iria ganhar muito dinheiro e, de tudo que pude descobrir, não parecia ter alguém com quem gastar. Vou ser-lhe muito franca. Ocorreu-me que se pudéssemos nos conhecer de uma forma amigável, e se a senhora se afeiçoasse a mim... Bem, as circunstâncias mudaram um pouco, não é, desde a morte de tio Randall? Quer dizer, todo dinheiro que já tivemos foi varrido no cataclismo da Europa. Achei que você pudesse ter pena de uma pobre menina órfã, sozinha no mundo, e dar-lhe, talvez, uma pequena mesada.

— Ah, você achou, foi? — disse Miss Blacklock, severamente.

— Sim. Claro, eu não tinha visto você até então... Havia pensado numa abordagem estilo chorosa... Então, por um maravilhoso golpe de sorte, conheci o Patrick... E aconteceu de ele ser seu sobrinho, primo, ou algo assim. Bem, isso me pareceu uma chance maravilhosa. Fui com tudo para cima dele, que se apaixonou por mim de um modo muito gratificante. A verdadeira Julia estava toda envolvida com essa coisa de atuação e eu logo a persuadi que era seu dever com a arte procurar algum desses alojamentos desconfortáveis em Perth e treinar para ser a nova Sarah Bernhardt. Você não deve culpar muito Patrick. Ele sentiu pena de mim, sozinha no mundo... E ele logo pensou que seria uma ideia realmente maravilhosa para mim vir aqui como sua irmã e fazer minhas coisas.

— E ele também aprovou que você continuasse contando um monte de mentiras para a polícia?

— Tenha dó, Letty. Não percebe que, quando aquele negócio ridículo do assalto aconteceu, ou melhor, depois que aconteceu, comecei a sentir que estava em uma enrascada? Vamos encarar os fatos: tenho um motivo perfeitamente bom para colocá-la fora do caminho. A senhora só tem a minha palavra de que não fui eu que tentei fazer isso. Você não pode esperar que eu deliberadamente vá me incriminar. Até o Patrick desconfiava de mim de vez em quando, e se até ele podia pensar coisas assim, o que diabos a polícia pensaria? Aquele inspetor me pareceu um homem de mente singularmente cética. Não, percebi que a única coisa que eu deveria fazer era ficar quieta como Julia e simplesmente sumir quando o semestre terminasse. Como eu poderia saber que aquela idiota da Julia, a verdadeira Julia, iria brigar com o produtor e atirar tudo para cima em um chilique? Ela escreveu então para Patrick e perguntou se podia vir para cá, e, em vez de responder um "fique longe", ele se esqueceu de fazer qualquer coisa! — Ela lançou um olhar zangado para Patrick. — De todos os *idiotas,* o maior!

Ela suspirou.

— A senhora não sabe as dificuldades que tenho enfrentado em Milchester! É claro, eu nunca estive no hospital. Mas eu precisava ficar em algum lugar. Passei horas e horas no cinema, assistindo aos piores filmes repetidas vezes.

— *Pip e Emma* — murmurou Miss Blacklock. — De certo modo, nunca acreditei, apesar do que o inspetor disse, que eles fossem *reais*...

Ela olhou interrogativamente para Julia.

— Você é Emma — disse ela. — Onde está Pip?

Os olhos de Julia, límpidos e inocentes, encontraram os dela.

— Eu não sei — respondeu. — Não faço a menor ideia.

— Acho que você está mentindo, Julia. Quando você o viu pela última vez?

Teria havido uma hesitação momentânea antes de Julia falar?

Ela disse clara e deliberadamente:

— Não o vejo desde que tínhamos 3 anos, quando minha mãe o levou embora. Não vi nem ele nem minha mãe. Eu não sei onde eles estão.

— E isso é tudo que você tem a dizer?

Julia suspirou.

— Eu poderia dizer que sinto muito. Mas não seria realmente verdade. Porque eu faria a mesma coisa de novo... Mas não se eu soubesse desse negócio de assassinato, é claro.

— Julia — falou Miss Blacklock —, eu chamo você assim porque estou acostumada. Você estava com a Resistência Francesa, não é?

— Sim. Por dezoito meses.

— Então, suponho que aprendeu a atirar?

Novamente aqueles olhos azuis frios encontraram os dela.

— Eu posso atirar bem. Sou uma atiradora de primeira classe. Eu não atirei em você, Letitia Blacklock, ainda que só tenha minha palavra quanto a isso. Mas posso lhe dizer uma coisa, que se eu tivesse atirado na senhora, provavelmente não teria errado.

O barulho de um carro parando em frente à porta quebrou a tensão do momento.

— Quem pode ser? — perguntou Miss Blacklock.

A cabeça de Mitzi apareceu na porta. Ela estava de olhos arregalados.

— É a polícia voltando — disse ela. — Isso *ser* perseguição! Por que eles não nos *deixar* em paz? Eu não *suportar* mais. Eu *escrever* ao primeiro-ministro. Eu *escrever* para o seu rei.

A mão de Craddock a pôs de lado com firmeza e pouca gentileza. Ele veio com uma expressão tão severa em seus lábios que todos o encararam apreensivos. Era um novo Inspetor Craddock.

Ele disse severamente:

— Miss Murgatroyd foi assassinada. Ela foi estrangulada, não mais de uma hora atrás. — Seus olhos focaram Julia. — Você, Miss Simmons, onde esteve o dia todo?

Julia disse cautelosamente:

— Em Milchester. Acabei de entrar.

— E você? — O olhar foi para Patrick.

— Sim.

— Vocês dois voltaram aqui juntos?

— Sim, sim, nós voltamos — disse Patrick.

— Não — disse Julia. — Não adianta mais, Patrick. Esse é o tipo de mentira que será descoberta imediatamente. O pessoal do ônibus nos conhece bem. Voltei no ônibus anterior, inspetor, aquele que chega aqui às dezesseis horas.

— E o que você fez, então?

— Eu fui dar uma volta.

— Na direção de Boulders?

— Não. Eu atravessei os campos.

Ele a encarou. Julia, com o rosto pálido e os lábios tensos, retribuiu o olhar.

Antes que alguém pudesse falar, o telefone tocou.

Miss Blacklock, com um olhar indagador para Craddock, pegou o fone.

— Sim. Quem? Ah, oi, Docinho. O quê? Não. Não, ela não está. Não faço ideia... Sim, ele está aqui agora.

Ela abaixou o instrumento e disse:

— Mrs. Harmon gostaria de falar com o senhor, inspetor. Miss Marple não voltou à casa do vigário e Mrs. Harmon está preocupada com ela.

Craddock deu dois passos à frente e agarrou o telefone.

— Craddock falando.

— Estou preocupada, inspetor. — A voz de Docinho veio com um tremor infantil. — Tia Jane está em algum lugar, e eu não sei onde. E eles estão dizendo que Miss Murgatroyd foi morta. É verdade?

— Sim, é verdade, Mrs. Harmon. Miss Marple estava lá com Miss Hinchcliffe quando encontraram o corpo.

— Ah, então é *lá* onde ela está. — Docinho parecia aliviada.

— Não, não, temo que ela não esteja lá. Não agora. Ela saiu de lá há cerca de... deixe-me ver... meia hora. Miss Marple não voltou para casa?

— Não, não voltou. São apenas dez minutos a pé. Onde ela pode estar?

— Talvez ela tenha ido até um de seus vizinhos?

— Eu liguei para eles, *para todos eles*. Ela não está lá. Estou com medo, inspetor.

"Eu *também*", pensou Craddock.

Ele disse rapidamente:

— Eu estou indo até a senhora.

— Ah, *faça isso*... Há um pedaço de papel. Ela estava escrevendo antes de sair. Eu não sei se isso significa alguma coisa... Para mim, parece não ter sentido.

Craddock recolocou o fone no gancho.

Miss Blacklock disse com ansiedade:

— Aconteceu alguma coisa com Miss Marple? Ah, espero que não.

— Eu também espero que não. — Sua boca estava severa.

— Ela é tão velha e frágil.

— Eu sei.

Miss Blacklock, que ficava mexendo com a mão a gargantilha de pérolas ao redor do pescoço, disse numa voz rouca:

— Está ficando cada vez pior. Quem está fazendo essas coisas deve estar louco, inspetor, muito louco...

— Imagino.

A gargantilha de pérolas em volta do pescoço de Miss Blacklock se rompeu sob a pressão de seus dedos nervosos. As pequenas esferas brancas e lisas rolaram por toda a sala.

Letitia gritou num tom angustiado.

— Minhas pérolas, *minhas pérolas.* — A agonia em sua voz era tão aguda que todos olharam para ela com espanto. Ela se virou, com a mão na garganta, e correu para fora da sala, soluçando.

Phillipa começou a pegar as pérolas.

— Eu nunca a vi tão chateada com algo — comentou ela.

— Claro, ela sempre as usa. O senhor acha, talvez, que alguém especial as deu? Randall Goedler, talvez?

— É possível — disse o inspetor, lentamente.

— Elas não seriam... não poderiam ser... *verdadeiras*, por acaso? — perguntou Phillipa, de onde, ajoelhada, ainda coletava as brilhantes esferas brancas.

Pegando um na mão, Craddock estava prestes a responder com desprezo: "Verdadeiras? Claro que não!" Quando, de repente, as palavras ficaram presas em sua boca.

Afinal, as pérolas *poderiam* ser verdadeiras?

Elas eram tão grandes, tão uniformes, tão brancas que sua falsidade parecia palpável, mas Craddock se lembrou, de repente, de um caso de polícia em que um colar de pérolas verdadeiras tinha sido comprado por alguns xelins em uma casa de penhores.

Letitia Blacklock garantiu a ele que não havia joias de valor na casa. Se essas pérolas fossem, por acaso, genuínas, deveriam valer uma soma fabulosa. E se Randall Goedler as tivesse dado a ela, então elas poderiam valer qualquer quantia que se quisesse imaginar.

Elas pareciam falsas, tinham que ser falsas, mas... e se fossem reais?

Por que não? Ela mesma poderia não ter consciência de seu valor. Ou ela pode ter escolhido proteger seu tesouro tratando-o como se fosse um ornamento barato que valia no máximo alguns guinéus. Quanto valeriam se fossem reais? Uma soma fabulosa... Pela qual valeria matar... *se alguém soubesse...*

Com um sobressalto, o inspetor se desvencilhou de suas especulações. Miss Marple estava desaparecida. Ele devia ir para a casa do vigário.

Encontrou Docinho e o marido esperando por ele, seus rostos ansiosos e tensos.

— Ela não voltou — disse Mrs. Harmon.

— Ela disse que voltaria para cá quando deixou Boulders? — perguntou Julian.

— Ela não disse isso, na realidade — falou Craddock lentamente, voltando sua mente para a última vez em que havia visto Jane Marple.

Ele se lembrou do ar determinado em seus lábios e da luz gelada e severa naqueles olhos azuis, em geral, gentis.

Severidade, uma determinação inexorável... para fazer o quê? Ir aonde?

— Ela estava conversando com o Sargento Fletcher quando a vi pela última vez — disse ele. — Só no portão. E então ela examinou tudo e saiu. Achei que estava indo direto para a casa de vocês. Eu a teria mandado de carro, mas havia muito o que fazer e ela escapuliu em silêncio. Fletcher pode saber de algo! Onde ele está?

Mas o Sargento Fletcher, ao que parecia, como Craddock soube ao telefonar para Boulders, não foi encontrado lá nem deixou qualquer mensagem de onde tinha ido. Acreditavam que houvesse retornado a Milchester por algum motivo.

O inspetor ligou para o quartel-general em Milchester, mas nenhuma notícia de Fletcher foi encontrada lá.

Então Craddock voltou-se para Docinho ao se lembrar do que ela lhe contara por telefone.

— Onde está aquele papel? A senhora disse que ela estava escrevendo algo em um pedaço de papel.

Mrs. Harmon trouxe até ele. Ele o abriu sobre a mesa e o examinou. Docinho inclinou-se por cima de seu ombro e soletrou enquanto lia. A escrita estava instável e não era fácil de lê-la:

Abajur.

Então veio a palavra "*violetas*".

Então, após um espaço: *Onde está frasco de aspirina?*

O próximo item daquela curiosa lista era mais difícil de decifrar.

— *Delícia Mortal* — leu Docinho. — É a torta de Mitzi.

— "*Fazendo perguntas*" — continuou Craddock.

— Perguntas? Sobre o quê, eu me pergunto? O que é isso? "Triste aflição que com coragem é suportada..." O que, por Deus...

— "Iodo" — leu o inspetor. — "Pérolas." Ah, pérolas.

— E então "Lotty"... não, Letty. O "e" dela parece um "o". E então "Berna". E o que é isso? "Aposentadoria"...

Eles se entreolharam com perplexidade.

Craddock recapitulou rapidamente:

— Abajur. Violetas. Onde está o frasco de aspirina? Delícia Mortal. Fazendo perguntas. *Triste aflição que com coragem é suportada*. Iodo. Pérolas. Letty. Berna. Aposentadoria.

Docinho perguntou:

— Isso significa alguma coisa? Qualquer coisa? Não consigo ver nenhuma conexão.

Craddock disse lentamente:

— Tenho apenas uma vaga ideia, mas não entendo. É estranho que ela tenha escrito isso sobre as pérolas.

— E quanto a pérolas? O que isso significa?

— Miss Blacklock sempre usa aquela gargantilha de pérolas de três camadas?

— Sim, ela usa. Nós rimos disso às vezes. Elas têm uma aparência terrivelmente falsa, não é? Mas suponho que ela ache que está na moda.

— Pode haver outro motivo — disse Craddock, lentamente.

— Você não está dizendo que elas são reais. Ah! Não poderiam ser!

— Quantas vezes a senhora teve a oportunidade de ver pérolas reais desse tamanho, Mrs. Harmon?

— Mas elas são tão vítreas.

Craddock deu de ombros.

— De qualquer forma, elas não importam agora. É Miss Marple que importa. Precisamos encontrá-la.

Eles teriam de achá-la antes que fosse tarde demais. Mas já não seria tarde demais? Essas palavras a lápis mostravam que ela estava seguindo uma pista... Mas isso era perigoso, terrivelmente perigoso. E onde diabos estava Fletcher?

Craddock saiu da casa do vigário e foi até onde havia deixado o carro. Pesquisar. Era tudo o que ele podia fazer. Pesquisar.

Uma voz falou com ele por entre os louros gotejantes.

— Senhor! — disse o Sargento Fletcher com urgência.

— Senhor...

Capítulo 21

Três mulheres

O jantar se encerrou em Little Paddocks. Foi uma refeição silenciosa e desconfortável.

Patrick, inquieto por estar ciente de ter caído em desgraça, fez apenas tentativas ocasionais de conversa e, as que realizou, não foram bem recebidas. Phillipa Haymes estava mergulhada em abstrações. Mesmo Miss Blacklock havia abandonado o esforço de se comportar com a alegria habitual. Ela havia se trocado para o jantar e descido usando seu colar de camafeus, mas pela primeira vez o medo aparecia em suas olheiras fundas e era traído por suas mãos trêmulas.

Julia, sozinha, manteve o ar de distanciamento cínico durante toda a noite.

— Sinto muito, Letty — disse ela —, que não possa fazer minhas malas e ir embora. Mas presumo que a polícia não permitiria. Creio que não vou ser um incômodo a você por muito tempo. Imagino que o Inspetor Craddock chegará com um mandado e algemas a qualquer momento. Na verdade, não consigo imaginar por que algo assim ainda não aconteceu.

— Ele está procurando a velha... Miss Marple — explicou Miss Blacklock.

— Você acha que ela também foi assassinada? — perguntou Patrick, com curiosidade científica. — Mas por quê? O que ela poderia saber?

— Não sei — disse Miss Blacklock, indiferente. — Talvez Miss Murgatroyd tenha contado algo a ela.

— Se ela também foi assassinada — disse Patrick —, pela lógica, parece haver apenas uma pessoa que poderia ter feito isso.

— Quem?

— Miss Hinchcliffe, é claro — respondeu Patrick, triunfante. — É onde ela foi vista viva pela última vez, em Boulders. Minha explicação seria que ela nunca deixou Boulders.

— Minha cabeça dói — disse Miss Blacklock, com uma voz monótona. Ela pressionou os dedos na testa. — Por que Hinch mataria Miss Marple? Não faz sentido.

— Faria se Hinch tivesse realmente assassinado Murgatroyd — disse Patrick, ainda com ar triunfante.

Phillipa saiu de sua apatia para dizer:

— Hinch não mataria Murgatroyd.

— Ela poderia, se Murgatroyd tivesse cometido algum erro que mostrasse que ela, Hinch, era a criminosa.

— De qualquer forma, Hinch estava na estação quando Murgatroyd foi morta.

— Ela poderia ter assassinado Murgatroyd antes de partir.

Assustando a todos, Letitia Blacklock gritou de repente:

— Assassinato, assassinato, assassinato! Você não pode falar de outra coisa? Estou com medo, você não entende? Estou com medo. Eu não estava antes. Achava que podia cuidar de mim mesma... Mas o que se pode fazer contra um assassino que está à espreita, vigiando, e ganhando tempo? Ah, Deus!

Ela pousou a cabeça sobre as mãos. No momento seguinte, ergueu o olhar e se desculpou com rigidez.

— Sinto muito. Eu... eu perdi o controle.

— Tudo bem, tia Letty — disse Patrick, com afeto. — Eu cuidarei da senhora.

— Você?

Foi tudo o que Letitia Blacklock disse, mas a desilusão por trás da palavra era quase uma acusação.

Isso aconteceu um pouco antes do jantar, e Mitzi criou uma distração ao aparecer e anunciar que não iria preparar o jantar.

— Eu não *fazer* mais qualquer coisa nesta casa. Eu *ir* para o meu quarto. Eu me *trancar*. Eu *ficar* lá até o amanhecer. Receio... pessoas estão sendo mortas... que a Miss Murgatroyd, com sua cara de inglês idiota... quem iria querer matá-la? Só um maníaco! Então é de maníaco que se trata! E maníaco não se importa com quem ele mata. Mas eu, eu não *querer* ser morta. Ter sombras no cozinha e escutar ruídos. Achar que há alguém no quintal e então imaginar que vejo uma sombra perto da porta da despensa. E, então, escutar passos. Vou agora para o meu quarto, fecho a porta e talvez até encoste a cômoda nela. E pela manhã direi àquele policial duro e cruel que vou embora daqui. E se ele não me deixar, eu digo: "Eu *gritar* e *gritar* e *gritar* até que você tenha de me deixar ir!"

Todos com uma vívida lembrança do que Mitzi era capaz no quesito "gritos" estremeceram com a ameaça.

— Então, eu *ir* para o meu quarto — repetiu Mitzi, mais uma vez, para deixar suas intenções bem claras. Com um gesto simbólico, ela tirou o avental de cretone que usava. — Boa noite, Miss Blacklock. Talvez de manhã a senhora não esteja viva. Então, caso seja assim, eu digo adeus.

Ela partiu abruptamente e a porta, com seu leve e suave gemido de costume, fechou-se suavemente atrás dela.

Julia se levantou.

— Vou cuidar do jantar — avisou, com naturalidade. — É um bom arranjo, fica menos embaraçoso para todos do que se eu me sentasse à mesa com vocês. O Patrick, já que ele se intitulou seu protetor, tia Letty, deveria provar cada prato primeiro. Não quero ser acusada de envenenar a senhora, ainda por cima.

Então Julia cumpriu o prometido e serviu uma refeição realmente excelente.

Phillipa veio para a cozinha com uma oferta de ajuda, mas Julia disse, com firmeza, que não queria ajuda alguma.

— Julia, há algo que eu quero dizer...

— Não é hora para confidências femininas — disse Julia com firmeza. — Volte para a sala de jantar, Phillipa.

O jantar havia acabado e eles estavam na sala de estar com o café na mesinha perto da lareira, e ninguém parecia ter algo a dizer. Eles apenas aguardavam.

Às 8h30, o Inspetor Craddock ligou.

— Estarei com vocês em cerca de quinze minutos — anunciou. — Estou levando o coronel, Mrs. Easterbrook, Mrs. Swettenham e seu filho comigo.

— Mas, inspetor... Não posso lidar com pessoas esta noite.

A voz de Miss Blacklock soou como se ela estivesse no fim de suas forças.

— Eu sei como a senhora se sente, Miss Blacklock. Sinto Muito. Mas isso é urgente.

— O senhor encontrou Miss Marple?

— Não — disse o inspetor, e desligou.

Julia levou a bandeja de café para a cozinha onde, para sua surpresa, encontrou Mitzi contemplando as travessas e os pratos empilhados perto da pia.

Mitzi explodiu em uma torrente de palavras.

— Veja o que você faz na minha cozinha tão bonita! Essa frigideira... eu a *usar* só, só para omeletes! E você, para que a *usar*?

— Cebola frita.

— Arruinada, *arruinada*. Agora vai ter de ser *lavada* e eu nunca, nunca *lavar* minha omeleteira. Esfrego cuidadosamente com um jornal engordurado, só isso. E esta panela aqui que você *usar*... aquela, eu a *usar* apenas para leite...

— Bem, eu não sei quais panelas você usa e para quê — disse Julia, irritada. — Você decidiu ir para a cama e por que diabos escolheu se levantar de novo, não posso imaginar. Vá embora e me deixe lavar a louça em paz.

· CONVITE PARA UM HOMICÍDIO ·

— Não, não vou deixar você usar minha cozinha.

— Ah, Mitzi, você é *impossível!*

Julia saiu furiosa da cozinha e, naquele momento, a campainha tocou.

— Eu não vou atender — avisou Mitzi da cozinha.

Julia murmurou uma típica e indelicada expressão do continente, e caminhou até a porta da frente.

Era Miss Hinchcliffe.

— Boa noite — disse ela, com sua voz rouca. — Desculpe interromper. O inspetor telefonou, suponho?

— Ele não nos disse que você estava vindo — disse Julia, liderando o caminho para a sala de estar.

— Ele falou que se não quisesse eu não precisaria vir — explicou Miss Hinchcliffe. — Mas eu quis.

Ninguém ofereceu condolências à Miss Hinchcliffe ou mencionou a morte de Miss Murgatroyd. O rosto devastado daquela mulher alta e vigorosa dizia tudo, e tornava qualquer expressão de simpatia uma impertinência.

— Acenda todas as luzes — disse Miss Blacklock. — E coloque mais carvão na lareira. Estou com frio, terrivelmente com frio. Venha e sente-se aqui perto do fogo, Miss Hinchcliffe. O inspetor disse que estaria aqui em um quarto de hora. Deve ser quase isso agora.

— Mitzi voltou — disse Julia.

— Voltou? Às vezes acho que aquela garota é louca, muito louca. Mas talvez todos nós estejamos ficando loucos.

— Não tenho paciência com esse ditado que diz que todas as pessoas que cometem crimes são loucas — vociferou Miss Hinchcliffe. — O que eu acho é que são inteligentes e terrivelmente sãs!

Escutou-se o som de um carro do lado de fora, e logo Craddock entrou com o coronel, Mrs. Easterbrook, Edmund e Mrs. Swettenham.

Curiosamente, todos estavam circunspectos.

Numa voz que era como um eco de seu tom habitual, o Coronel Easterbrook disse:

— Ah! Um bom fogo na lareira.

Mrs. Easterbrook não tirou o casaco de pele e sentou-se perto do marido. Seu rosto, em geral bonito e um tanto insosso, parecia o de uma doninha apertada. Edmund estava de mau humor e fez cara feia para todos. Mrs. Swettenham fez o que era evidentemente um grande esforço e o resultado foi uma espécie de paródia de si mesma.

— É horrível, não é? — disse ela, em tom casual. — Tudo isso, quero dizer. E realmente, quanto menos se disser, melhor. Porque não se sabe quem será o próximo, é como a Peste. Minha querida Miss Blacklock, a senhora não acha que deveria tomar um golinho de brandy? Só meia taça mesmo? Sempre achei que não há algo como o brandy, um estimulante tão maravilhoso. Eu... Parece tão terrível da nossa parte... Forçando nossa entrada aqui desse jeito, mas o Inspetor Craddock nos fez vir. E parece terrível... Ela não foi encontrada, sabe. Aquela pobre coitada da casa do vigário, digo. Docinho está quase histérica. Ninguém sabe onde ela foi em vez de voltar para casa. Ela não foi até nós. Eu nem a vi hoje. E eu saberia se ela tivesse ido até lá em casa, porque eu estava na sala de estar... nos fundos, sabe, e Edmund estava em seu escritório escrevendo, e isso é na frente, então, se ela viesse, nós a veríamos de qualquer modo. Ah, eu rezo e espero que nada tenha acontecido com aquela coisinha querida e doce... ainda em plenas faculdades e *tudo mais*.

— Mãe — disse Edmund, numa voz de profundo sofrimento —, a senhora não poderia calar a boca?

— Claro, querido, não quero dizer uma palavra mais — disse Mrs. Swettenham, e se sentou no sofá ao lado de Julia.

O Inspetor Craddock estava parado perto da porta. Diante dele, quase em fila, estavam as três mulheres. Julia e Mrs. Swettenham no sofá. Mrs. Easterbrook no braço da cadeira de seu marido. Ele não havia feito esse arranjo, mas lhe convinha muito bem.

Miss Blacklock e Miss Hinchcliffe estavam próximas à lareira. Edmund estava perto delas. Phillipa estava bem atrás, nas sombras.

Craddock começou sem preâmbulos.

— Vocês todos sabem que Miss Murgatroyd foi morta. Temos motivos para acreditar que a pessoa que a matou era uma mulher. E, por razões específicas, podemos restringir ainda mais nossa busca. Estou prestes a pedir a algumas senhoras aqui que prestem contas do que fizeram entre dezesseis horas e 16h20 desta tarde. Já tive um relato dos movimentos da... da jovem que vem se apresentando como Miss Simmons. Vou pedir a ela que repita essa afirmação. Ao mesmo tempo, Miss Simmons, devo adverti-la de que não precisa responder se achar que suas respostas podem incriminá-la, e qualquer coisa que disser será registrada pelo Policial Edwards e poderá ser usada como prova no tribunal.

— Você precisa dizer isso, não é? — perguntou Julia. Ela estava bastante pálida, mas contida. — Repito que entre dezesseis horas e 16h30 eu estava caminhando ao longo do terreno que desce até o riacho da Fazenda Compton. Voltei para a estrada por aquele campo que tem três choupos nele. Eu não encontrei uma pessoa sequer, até onde me lembro. Eu não cheguei perto de Boulders.

— Mrs. Swettenham?

— Sua advertência vale para todos nós? — perguntou Edmund.

O inspetor se virou para ele.

— Não. No momento, apenas a Miss Simmons. Não tenho razão para crer que qualquer outra declaração feita será incriminadora, mas qualquer um, é claro, tem o direito de ter um advogado presente e de se recusar a responder a perguntas até que ele esteja presente.

— Ah, mas isso seria muito bobo e uma completa perda de tempo — exclamou Mrs. Swettenham. — Tenho certeza de que posso contar logo de uma vez exatamente o que estava fazendo. É isso que o senhor quer, não é? Devo começar agora?

— Sim, por favor, Mrs. Swettenham.

— Deixe-me ver. — Mrs. Swettenham fechou os olhos, abrindo-os em seguida. — É claro que não tive *algo a ver* com a morte de Miss Murgatroyd. Tenho certeza de que *todo mundo* aqui sabe *disso*. Mas sou uma mulher viajada, sei muito bem que a polícia precisa fazer todas as perguntas mais desnecessárias e anotar as respostas com muito cuidado, tudo para o que eles chamam de "registro". É isso, não é? — Mrs. Swettenham lançou a pergunta ao Policial Edwards e acrescentou, com gentileza: — Não estou indo rápido demais para o senhor, espero?

O Policial Edwards, um bom taquígrafo, mas com pouco *savoir faire* social, ficou vermelho até as orelhas e respondeu:

— Está tudo bem, senhora. Bem, talvez um *pouquinho* mais devagar seja melhor.

Mrs. Swettenham retomou seu discurso com pausas enfáticas, sempre onde considerava uma vírgula ou um ponto final apropriados.

— Bem, é claro que é difícil dizer *exatamente*, porque eu não tenho uma noção muito boa do tempo. Desde a guerra, quase metade de nossos relógios não tem funcionado, e os que marcam costumam estar adiantados, atrasados ou parados porque não damos corda neles. — Mrs. Swettenham fez uma pausa para deixar essa imagem de confusão do tempo assentar, então continuou com seriedade: — O que acho que estava fazendo às dezesseis horas era cerzir uma meia minha, e, por alguma razão extraordinária, eu estava fazendo do jeito errado... em laçadas, sabe, e não de modo simples, mas, se não estava fazendo isso, devia estar lá fora colhendo crisântemos mortos... Não, isso foi antes, antes da chuva.

— A chuva — disse o inspetor — começou exatamente às 16h10.

— Foi? Isso ajuda muito. Claro, eu estava lá em cima colocando uma bacia no corredor por onde sempre pinga água. E estava passando tão rápido que imaginei imediatamente que a calha estava entupida de novo. Então desci e peguei minha capa de chuva e botas de borracha. Liguei para Edmund, mas ele não atendeu, então pensei que talvez ele tivesse chegado a um lugar muito importante em seu romance e eu não queria perturbá-lo, e já fiz isso com bastante frequência. Com o cabo da vassoura, sabe, amarrado naquela coisa comprida com a qual você empurra as janelas.

— A senhora quer dizer — disse Craddock, notando a perplexidade no rosto de seu subordinado — que estava limpando a calha?

— Sim, estava toda entupida de folhas. Demorou muito e fiquei um pouco molhada, mas finalmente consegui limpar. E então entrei, me troquei e me lavei... Folhas mortas cheiram mal... E então fui para a cozinha e coloquei a chaleira no fogo. Eram 18h15 no relógio da cozinha.

O Policial Edwards piscou.

— O que significa que faltavam exatamente vinte minutos para as cinco. — Mrs. Swettenham encerrou, triunfante. — Ou perto disso — acrescentou.

— Alguém viu o que a senhora fazia enquanto limpava a calha?

— Não, de fato — disse Mrs. Swettenham. — Eu logo teria chamado para ajudar, se alguém tivesse! É a coisa mais difícil de se fazer sozinha.

— Então, pelo seu próprio depoimento, a senhora estava lá fora, com uma capa de chuva e botas, no momento em que a chuva caía, e, de acordo com a senhora, trabalhou durante esse tempo na limpeza de uma calha, mas não tem alguém que possa corroborar essa afirmação?

— Você pode olhar para a calha — disse Mrs. Swettenham.
— Está limpa que é uma beleza.

— Você ouviu sua mãe chamá-lo, Mr. Swettenham?

— Não — respondeu Edmund. — Eu estava dormindo.

— Edmund — disse sua mãe, em tom de censura. — Pensei que você estivesse escrevendo.

O Inspetor Craddock se voltou para Mrs. Easterbrook.

— E, a senhora, Mrs. Easterbrook?

— Eu estava sentada com Archie em seu escritório — contou Mrs. Easterbrook, fixando nele seus grandes olhos inocentes. — Estávamos ouvindo rádio juntos, não é, Archie?

Houve uma pausa. O Coronel Easterbrook estava com o rosto muito vermelho. Ele pegou a mão de sua esposa.

— Você não entende dessas coisas, gatinha — disse ele.

— Eu... Bem, devo dizer, inspetor, o senhor nos deixou abalados com essa coisa toda. Minha esposa, sabe, ficou terrivelmente chateada com tudo isso. Ela está nervosa e muito tensa, e não compreende a importância de... de pensar bem antes de fazer uma declaração.

— Archie — exclamou Mrs. Easterbrook, em reprovação — você vai dizer que não estava comigo?

— Bem, eu não estava, estava, minha querida? Quer dizer, é preciso se ater aos fatos. Muito importante neste tipo de inquérito. Eu estava conversando com Lampson, o fazendeiro de Croft End, sobre algumas telas para galinhas. Isso foi perto das 15h45. Só voltei para casa depois que a chuva parou. Pouco antes do chá, às 16h45. Laura estava assando os *scones*.

— E a senhora também tinha saído, Mrs. Easterbrook?

Seu rosto bonito parecia com o de uma doninha mais do que nunca. Seus olhos tinham um ar encurralado.

— Não, não, eu apenas fiquei sentada ouvindo o rádio. Eu não saí. Não naquela hora. Eu havia saído antes. Por volta das 15h30. Só para dar um passeio. Não muito longe.

Ela parecia esperar mais perguntas, mas Craddock disse baixinho:

— Isso é tudo, Mrs. Easterbrook.

E depois continuou:

— Essas declarações serão batidas à máquina. Vocês poderão lê-las e assiná-las se estiverem substancialmente corretas.

Mrs. Easterbrook o encarou com súbita indignação.

— Por que o senhor não pergunta aos outros onde eles estavam? Essa mulher Haymes? E Edmund Swettenham? Como sabe que ele estava dormindo dentro de casa? Ninguém o viu.

O Inspetor Craddock disse baixinho, novamente:

— Miss Murgatroyd, antes de morrer, fez uma certa declaração. Na noite do assalto aqui, *alguém* estava ausente desta sala. Alguém que deveria estar na sala o tempo todo. Miss Murgatroyd disse à amiga os nomes das pessoas que ela *viu*. Por um processo de eliminação, ela descobriu que havia alguém que ela não via.

— Ninguém podia ver qualquer coisa — disse Julia.

— Murgatroyd podia — disse Miss Hinchcliffe, falando de repente com sua voz profunda. — Ela estava atrás da porta, onde o Inspetor Craddock está agora. Ela era a única pessoa que podia ver alguma coisa do que estava acontecendo.

— *Aha! É isso que o senhor pensar, é isso!* — bradou Mitzi.

Ela fez uma de suas entradas dramáticas, abrindo a porta e quase derrubando Craddock de lado. Ela estava histérica de agitação.

— Ah, vocês não *pedir* a Mitzi para vir aqui com os outros, não é, seus policiais esnobes? Eu *ser* apenas a Mitzi! A Mitzi da cozinha! Deixe ela ficar na cozinha onde *ser* o lugar dela! Mas eu digo a você que a Mitzi, assim como qualquer outra pessoa, pode ver as coisas, e talvez até melhor, sim, até melhor. Sim, eu *ver* as coisas. Eu *ver* algo na noite do roubo. Eu *ver* algo e não *acreditar* muito, e eu *segurar* minha língua até agora. Acho que não vou dizer o que vi, ainda não. Eu vou esperar.

— E quando tudo se acalmasse, você pretendia pedir um pouco de dinheiro a uma certa pessoa, hein? — perguntou Craddock.

Mitzi se voltou contra ele feito um gato zangado.

— E por que não? Por que me *olhar* assim com desdém? Por que não deveria ser paga por isso, se *ser* tão generosa a ponto de ficar calada? Especialmente se algum dia houver dinheiro, muito, *muito* dinheiro. Ah! Eu ouvi coisas, eu *saber* o que está acontecendo. Eu *saber* que esta Pippemma... Esta sociedade secreta da qual ela — apontou dramática um dedo para Julia — *ser* uma agente. Sim, eu teria esperado e pedido dinheiro, mas agora eu *estar* com medo. Eu prefiro estar segura. Em breve, talvez, alguém me mate. Então vou contar o que sei.

— Tudo bem, então — disse o inspetor com ceticismo. — O que você sabe?

— Eu vou dizer — falou, solenemente. — Naquela noite, eu não *estar* na despensa limpando a prataria, como disse, já *estar* no sala de jantar quando ouvi a arma disparar. Eu *olhar* pelo buraco da fechadura. O corredor *estar* escuro, mas a arma disparar novamente e a lanterna *cair*, e ela *balançar* ao cair, e eu a *ver*. Eu a *ver* ali perto dele com a arma na mão. *Ver* Miss Blacklock.

— Eu? — Miss Blacklock sentou-se espantada. — Você deve estar louca!

— Mas isso é impossível — exclamou Edmund. — Mitzi não poderia ter visto Miss Blacklock.

Craddock o interrompeu e sua voz tinha a qualidade corrosiva de um ácido mortal.

— *Não poderia, Mr. Swettenham? E por que não?* Porque *não era* Miss Blacklock quem estava parada ali com a arma? Era *você*, não era?

— Eu? Claro que não, que *diabos*!

— *Você* pegou o revólver do Coronel Easterbrook. *Você* acertou o negócio com Rudi Scherz, como uma boa piada. Você seguiu Patrick Simmons até a outra sala e, quando as luzes se apagaram, saiu pela porta cuidadosamente lubrificada. Você atirou em Miss Blacklock e depois matou Rudi

Scherz. Alguns segundos depois, você estava de volta à sala acendendo seu isqueiro.

Por um momento, Edmund pareceu sem palavras, então ele balbuciou:

— A ideia toda é *monstruosa*. Por que *eu*? Que motivo *eu* teria, meu Deus?

— Se Miss Blacklock morresse antes de Mrs. Goedler, duas pessoas herdariam o dinheiro, não se esqueça. As duas que conhecemos como Pip e Emma. Julia Simmons acabou se revelando Emma...

— E você acha que eu sou Pip? — Edmund riu. — Fantástico, absolutamente *fantástico*! Tenho a idade certa, e nada mais. E posso provar a você, seu idiota desgraçado, que eu *sou* Edmund Swettenham. Certidão de nascimento, escolas, universidade, tudo.

— Ele não é Pip. — A voz veio das sombras no canto. Phillipa Haymes avançou com o rosto pálido. — Eu sou Pip, inspetor.

— *A senhora*, Mrs. Haymes?

— Sim. Todo mundo parece ter presumido que Pip fosse um menino. Julia sabia, é claro, que sua irmã gêmea era outra menina, não sei por que ela não disse isso esta tarde...

— Solidariedade familiar — disse Julia. — De repente, percebi quem você era. Eu não tinha ideia até aquele momento.

— Tive a mesma ideia que Julia — disse Phillipa, sua voz tremendo um pouco. — Depois que eu... perdi meu marido e a guerra acabou, me perguntei o que iria fazer. Minha mãe morreu há muitos anos. Descobri minha relação com os Goedler. Mrs. Goedler estava morrendo e, com sua morte, o dinheiro iria para Miss Blacklock. Eu descobri onde Miss Blacklock morava e eu... eu vim aqui. Arrumei um emprego com Mrs. Lucas. Eu esperava que, uma vez que essa Miss Blacklock era uma mulher idosa sem parentes, ela pudesse, talvez, estar disposta a me ajudar. Não eu, porque eu poderia trabalhar, mas ajudar na educação de Harry. Afinal, o dinheiro *era* dos Goedler e ela não tinha alguém em particular com quem gastá-lo. E então — Phillipa agora falava rápido, como se, no momento em que seus receios haviam acabado, ela não conseguisse pronunciar as palavras rápido o suficiente —, aquele assalto aconteceu e comecei a ficar com medo. Porque me parecia que a única pessoa com um motivo para matar Miss Blacklock seria eu. Eu não tinha a menor ideia de quem Julia era, não somos gêmeas idênticas e não somos muito parecidas. Sim, parecia que eu era a única suspeita.

Ela parou e afastou seu cabelo loiro do rosto. Craddock de repente percebeu que a fotografia desbotada na caixa de cartas devia ser uma fotografia da mãe de Phillipa. A semelhança era inegável. Ele sabia também porque aquele gesto de fechar e abrir as mãos parecera familiar: Phillipa estava fazendo isso agora.

— Miss Blacklock tem sido boa para mim. Muito, muito boa para mim. Eu não tentei matá-la. Nunca pensei em matá-la. Mas, mesmo assim, sou Pip. — E acrescentou: — Veja, você não precisa mais suspeitar de Edmund.

— Não preciso? — disse Craddock. Mais uma vez, havia aquele tom ácido e mordaz em sua voz. — Edmund Swettenham é um jovem que gosta de dinheiro. Um jovem, talvez, que gostaria de se casar com uma mulher rica. Mas ela não seria uma esposa rica a menos que Miss Blacklock morresse antes de Mrs. Goedler. E já que parecia quase certo que Mrs. Goedler morreria antes de Miss Blacklock, bem... Ele tinha de fazer algo a respeito, não é, Mr. Swettenham?

— É uma maldita mentira! — gritou Edmund.

De repente, um som se elevou no ar. Veio da cozinha, um grito longo e sobrenatural de horror.

— Isso não foi Mitzi! — exclamou Julia.

— Não — concordou o Inspetor Craddock. — Foi alguém que assassinou três pessoas...

Capítulo 22

A verdade

Quando o inspetor se virou para Edmund Swettenham, Mitzi saiu silenciosamente da sala e voltou para a cozinha. Ela estava enchendo a pia com água quando Miss Blacklock entrou. Mitzi lançou-lhe um olhar de soslaio envergonhado.

— Que mentirosa você é, Mitzi — disse Miss Blacklock, em tom agradável. — Aqui, essa não é a maneira de lavar. A prata primeiro, e encha a pia imediatamente. Você não pode lavar só com cinco centímetros de água.

Mitzi abriu as torneiras obedientemente.

— A senhora não está zangada com o que eu *dizer*, Miss Blacklock? — perguntou.

— Se eu ficasse com raiva de todas as mentiras que você conta, eu estaria sempre fora de controle — respondeu Miss Blacklock.

— Vou dizer ao inspetor que *ser* tudo invenção, certo? — perguntou Mitzi.

— Ele já sabe disso — disse Miss Blacklock, agradavelmente.

Mitzi fechou as torneiras e, ao fazê-lo, duas mãos surgiram atrás de sua cabeça. Com um movimento rápido, forçaram-na em direção à pia cheia de água.

— Só *eu* sei que você está dizendo a verdade pela primeira vez — disse Miss Blacklock, cruelmente.

Mitzi se debateu e lutou, mas Miss Blacklock era forte e suas mãos seguravam a cabeça da garota firmemente sob a água.

Então, de algum lugar bem perto dela, a voz de Dora Bunner se elevou no ar feito uma lamúria:

— Ah, Lotty... Lotty, não faça isso... Lotty.

Miss Blacklock gritou. Ergueu as mãos para o alto e Mitzi, já solta, ergueu-se engasgando e cuspindo.

Miss Blacklock gritou outra vez. Pois não havia outra pessoa ali na cozinha com ela...

— Dora, Dora, me perdoe. Eu precisava... Eu precisei...

Ela correu distraída em direção à porta da copa, e o corpo do Sargento Fletcher barrou seu caminho. No mesmo momento, Miss Marple saiu, corada e triunfante, do armário de vassouras.

— Eu sempre consegui imitar as vozes das pessoas — disse Miss Marple.

— Terá de vir comigo, senhora — disse o Sargento Fletcher.

— Fui testemunha de sua tentativa de afogar essa garota. E haverá outras acusações. Devo avisar a senhora, Letitia Blacklock...

— Charlotte Blacklock — corrigiu Miss Marple. — É quem ela é, sabe. Sob aquela gargantilha de pérolas que ela sempre usa, você encontrará a cicatriz da operação.

— Operação?

— Operação para bócio.

Miss Blacklock, bastante calma agora, olhou para Miss Marple.

— Então você sabe tudo sobre isso? — disse ela.

— Sim, já sei faz algum tempo.

Charlotte Blacklock sentou-se à mesa e começou a chorar.

— Você não deveria ter feito isso — disse ela. — Não devia ter feito a voz de Dora. Eu amava Dora. Eu realmente amava Dora.

O Inspetor Craddock e os outros haviam se aglomerado na porta.

O Policial Edwards, que acrescentava conhecimentos de primeiros socorros e respiração artificial a suas outras habilidades, estava ocupado com Mitzi. Assim que ela conseguiu falar, foi lírica em autoelogios.

— Eu *fazer* isso bem, não é? Eu *ser* inteligente! E eu *ser* valente! Ah, eu *ser* corajosa! Quase *ser* assassinada também. Mas eu *ser* tão corajosa que arrisquei tudo.

Com pressa, Miss Hinchcliffe empurrou os outros para o lado e saltou sobre a figura chorosa de Charlotte Blacklock ao lado da mesa.

O Sargento Fletcher teve de usar toda sua força para segurá-la.

— Ora, pois — disse ele. — Ora, pois, não, não, Miss Hinchcliffe...

Entre os dentes cerrados, Miss Hinchcliffe murmurava:

— Deixe-me chegar até ela. Apenas me deixe chegar até ela. Foi ela quem matou Amy Murgatroyd.

Charlotte Blacklock ergueu o olhar e fungou.

— Eu não queria matá-la. Eu não queria matar as pessoas... foi preciso... mas era com Dora que eu me importava... depois que Dora morreu, eu fiquei sozinha... desde que ela morreu... estive sozinha... ah, Dora, Dora...

E mais uma vez ela colocou a cabeça entre as mãos e chorou.

Capítulo 23

Entardecer na casa do vigário

Miss Marple estava sentada na poltrona alta. Docinho posicionou-se no chão em frente à lareira acesa, com os braços em volta dos joelhos.

O Reverendo Julian Harmon estava inclinado para a frente e, pela primeira vez, parecia mais um colegial do que um homem à beira da terceira idade. O Inspetor Craddock fumava seu cachimbo e bebia um uísque com soda, e estava claramente de folga. Um círculo externo era composto por Julia, Patrick, Edmund e Phillipa.

— Acho que a história é sua, Miss Marple — disse Craddock.

— Ah não, meu jovem. Só ajudei um pouco, aqui e ali. O senhor estava no comando e conduziu tudo, e sabe muita coisa que eu não sei.

— Bem, contem juntos — disse Docinho, impaciente. — Uma parte cada um. Só deixe tia Jane começar porque gosto da maneira confusa como sua mente funciona. Quando a senhora pensou pela primeira vez que a coisa toda havia sido feita por Blacklock?

— Bem, minha querida Docinho, é difícil dizer. Claro, logo no início, parecia que a pessoa ideal, ou melhor, a pessoa óbvia, devo dizer, para ter organizado o assalto era a própria Miss Blacklock. Ela era a única que se sabia ter estado em contato com Rudi Scherz, e é muito mais fácil arranjar algo assim quando é na sua própria casa. Ligar o aquecimento central, por exemplo, sem acender a lareira, porque isso significaria luz na sala. E a única pessoa que poderia ter providenciado para que a lareira não estivesse acesa era a própria dona da casa. Não que eu tenha pensado em tudo isso na hora, apenas me pareceu que seria uma pena se *não* pudesse ser assim tão simples! Ah, não, eu fui enganada como todo mundo, pensei que alguém realmente queria matar Letitia Blacklock.

— Acho que eu gostaria de entender primeiro o que realmente aconteceu — disse Docinho. — Aquele menino suíço a reconheceu?

— Sim. Ele trabalhou na...

Ela hesitou e olhou para Craddock.

— Na clínica do Dr. Adolf Koch, em Berna — disse o inspetor. — Koch era um especialista mundialmente famoso em operações para bócio. Charlotte Blacklock foi lá para resolver sua questão de saúde e Rudi Scherz era um dos atendentes. Quando ele veio para a Inglaterra, ele reconheceu no hotel uma senhora que tinha sido uma paciente e, no calor do momento, falou com ela. Ouso dizer que Scherz não teria feito isso se tivesse parado para pensar, porque ele deixou o lugar de modo suspeito, mas isso foi algum tempo depois de Charlotte ter estado lá, então ela não sabia qualquer coisa sobre esse assunto.

— Então, ele nunca falou coisa alguma a ela sobre Montreux e seu pai serem proprietários de um hotel?

— Ah, não, ela inventou isso para justificar ele ter falado com ela.

— Deve ter sido um grande choque para ela — disse Miss Marple, pensativa. — Ela se sentia razoavelmente segura, e então, o infortúnio quase impossível de aparecer alguém que a conhecia, não como uma das duas Miss Blacklocks... para *isso* ela estava preparada... mas definitivamente como *Charlotte* Blacklock, uma paciente que havia sido operada para bócio. Mas você queria que eu começasse desde o começo. Bem, o começo, acho... se o Inspetor Craddock concorda comigo... foi quando Charlotte Blacklock, uma jovem bonita e afetuosa, desenvolveu aquele aumento da glândula tireoide que é chamado de bócio. Isso arruinou sua vida, porque ela era uma menina muito sensível. E também uma menina que sempre se preocupou com sua aparência. E as jovens nessa idade, na adolescência, são particularmente sensíveis em relação a si mesmas. Se ela tivesse uma mãe ou um pai razoável, não acho que teria entrado no estado mórbido em que sem dúvida entrou. Ela não tinha alguém, vejam só, para arrancá-la dali e forçá-la a ver as pessoas, a levar uma vida normal e a não pensar muito em sua enfermidade. E, claro, em uma casa diferente, ela poderia ter sido enviada para uma operação muitos anos antes. Mas o Dr. Blacklock, creio eu, era um homem antiquado, tacanho, tirânico e obstinado. Ele não acreditava nessas operações. Charlotte devia pensar que nada poderia ser feito, exceto a dosagem de iodo e outras drogas. Ela *acreditou* nele, e acho que sua irmã também depositou mais fé nos poderes do Dr. Blacklock como médico do que ele merecia. Charlotte era devotada ao pai de uma forma bastante fraca e sentimental. Ela definitivamente pensava que seu pai sabia tudo. Mas ela foi se fechando mais e mais conforme o bócio se tornava maior e mais feio, e se recusava a ver as pessoas. Na verdade, ela era uma criatura gentil e afetuosa.

— É uma descrição estranha para uma assassina — disse Edmund.

— Não sei se seria — discordou Miss Marple. — Pessoas fracas e bondosas são, frequentemente, muito traiçoeiras. E se elas adquirem rancor contra a vida, isso esgota a pouca força moral de que elas podem dispor. Letitia Blacklock, é claro, tinha uma personalidade bem diferente. O Inspetor Craddock me disse que Belle Goedler a descreveu como muito boa, e acho que Letitia era boa. Ela era uma mulher de grande integridade que, como ela mesma disse, encontrava uma grande dificuldade em entender como as pessoas não conseguiam ver quando algo era desonesto. Letitia Blacklock, por mais tentada que fosse, nunca teria pensado em qualquer tipo de fraude por um momento. Letitia era devotada à irmã. Ela escrevia longos relatos de tudo o que acontecia em um esforço para mantê-la em contato com a vida. Ela estava preocupada com o estado mórbido em que Charlotte estava entrando. Finalmente o Dr. Blacklock morreu. Letitia, sem hesitação, abandonou seu trabalho com Randall Goedler e se dedicou à irmã. Ela a levou para a Suíça, para consultar autoridades locais sobre a possibilidade de operar. Estava muito avançado mas, como sabemos, a operação foi um sucesso. A deformidade havia sumido, e a cicatriz que essa operação havia deixado era facilmente escondida por uma gargantilha de pérolas ou contas. E aí estourou a guerra. O retorno à Inglaterra foi difícil e as duas irmãs permaneceram na Suíça fazendo vários trabalhos para a Cruz Vermelha. É isso mesmo, não é, inspetor?

— Sim, Miss Marple.

— Elas recebiam notícias ocasionais da Inglaterra. Entre outras coisas, suponho, elas ouviram que Belle Goedler não viveria muito. Tenho certeza de que era apenas da natureza humana se ambas tivessem planejado e conversado sobre os dias que viriam, quando uma grande fortuna seria delas para gastar. É preciso compreender, creio eu, que essa perspectiva significava muito mais para *Charlotte* do que para Letitia. Pela primeira vez em sua vida, Charlotte poderia continuar se sentindo uma mulher normal, uma mulher para quem ninguém olhava com repulsa ou pena. Ela estava finalmente livre para desfrutar a vida, e ela tinha uma vida inteira, por assim dizer, para aproveitar. Viajar, ter uma casa e belos jardins, comprar roupas e joias, ir a peças de teatro e concertos, satisfazer todos os caprichos, era uma espécie de conto de fadas tornando-se realidade para Charlotte.

— E então Letitia, a forte e saudável Letitia, pegou uma gripe, que se transformou em pneumonia, e morreu no espaço de uma semana! Charlotte não apenas perdeu a irmã, mas toda a existência do sonho que ela planejara para si mesma foi cancelada. Acho, vocês sabem, que ela pode ter se sentido quase ressentida com Letitia. Por que Letitia precisava morrer, naquele momento, quando acabavam de receber uma carta dizendo que Belle Goedler não poderia durar muito? Só mais um mês, talvez, e o dinheiro teria sido de Letitia — e dela quando a irmã morresse. É onde acho que a diferença entre as duas entrou em cena. Charlotte realmente não sentia que aquilo que ela de repente pensou em fazer fosse errado... Não realmente errado. O dinheiro deveria chegar a Letitia. E *teria* chegado dentro de alguns meses, e ela considerava Letitia e a si mesma uma só. Talvez a ideia não tenha lhe ocorrido até que o médico ou alguém perguntou o nome de batismo de sua irmã, e então ela percebeu que para quase todo mundo elas eram apresentadas como as duas Miss Blacklocks, mulheres inglesas idosas, bem-educadas, vestidas da mesma forma, com uma forte semelhança de família... E, como indiquei a Docinho, uma mulher idosa fica tão parecida com a outra... Por que não deveria ser *Charlotte* quem morreu e Letitia quem estava viva? Talvez tenha sido um impulso, mais do que um plano. A irmã foi enterrada com o nome de Charlotte. "Charlotte" estava morta, "Letitia" veio para a Inglaterra. Toda a iniciativa natural e a energia, adormecidas por tantos anos, estavam em ascensão. Como Charlotte, ela vivera em segundo plano. Neste momento, ela assumia o comando, a sensação de comando que tinha sido de Letitia. Elas não eram tão diferentes em mentalidade, embora houvesse, eu acho, uma grande diferença *moral*. Charlotte teve, é claro, de tomar uma ou duas precauções óbvias. Ela comprou uma casa em uma parte da Inglaterra totalmente desconhecida para ela. As únicas pessoas que ela tinha de evitar eram algumas em sua própria cidade natal em Cumberland, onde, em todo caso, ela viveu reclusa, e, é claro, Belle Goedler, que conhecia Letitia tão bem que qualquer personificação estaria fora de cogitação. As dificuldades de caligrafia foram superadas pela condição artrítica de suas mãos. Foi realmente muito fácil, porque poucas pessoas realmente conheceram Charlotte.

— Mas suponhamos que ela encontrasse pessoas que conheceram Letitia? — perguntou Docinho. — Deve ter havido muitas delas.

— Elas não teriam muita importância. Alguém poderia dizer: "Vi Letitia Blacklock outro dia. Ela mudou tanto que eu realmente não a teria reconhecido." Mas ainda não haveria qualquer suspeita em suas mentes de que ela não fosse Letitia. As pessoas *realmente* mudam no decorrer de dez anos. Qualquer falha *dela* em reconhecer os *outros* sempre poderia ser atribuída à sua miopia. E você deve se lembrar que ela sabia todos os detalhes da vida de Letitia em Londres, as pessoas que ela conheceu, os lugares a que ela foi. Ela tinha as cartas de Letitia para usar como referência, e ela poderia rapidamente desarmar qualquer suspeita mencionando algum incidente, ou perguntando de um amigo em comum. Não, a única coisa que ela tinha a temer era ser reconhecida como Charlotte. Ela se estabeleceu em Little Paddocks, conheceu seus vizinhos e, quando recebeu uma carta pedindo à querida Letitia para ser gentil, ela aceitou com prazer a visita de dois jovens primos que ela nunca tinha visto. A aceitação dela como tia Letty aumentou sua segurança. A coisa toda estava indo esplendidamente bem. E então... ela cometeu seu grande erro. Foi um erro que surgiu exclusivamente de sua bondade de coração e sua natureza naturalmente afetuosa. Ela recebeu uma carta de uma velha amiga de escola que passara por dias ruins, e correu para resgatá-la. Talvez seja em parte porque ela era, apesar de tudo, solitária. Seu segredo a mantinha longe das pessoas. Ela gostava genuinamente de Dora Bunner, e lembrava-se dela como um símbolo de seus dias alegres e despreocupados na escola. De qualquer forma, por impulso, ela respondeu pessoalmente à carta de Dora. E o quão surpresa Dora deve ter ficado! Ela escreveu para *Letitia* e a irmã que apareceu em resposta à sua carta foi *Charlotte*. Nunca houve qualquer dúvida quanto a fingir ser Letitia para Dora. Ela era uma das poucas velhas amigas que era admitida para ver Charlotte em seus dias solitários e infelizes. E, porque ela sabia que Dora veria a questão exatamente da mesma forma que ela própria, ela contou a Dora o que havia feito. A outra aprovou de todo o coração. Em sua mente confusa e abilolada, parecia correto que a querida Lotty não perdesse sua herança com a morte prematura de Letty. Lotty merecia uma recompensa por todo o sofrimento que suportou com tanta bravura. Teria sido muito injusto se todo aquele dinheiro fosse para alguém de quem nunca tinha ouvido falar. Ela compreendeu perfeitamente que ninguém poderia saber de algo. Era como receber um quilo a mais de manteiga no racionamento. Você não pode falar sobre isso, mas não há nada de errado em ficar com ela. Então Dora veio para Little Paddocks, e logo Charlotte começou a entender que havia cometido um erro terrível. Não era apenas o fato de que Dora Bunner, com suas confusões, seus erros e suas trapalhadas, era enlouquecedora de se conviver. Charlotte poderia ter aguentado isso, porque ela realmente se importava com Dora e, de qualquer maneira, sabia pelo médico que Dora não tinha muito tempo de vida. Mas a amiga logo se tornou um perigo real. Embora Charlotte e Letitia se chamassem pelo nome completo, Dora era o tipo de pessoa que sempre usava abreviações. Para ela, as irmãs sempre foram Letty e Lotty. E embora ela treinasse a língua para chamar sua amiga de Letty, o antigo nome frequentemente escapava. As lembranças do passado também costumavam vir à sua língua, e Charlotte precisava estar constantemente alerta para verificar essas alusões que vinham por lapsos. Isso começou a irritá-la. Ainda assim, provavelmente, ninguém prestaria atenção às inconsistências de Dora. O verdadeiro golpe para a segurança de Charlotte veio, como eu disse, quando ela foi reconhecida e interpelada por Rudi Scherz no Hotel Spa Royal. Acho que o dinheiro que o suíço usou para cobrir seus desfalques no hotel pode ter vindo de Charlotte Blacklock. O Inspetor Craddock não acredita, e eu também não, que Rudi Scherz pediu dinheiro a ela com qualquer ideia de chantagem na cabeça.

— Ele não tinha a menor ideia de que sabia de algo com o qual chantageá-la — disse o Inspetor Craddock. — Ele sabia que era um jovem bem-apessoado, e estava ciente, por experiência, que rapazes bonitos às vezes podem tirar dinheiro de senhoras idosas se contarem uma história de insucesso de forma convincente. Mas ela pode ter visto de forma diferente. Ela talvez tenha imaginado que era uma forma insidiosa de chantagem, que ele suspeitava de algo e que, mais tarde, se houvesse publicidade nos jornais, como poderia haver após a morte de Belle Goedler, ele perceberia que havia encontrado nela uma mina de ouro. E ela já estava comprometida com a fraude. Ela se estabeleceu como Letitia Blacklock. No Banco. Com Mrs. Goedler. O único obstáculo era aquele funcionário de hotel suíço um tanto questionável, um personagem pouco confiável e possivelmente um chantagista. Se ele estivesse fora do caminho, ela ficaria segura. Talvez ela tenha pensado em tudo primeiro como uma espécie de fantasia. Ela estava carente de emoção e drama em sua vida. Ela se entreteu resolvendo os detalhes. Como faria para se livrar dele? Ela montou seu plano. E finalmente decidiu agir. Ela contou sua ideia de um falso assalto em uma festa para Rudi Scherz, explicou que queria que um estranho fizesse o papel de "gângster" e ofereceu a ele uma soma generosa por sua cooperação. E o fato dele concordar sem qualquer suspeita é o que me dá certeza de que Scherz não tinha ideia de que ele possuía qualquer tipo de controle sobre ela. Para ele, Charlotte era apenas uma velha bastante tola, disposta a se desfazer do dinheiro. Ela deu a ele o anúncio para inserir nos jornais, providenciou para que ele fizesse uma visita a Little Paddocks para estudar a geografia da casa e mostrou-lhe o local onde o encontraria e o deixaria entrar em casa durante a noite em questão. Dora Bunner, é claro, nada sabia sobre tudo isso. Chegou o dia... — Ele fez uma pausa.

Miss Marple contou a história com sua voz gentil.

— Ela deve ter passado um dia muito infeliz. Veja, ainda não era tarde para desistir... Dora Bunner nos contou que Letty estava com medo naquele dia e deve ter ficado com medo. Com medo do que ela ia fazer, com medo do plano dar errado, mas não o suficiente para recuar. Talvez tenha sido divertido tirar o revólver da gaveta do Coronel Easterbrook. Levando ovos ou geleia, subindo as escadas na casa vazia. Foi divertido lubrificar a segunda porta da sala de visitas, para que abrisse e fechasse silenciosamente. E talvez tenha sido divertido sugerir que a mesa fosse tirada da frente da porta, com a desculpa de que os arranjos de flores de Phillipa ficassem mais à mostra. Pode ter parecido um jogo. Mas o que aconteceria a seguir definitivamente não era mais um jogo. Ah, sim, ela estava com medo... Dora Bunner tinha certeza disso.

— Mesmo assim, ela foi até o fim — disse Craddock. — E tudo correu de acordo com o plano. Ela saiu logo depois das dezoito horas para "recolher os patos", deixou Scherz entrar e deu a ele a máscara, a capa, as luvas e a lanterna. Então, às 18h30, quando o relógio começou a soar, ela estava pronta perto da mesa próxima da arcada, com a mão na caixa de cigarros. É tudo tão natural. Patrick, agindo como anfitrião, foi até as bebidas. Ela, a anfitriã, vai buscar os cigarros. Ela julgou, muito corretamente, que quando o relógio começasse a soar, todos olhariam para o objeto. E eles olharam. Apenas uma pessoa, a devotada Dora, manteve os olhos fixos na amiga. E ela nos contou, em sua primeira declaração, exatamente o que Miss Blacklock fez. Ela disse que Letitia pegou o vaso de violetas. Ela já havia desgastado o cabo da lâmpada de forma que os fios estavam quase desencapados. A coisa toda demorou apenas um segundo. A caixa de cigarros, o vaso e o pequeno interruptor estavam todos juntos. Ela pegou as violetas, derramou a água no local aberto e acendeu a lâmpada. A água é um bom condutor de eletricidade. Os fios se fundiram.

— Exatamente como na outra tarde lá em casa — disse Docinho. — Foi isso que a deixou tão agitada, não foi, tia Jane?

— Sim, minha querida. Eu estive intrigada sobre essas luzes. Eu percebi que havia duas lâmpadas, um par, e que uma havia sido trocada pela outra, provavelmente, durante a noite.

— Isso mesmo — disse Craddock. — Quando Fletcher examinou aquela lâmpada na manhã seguinte, ela estava, como todas as outras, perfeitamente em ordem, sem cabos flexionados ou fundidos.

— Eu entendi o que Dora Bunner quis dizer ao falar que tinha sido a *pastora* na noite anterior — disse Miss Marple. — Mas caí no erro de pensar, como ela pensava, que *Patrick* havia sido o responsável. O interessante sobre Dora Bunner é que ela não era muito confiável ao repetir coisas que ouvia, ela sempre usava sua imaginação para exagerar ou distorcê-las, e geralmente estava errada no que ela *pensava* que havia ocorrido. Mas era bastante precisa sobre as coisas que havia *visto*. Ela viu Letitia pegar as violetas...

— E ela viu o que descreveu como um brilho e um estalo — acrescentou Craddock.

— E, é claro, quando minha querida Docinho derramou a água das rosas de Natal no fio da lâmpada, percebi imediatamente que apenas a própria Miss Blacklock poderia ter queimado as luzes, porque apenas ela estava perto daquela mesa.

— Eu merecia um tapa na cara — interrompeu Craddock. — Dora Bunner até tagarelou sobre uma queimadura na mesa, onde alguém havia "largado o cigarro", mas ninguém tinha sequer acendido um cigarro... E as violetas estavam mortas porque não havia água no vaso, um deslize da parte de Letitia. Ela deveria ter enchido de novo. Mas suponho que pensou que ninguém notaria e, na verdade, Miss Bunner estava pronta para acreditar que ela mesma não havia colocado água no vaso, para começo de conversa. Ela era altamente sugestionável, é claro. E Miss Blacklock se aproveitou disso mais de uma vez. As suspeitas de Bunny em relação a Patrick foram, acho eu, induzidas por ela.

— E por que implicar comigo? — perguntou Patrick, num tom ressentido.

— Acho eu que não foi uma sugestão séria, mas manteria Bunny distraída de qualquer suspeita de que Miss Blacklock pudesse estar por trás do esquema. Bem, sabemos o que aconteceu a seguir. Assim que as luzes se apagaram e todos começaram a gritar, ela saiu pela porta previamente lubrificada e se ergueu atrás de Rudi Scherz, que passeava a lanterna pela sala e desempenhava seu papel com gosto. Acho que ele não percebeu por um momento que ela estava atrás dele com as luvas de jardinagem vestidas e o revólver na mão. Ela espera até que a lanterna alcance o local onde ela precisa mirar, a parede perto da qual ela deveria estar. Em seguida, ela dispara duas vezes bem rápido e, quando ele se vira assustado, ela segura o revólver perto do corpo dele e dispara novamente. Ela deixa o revólver cair ao lado de seu corpo, joga as luvas descuidadamente na mesa do corredor, depois volta pela outra porta e atravessa para onde estava quando as luzes se apagaram. Ela corta a orelha, não sei bem como...

— Tesouras de unha, suponho — disse Miss Marple. — Basta um corte no lóbulo da orelha para que saia bastante sangue. Esse foi um bom efeito psicológico, é claro. O sangue real escorrendo sobre sua blusa branca fez com que parecesse certo que ela havia levado um tiro de raspão.

— Tudo poderia ter dado muito certo — disse Craddock. — A insistência de Dora Bunner de que Scherz tinha como alvo Miss Blacklock foi bem útil. Sem querer, Dora Bunner dava a impressão de que realmente vira sua amiga ser ferida. Pode ter sido interpretado como suicídio ou morte acidental. E o caso teria sido encerrado. O fato de ter sido mantido aberto se deve a Miss Marple aqui.

— Ah, não, não. — Miss Marple balançou a cabeça energicamente. — Qualquer pequeno esforço da minha parte foi acidental. Foi o senhor que não ficou satisfeito, Mr. Craddock. Foi *o senhor* quem não permitiu que o caso fosse encerrado.

— Eu não estava satisfeito — disse Craddock. — No fundo, eu sabia que estava tudo errado. Mas eu não via *onde* estava errado, até que a senhora me mostrou. E depois disso Miss Blacklock teve bastante azar. Descobri que aquela segunda porta tinha sido adulterada. Até aquele momento, tudo o que havíamos teorizado *podia* ter acontecido, mas não tínhamos algo com o qual continuar, exceto uma bela teoria. Mas aquela porta lubrificada era uma *evidência*. E eu descobri isso por puro acaso, agarrando uma alça por engano.

— Acredito que o senhor foi *guiado* a isso, inspetor — disse Miss Marple. — Mas eu sou antiquada.

— Então a caçada começou novamente — disse Craddock. — Mas, dessa vez, com uma diferença. Procurávamos alguém com um motivo para matar Letitia Blacklock.

— *Havia* alguém com um motivo, e Miss Blacklock sabia disso — disse Miss Marple. — Acho que ela reconheceu Phillipa quase de imediato. Porque Sonia Goedler parece ter sido uma das poucas pessoas que foram admitidas na privacidade de Charlotte. E quando se é velho, o senhor não teria como saber disso, Mr. Craddock, se tem uma memória muito melhor para um rosto que a gente viu quando era jovem, do que para qualquer pessoa que conheceu há apenas um ou dois anos. Phillipa devia ter quase a mesma idade da mãe quando Charlotte se lembrou dela, e ela era muito parecida com a mãe. O estranho é que acho que Charlotte ficou muito satisfeita em reconhecer Phillipa. Ela passou a gostar muito de Phillipa e acho que, inconscientemente, isso ajudou a sufocar qualquer escrúpulo de consciência que ela pudesse ter. Ela disse a si mesma que, quando herdasse o dinheiro, cuidaria de Phillipa. Ela a trataria como uma filha. Phillipa e Harry deveriam morar com ela. Charlotte se sentiu muito feliz e benevolente com isso. Mas, quando o inspetor começou a fazer perguntas e descobrir sobre "Pip e Emma", Charlotte ficou muito inquieta. Ela não queria fazer de Phillipa um bode expiatório. A ideia dela era fazer com que o negócio parecesse um assalto de um jovem criminoso e sua morte, acidental. Mas agora, com a descoberta da porta lubrificada, todo o ângulo mudou. E, exceto Phillipa, não havia, até onde *ela* sabia, pois ela não tinha absolutamente ideia da identidade de Julia, ninguém com o menor motivo possível para desejar matá-la. Ela fez seu melhor para proteger a identidade de Phillipa. Ela foi perspicaz o suficiente para lhe dizer, quando você perguntou, que Sonia era pequena e morena, e então tirou as fotos antigas do álbum para que você não notasse semelhança alguma.

— E pensar que suspeitei que Mrs. Swettenham fosse Sonia Goedler — disse Craddock, desgostoso.

— Minha pobre mãezinha — murmurou Edmund. — Uma mulher de vida imaculada... Ou assim sempre acreditei.

— Mas é claro — continuou Miss Marple — que Dora Bunner era a verdadeira ameaça. A cada dia ela ficava mais esquecida e falante. Lembro-me de como Miss Blacklock olhou para ela no dia em que fomos tomar chá. Vocês sabem por quê? Dora acabara de chamá-la de Lotty novamente. Pareceu-nos um mero lapso inofensivo. Mas assustou Charlotte. E continuou assustando. A pobre Dora não conseguia parar de falar. Naquele dia em que tomamos café juntas no Bluebird, tive a estranha impressão de que Dora estava falando de *duas* pessoas, não de uma... E, no fim das contas, claro, ela estava mesmo. Em um momento, ela disse que sua amiga não era bonita, mas tinha muito caráter, mas quase no mesmo instante ela a descreveu como uma garota bonita e alegre. Ela falava de Letty como tão inteligente e bem-sucedida, e então falava de que vida triste ela teve, e então havia aquela citação sobre "*triste aflição que com coragem é suportada*", que realmente não parecia se encaixar na vida de Letitia. Charlotte deve, acho eu, ter ouvido muita coisa naquela manhã em que ela entrou no café. Ela certamente deve ter ouvido Dora falar sobre o abajur ter sido trocado, sobre ser um pastor e não uma pastora. E ela percebeu, então, o perigo real para sua segurança: a pobre e devotada Dora Bunner.

"Receio que aquela conversa comigo no café realmente selou o destino de Dora, se me desculparem por uma expressão tão melodramática. Mas acho que no fim teria dado na mesma. A vida não poderia ser segura para Charlotte enquanto Dora Bunner estivesse viva. Ela amava Dora, ela não queria matar Dora, mas ela não via outra maneira. E imagino que, como aquela enfermeira Ellerton de que eu falava, Docinho, ela se convenceu de que foi quase uma gentileza. Pobre Bunny, não teria muito tempo de vida e talvez tivesse uma morte dolorosa. O estranho é que ela fez o possível para tornar o último dia de Bunny um dia feliz. A festa de aniversário, o bolo especial..."

— Delícia Mortal — disse Phillipa com um estremecimento.

— Sim, sim, foi bem assim... Ela tentou dar a sua amiga uma morte deliciosa... A festa e todas as coisas que ela gostava de comer e tentar impedir as pessoas de dizerem coisas que a aborrecessem. E então os comprimidos, o que quer que fossem, no frasco de aspirina em sua mesa de cabeceira para que Bunny, quando não conseguisse encontrar o novo frasco de aspirina que acabara de comprar, fosse até lá para buscar alguns. E iria parecer, como pareceu, que os comprimidos foram preparados para *Letitia*...

"E então Bunny morreu durante o sono, muito feliz, e Charlotte se sentiu segura novamente. Mas ela sentia falta de Dora Bunner, ela sentia falta de seu afeto e sua lealdade, ela sentia falta de poder falar com ela sobre os velhos tempos... Ela chorou com amargura no dia em que levei aquele bilhete de Julian, e sua dor era bastante genuína. Ela matou sua amiga querida."

— Isso é horrível — disse Docinho. — Horrível.

— Mas é muito humano — disse Julian Harmon. — Esquece-se de como os assassinos são humanos.

— Eu sei — disse Miss Marple. — Humano. E muitas vezes muito digno de pena. Mas também muito perigoso. Especialmente uma assassina fraca e gentil como Charlotte Blacklock. Porque, uma vez que uma pessoa fraca fica *realmente* assustada, ela fica bastante selvagem com o terror e não tem autocontrole algum.

— E Murgatroyd? — perguntou Julian.

— Sim, pobre Miss Murgatroyd. Charlotte deve ter ido até a cabana e ouvido as duas ensaiando o assassinato. A janela estava aberta e ela escutou. Nunca tinha ocorrido a ela, até aquele momento, que havia outra pessoa que pudesse ser um perigo para ela. Miss Hinchcliffe estava incentivando sua amiga a se lembrar do que ela tinha visto, e Charlotte não tinha percebido que alguém poderia ter visto qualquer coisa. Ela presumiu que todos estariam automaticamente olhando para Rudi Scherz. Ela deve ter prendido a respiração do lado de fora da janela e escutado. Será que ficaria tudo bem? E então, no momento em que Miss Hinchcliffe correu para a estação, Miss Murgatroyd chegou ao ponto que mostrava que ela havia esbarrado com a verdade. Ela chamou Miss Hinchcliffe e disse: "Ela *não estava* lá..." Eu perguntei à Miss Hinchcliffe, vocês sabem, se foi assim que ela falou isso... Porque se ela tivesse dito "*Ela* não estava lá", não teria significado a mesma coisa.

— Isso me parece muito sutil a meu ver — disse Craddock.

Miss Marple voltou seu rosto ansioso, rosado e branco para ele.

— Basta pensar no que está acontecendo na mente de Miss Murgatroyd... O senhor sabe, a gente vê as coisas e não percebe que as vê. Certa vez, em um acidente ferroviário, lembro-me de ter notado uma grande mancha de tinta na lateral do vagão. Eu poderia *desenhá-la* para vocês depois. E uma vez, quando Londres era bombardeada, com estilhaços de vidro por toda parte, e a onda de choque, o que me lembro melhor é uma mulher em pé, à minha frente, com um grande rasgo na meia-calça na metade da perna, e as meias não combinavam. Então, quando Miss Murgatroyd parou de pensar e apenas tentou se lembrar do que *viu*, ela se lembrou de bastante coisa.

"Ela começou, imagino, com onde a lanterna deve ter iluminado primeiro, perto do consolo da lareira, então percorreu ao longo das duas janelas. Havia pessoas entre as janelas e ela. Mrs. Harmon com os nós dos dedos escondendo os olhos, por exemplo. Ela continuou seguindo a lanterna, passando por Miss Bunner com a boca aberta e os olhos fixos, além de uma parede em branco e uma mesa com um abajur e uma caixa de cigarros. Então vieram os tiros e, de repente, ela se lembrou de uma coisa incrível. Ela tinha visto a parede onde, mais tarde, estavam os dois buracos de bala, a parede onde Letitia Blacklock estava quando foi baleada. Mas, no momento em que o revólver disparou, e Letty foi baleada, *Letty não estava lá...* O senhor percebe agora o que quero dizer? Ela estava pensando nas três mulheres nas quais Miss Hinchcliffe lhe disse para pensar. Se uma delas não estivesse lá, ela teria se fixado na *pessoa*. Ela teria dito, na realidade: "Foi *ela*! *Ela* não estava lá." Mas era em um *lugar* que ela estava pensando, um lugar onde alguém deveria estar, mas que estava vago. Não havia alguém lá. O lugar estava lá, mas a pessoa, não. E ela não conseguia entender tudo de uma vez. "Que extraordinário, Hinch", disse ela. "Ela *não estava lá*"... Então isso só poderia significar que Letitia Blacklock..."

— Mas a senhora soube disso antes, não foi? — disse Docinho. — Quando a lâmpada queimou. Quando a senhora escreveu essas coisas no papel.

— Sim, minha querida. Tudo se juntou então, veja só, todos os vários pedaços isolados formaram um padrão coerente.

Docinho recitou com uma voz suave:

— *Abajur?* Sim. *Violetas?* Sim. *Onde está o frasco de aspirina?* A senhora quis dizer que Bunny iria comprar um novo frasco naquele dia, então ela não precisaria ter tomado o de Letitia?

— Não, a não ser que seu próprio frasco tenha sido levado ou escondido. Devia parecer que era Letitia Blacklock quem deveria ser morta.

— Sim, compreendo. E então a Delícia Mortal. A torta, porém mais do que uma torta. Toda a configuração da festa. Um
dia feliz para Bunny antes de morrer. Tratando-a como um ca-
chorrinho em via de ser sacrificado. Isso é o que eu acho que é
a coisa mais horrível de todas, esse tipo de gentileza espúria.

— Ela *era* uma mulher muito gentil. O que ela disse ao final na cozinha era verdade. "Eu não queria matar as pessoas."
O que ela queria era uma grande quantidade de dinheiro que
não pertencia a ela! E antes desse desejo, e havia se tornado
uma espécie de obsessão, o dinheiro era para retribuir todo o
sofrimento que a vida tinha infligido a ela, tudo o mais entra-
va na conta. Pessoas com ressentimento contra o mundo são
sempre perigosas. Elas parecem pensar que a vida lhes deve
algo. Conheci muitos inválidos que sofreram muito mais, e foram muito mais isolados da vida do que Charlotte Blacklock,
e eles conseguiram viver felizes e satisfeitos. É o que existe
em você que o faz feliz ou infeliz. Mas, ah, querida, receio estar me desviando do que falávamos. Onde nós estávamos?

— Revendo sua lista — disse Docinho. — O que a senhora
quis dizer com "fazendo perguntas"? Perguntas sobre o quê?

Miss Marple balançou a cabeça de brincadeira para o Inspetor Craddock.

— O senhor deveria ter visto isso, Inspetor Craddock. O
senhor me mostrou aquela carta de Letitia Blacklock para
a irmã dela. Tinha a palavra "investigado", escrita com um
i. Mas no bilhete que pedi a Docinho para mostrar a você,
Miss Blacklock escreveu "envesigações" com um *e*. As pessoas não costumam alterar a ortografia à medida que enve-
lhecem. Pareceu-me muito significativo.

— Sim — concordou Craddock. — Eu deveria ter percebido isso.

— "*Triste aflição que com coragem é suportada*" — continuou Docinho. — Foi o que Bunny disse para a senhora no
café, e é claro que Letitia nunca passou por aflição alguma.
Iodo. Foi isso que a colocou no caminho do bócio?

— Sim, querida. E a Suíça, além, claro, de Miss Blacklock dando a impressão de que sua irmã havia morrido de tuberculose. Mas me lembrei então que as maiores autoridades em bócio e os cirurgiões mais hábeis em operá-lo são suíços. E isso se relacionava com aquelas pérolas realmente absurdas que Letitia Blacklock sempre usava. Não era do estilo *dela*, mas é o ideal para esconder a cicatriz.

— Eu entendo agora a agitação dela, na noite em que a gargantilha quebrou — disse Craddock. — Pareceu bastante desproporcional na ocasião.

— E depois disso, a senhora escreveu Lotty, e não Letty, como pensávamos — disse Docinho.

— Sim, eu me lembrei que o nome da irmã era Charlotte, e que Dora Bunner chamou Miss Blacklock de Lotty uma ou duas vezes, e que cada vez que fazia isso, ela ficava muito chateada depois.

— E quanto a Berna e à aposentadoria?

— Rudi Scherz era funcionário em um hospital em Berna.

— E a aposentadoria.

— Ah, Docinho, querida, quando eu mencionei isso para você no Café Bluebird eu ainda não tinha entendido onde se encaixava. De como Mrs. Wotherspoon recebia a aposentadoria de Mrs. Bartlett, além da sua própria, mesmo que Mrs. Bartlett já estivesse morta havia anos, apenas porque uma velha é sempre tão parecida com a outra... Sim, tudo isso criou um padrão e eu fiquei tão nervosa que fui esfriar um pouco minha cabeça e pensar no que poderia ser feito para provar tudo isso. Então Miss Hinchcliffe me deu carona e encontramos Miss Murgatroyd...

A voz de Miss Marple diminuiu. Não era mais animada e satisfeita. Estava quieta e implacável.

— Eu soube então que algo *precisava* ser feito. E rápido! Mas ainda não havia uma *prova*. Eu pensei então em um possível plano e conversei com o Sargento Fletcher.

— E eu descasquei o Fletcher por isso! — disse Craddock. — Ele não tinha de concordar com seus planos sem se reportar primeiro a mim.

— Ele não gostou, mas eu o convenci a fazer isso — disse Miss Marple. — Fomos a Little Paddocks e cuidei de Mitzi.

Julia respirou fundo e disse:

— Não consigo imaginar como a senhora conseguiu que ela fizesse isso.

— Deu trabalho, minha querida — disse Miss Marple. — De todo modo, ela pensa muito em si mesma, e seria bom para ela ter feito algo pelos outros. Eu a elogiei, é claro, e disse que tinha certeza de que se ela estivesse em seu próprio país, teria participado do movimento de resistência, e ela disse: "Sim, é verdade." E eu falei que podia ver que ela tinha o temperamento perfeito para esse tipo de trabalho. Ela era corajosa, não se importava em correr riscos e poderia representar um papel. Eu contei a ela histórias de proezas feitas por meninas nos movimentos de resistência, algumas delas verdadeiras, algumas, receio, inventadas. Ela ficou tremendamente empolgada!

— Maravilhoso — disse Patrick.

— E então fiz com que ela concordasse em fazer sua parte. Ensaiamos até que ela ficasse perfeita. Então disse a ela para subir para seu quarto e não descer até que o Inspetor Craddock chegasse. O pior dessas pessoas excitáveis é que elas estão prontas para sair sem preparo e começar a coisa toda antes da hora.

— Ela encenou tudo muito bem — disse Julia.

— Não entendi muito — disse Docinho. — Mas claro, eu não estava lá — acrescentou, desculpando-se.

— A questão era um pouco complicada, e um pouco arriscada. A ideia era que Mitzi, embora admitisse de modo casual que fazer chantagem estivesse em sua mente, estivesse agora tão agitada e apavorada que estava disposta a contar a verdade. Que ela tinha visto, pelo buraco da fechadura da sala de jantar, Miss Blacklock no corredor com um revólver atrás de Rudi Scherz. Ou seja, que ela tinha visto *o que realmente aconteceu.* O único perigo era que Charlotte Blacklock pudesse ter percebido que, como a chave estava na fechadura, Mitzi não poderia ter visto coisa alguma. Mas eu confiei no fato de que você não pensa em coisas assim quando acaba de ter um forte choque. Tudo o que ela entendeu foi que Mitzi a tinha visto.

Craddock assumiu a história.

— Mas, e isso era essencial, fingi receber isso com ceticismo e fiz um ataque imediato, como se finalmente descarregasse minhas baterias contra alguém que não havia sido suspeito. Eu acusei Edmund...

— E *eu* fiz muito bem a *minha* parte — disse Edmund. — Uma negativa veemente. Tudo de acordo com o plano. O que não estava de acordo com o plano, Phillipa, meu amor, foi você entrando em cena e se revelando como "Pip". Nem o inspetor nem eu tínhamos ideia de que você era Pip. *Eu* que iria ser Pip! Por um momento, isso nos desequilibrou, mas o inspetor deu uma resposta magistral e fez algumas insinuações perfeitamente sujas sobre eu querer uma esposa rica, que provavelmente ficarão gravadas em seu subconsciente e criarão problemas irreparáveis entre nós um dia.

— Não entendo, por que isso foi necessário?

— Não percebe? Isso significava que, do ponto de vista de Charlotte Blacklock, a única pessoa que suspeitava ou sabia a verdade era Mitzi. As suspeitas da polícia estavam em outro lugar. Eles haviam tratado Mitzi naquele momento como uma mentirosa. Mas se Mitzi insistisse, eles poderiam dar-lhe ouvidos e levá-la a sério. Então, Mitzi tinha que ser silenciada.

— Mitzi saiu direto da sala e voltou para a cozinha, exatamente como eu falei para ela fazer — disse Miss Marple. — Miss Blacklock foi atrás dela quase de imediato. Mitzi estava aparentemente sozinha na cozinha. O Sargento Fletcher estava atrás da porta da copa. E eu me posicionei no armário de vassouras. Felizmente, sou muito magra.

Docinho olhou para Miss Marple.

— O que a senhora esperava que acontecesse, tia Jane?

— De duas coisas, uma. Ou Charlotte ofereceria dinheiro a Mitzi para segurar sua língua, e o Sargento Fletcher seria uma testemunha dessa oferta, ou então... ou então, pensei que ela tentaria matar Mitzi.

— Mas ela não podia ter esperança de escapar impune disso. Ela teria sido suspeita imediatamente.

— Ah, minha querida, ela estava perdendo o raciocínio. Ela era apenas um ratinho apavorado e encurralado. Pense no que aconteceu naquele dia. A cena entre Miss Hinchcliffe e Miss Murgatroyd. Miss Hinchcliffe dirigindo para a estação. Assim que ela voltasse, Miss Murgatroyd explicaria que Letitia Blacklock não estava no cômodo naquela noite. Havia apenas alguns minutos para garantir que Miss Murgatroyd não pudesse dizer qualquer coisa. Sem tempo para elaborar um plano ou definir um cenário. Apenas um assassinato grosseiro. Ela cumprimenta a pobre mulher e a estrangula. Em seguida, corre rápido para casa, para se trocar e ficar sentada perto do fogo quando os outros entrassem, como se ela nunca tivesse saído. E então veio a revelação da identidade de Julia. Ela arrebenta suas pérolas e fica apavorada que eles notem sua cicatriz. Mais tarde, o inspetor avisa que está levando todo mundo para lá. Sem tempo para pensar, para descansar. Está metida até o pescoço em assassinatos, já não é uma morte misericordiosa ou um jovem indesejável a ser posto fora do caminho. É assassinato puro e simples. Ela estava segura? Até então, sim. Mas aparece Mitzi, outro perigo. Matar Mitzi, calar sua língua! Ela está fora de si de tanto medo. Não é mais humana. É apenas um animal perigoso.

— Mas por que a senhora estava no armário de vassouras, tia Jane? — perguntou Docinho. — A senhora não poderia ter deixado isso para o Sargento Fletcher?

— Era mais seguro com nós dois, minha querida. Além disso, eu sabia que poderia imitar a voz de Dora Bunner. Se havia algo que pudesse derrubar Charlotte Blacklock, seria isso.

— E funcionou!

— Sim... ela não se aguentou.

Houve um longo silêncio enquanto a memória se apoderava deles e então, falando com certa leveza, para aliviar a tensão, Julia disse:

— Isso fez uma diferença maravilhosa para Mitzi. Ela me falou ontem que ia aceitar um emprego perto de Southampton. E ela disse (Julia produziu uma imitação muito boa do sotaque de Mitzi): "Eu *ir* lá e se eles me *dizer* 'você *ter* que se registrar na polícia, você *ser* uma estrangeira', eu *dizer* a eles: 'Sim, vou me registrar! A polícia me *conhecer* muito bem. Eu *ajudar* a polícia! Sem mim, a polícia nunca teria feito a prisão de um criminosa muito perigosa. Eu *arriscar* minha vida porque eu *ser* valente, valente como um leão, não me *importar* com riscos.' E eles me *dizer*: 'Mitzi, você *ser* uma heroína, você *ser* excelente', e eu vou dizer: 'Ah, não *ser* nada.'"

Julia parou.

— Ela falou bem mais coisas que isso — acrescentou ela.

— Eu acho — disse Edmund, pensativo — que em breve Mitzi terá ajudado a polícia não em um, mas em centenas de casos!

— Ela ficou mais simpática comigo — disse Phillipa. — De fato, ela me presenteou com a receita da Delícia Mortal, como uma espécie de presente de casamento. Ela acrescentou que eu não deveria, de forma alguma, divulgar o segredo para Julia, porque Julia havia estragado sua panela de omelete.

— Mrs. Lucas — disse Edmund — está toda carinhosa com Phillipa, desde que, com a morte de Belle Goedler, Phillipa e Julia herdaram os milhões do magnata. Ela nos enviou uma pinça de prata para aspargos, como presente de casamento. Terei um enorme prazer em *não* convidá-la para o evento!

— E então eles viveram felizes para sempre — disse Patrick. — Edmund e Phillipa... e Julia e Patrick? — acrescentou, hesitante.

— Não comigo, você não vai viver feliz para sempre comigo — disse Julia. — As palavras que o Inspetor Craddock improvisou para se dirigir a Edmund se aplicam muito mais a você. Você *é* do tipo de homem jovem e molenga que gostaria de uma esposa rica. Nada feito!

— Não há mais gratidão no mundo — disse Patrick. — Depois de tudo que fiz por essa garota.

— Quase me levou à prisão acusada de homicídio, foi isso que o seu esquecimento quase fez por mim — disse Julia. — Nunca esquecerei aquela noite em que chegou a carta de sua irmã. Eu realmente pensei que minha hora havia chegado. Eu não conseguia ver uma saída. Do jeito que as coisas estão — acrescentou ela, pensativa —, acho que irei para o palco.

— O quê? Você também? — lamuriou-se Patrick.

— Sim. Talvez eu vá para Perth. Ver se consigo o lugar da verdadeira Julia no teatro de repertório de lá. Assim, quando eu tiver aprendido meu trabalho, irei para a administração teatral e encenarei as peças de Edmund, talvez.

— Pensei que você escrevesse romances — disse Julian Harmon.

— Bem, também — disse Edmund. — Comecei a escrever um romance. Ficou muito bom. Várias páginas sobre um homem com barba por fazer saindo da cama e sobre qual era seu cheiro, e as ruas cinzentas, e uma velha horrível com hidropisia, e uma jovem prostituta cruel que babava pelo queixo, e todos conversando sem parar sobre o estado do mundo, e se questionando por que eles estavam vivos. E, de repente, comecei a me questionar também... E então me ocorreu uma ideia bastante cômica... E eu anotei, e então criei uma pequena cena bastante boa... Tudo muito óbvio. Mas, de alguma forma, fiquei interessado... E, antes que soubesse o que fazia, terminei uma peça estrondosa em três atos.

— Como se chama? — perguntou Patrick. — *O que o mordomo viu*?

— Bem, talvez seja mesmo... Mas, por enquanto, eu a chamo de *Os elefantes sempre esquecem*. Além do mais, foi aprovada e será produzida!

— *Os elefantes sempre esquecem* — murmurou Docinho.

— Eu achava que era o contrário.

O Reverendo Julian Harmon deu um salto, sentindo-se culpado.

— Meu Deus. Eu fiquei tão envolvido. Meu *sermão*!

— Histórias de detetive de novo — disse Docinho. — Mas da vida real, desta vez.

— Você poderia pregar sobre o "Não matarás" — sugeriu Patrick.

— Não — disse Julian Harmon, com calma. — Não pretendo fazer disso meu tema.

— Não. Você está certo, Julian — disse Docinho. — Sei de um tema muito melhor, um tema feliz. — E recitou com uma voz renovada: — "Veja! A primavera chegou e já se ouve em nossa terra o canto das tartarugas." Não citei direito, mas você sabe qual o que eu quero dizer. Ainda que não faça ideia de por que uma *tartaruga*. Não imagino que tartarugas tenham vozes lá muito agradáveis.

— A palavra tartaruga — explicou o Reverendo Julian Harmon — não foi traduzida de maneira feliz. Não significa o réptil, mas a pomba. A palavra hebraica no original é...

Docinho o interrompeu dando-lhe um abraço e dizendo:

— Eu sei de uma coisa: você crê que o Assuero da Bíblia era Artaxerxes II, mas, cá entre nós, era Artaxerxes III.

Como sempre, Julian Harmon se perguntou por que sua esposa achava aquela história tão engraçada.

— Tiglate-Pileser quer ir e ajudá-lo — disse Docinho. — Ele deve estar muito orgulhoso como gato. Ele nos mostrou como as lâmpadas queimaram.

Epílogo

— Temos de encomendar alguns jornais — disse Edmund a Phillipa, no dia de seu retorno a Chipping Cleghorn, após a lua de mel. — Vamos até o Totman.

Mr. Totman, um homem de respiração pesada e lentidão, recebeu-os com afabilidade.

— Fico feliz em vê-lo de volta, senhor. *E* senhora.

— Queremos alguns jornais.

— Certamente, senhor. Espero que sua mãe esteja bem. Já está bem estabelecida em Bournemouth?

— Ela está adorando — respondeu Edmund, que não tinha a menor ideia se era verdade ou não, mas, como a maioria dos filhos, preferia acreditar que tudo estava bem com aqueles pais amados, porém irritantes.

— Que bom, senhor. Local muito aprazível. Fui lá nas minhas férias do ano passado. Mrs. Totman gostou muito.

— Fico feliz em saber. Sobre os jornais, nós gostaríamos...

— E ouvi que o senhor tem uma peça em Londres, senhor. E que é muito engraçada, é o que me dizem.

— Sim, está indo muito bem.

— Chamada *Os elefantes sempre esquecem*, pelo que ouvi. O senhor vai me desculpar, senhor, por ficar perguntando, mas sempre pensei que eles não esqueciam as coisas... os elefantes, digo.

— Sim, sim, exatamente, começo a achar que foi um erro chamá-la assim. Muitas pessoas disseram exatamente o mesmo que o senhor.

— Uma espécie de fato da história natural, pelo que sempre entendi.

— Sim, sim. Como lacraias serem boas mães.

— É mesmo, senhor? Isso é um fato que eu não sabia.

— Sobre os jornais...

— *The Times*, senhor, acho que era. — Mr. Totman fez uma pausa com o lápis erguido.

— O *Daily Worker* — disse Edmund, com firmeza.

— E o *Daily Telegraph* — pediu Phillipa.

— E o *New Statesman* — disse Edmund.

— *The Radio Times* — falou Phillipa.

— O *Spectator* — disse Edmund.

— O *Jornal de Jardinagem* — disse Phillipa.

Ambos pararam para respirar.

— Obrigado, senhor — agradeceu Mr. Totman. — E a Gazeta, suponho?

— Não — disse Edmund.

— Não — repetiu Phillipa.

— Perdão, vocês *não* querem a Gazeta?

— Não.

— Não.

— Vocês querem dizer — Mr. Totman gostava de deixar as coisas perfeitamente claras — que vocês *não* querem a Gazeta?

— Não, não queremos.

— Certamente não.

— Vocês não querem nem o *North Benham News* nem a *Gazeta de Chipping Cleghorn*...

— Não.

— Vocês não querem que eu as envie para vocês todas as semanas?

— Não — sentenciou Edmund. — Está bem claro agora?

— Ah, sim, senhor... sim.

Edmund e Phillipa saíram, e Mr. Totman foi até a sala dos fundos.

— Tem um lápis, mãe? — perguntou. — Minha caneta acabou.

— Aqui está — respondeu Mrs. Totman, pegando o livro de pedidos. — Eu faço isso. O que eles querem?

— O *Daily Worker*, o *Daily Telegraph*, o *Radio Times*, o *New Statesman*, o *Spectator*... deixe-me ver... e o *Jornal de Jardinagem*.

— O *Jornal de Jardinagem* — repetiu Mrs. Totman, escrevendo freneticamente. — E a Gazeta.

— Eles não querem a Gazeta.

— Como assim?

— Eles não querem a Gazeta. Eles disseram isso.

— Bobagem — disse Mrs. Totman. — Você não ouve direito. Claro que eles querem a Gazeta! Todo mundo tem a Gazeta. De que outra forma eles saberiam o que está acontecendo por aqui?

Notas sobre
Convite para um homicídio

Este é o 50º livro de Agatha Christie e o quarto protagonizado pela adorável Miss Marple. A sagaz velhinha está presente em doze livros e vinte contos da Rainha do Crime.

O aparador Sheraton, que aparece à venda na página 12, foi um estilo de mobília neoclássica produzida no início do século xix na Inglaterra.

Na página 26, Mitzi está usando uma saia dirndl. Dirndl é um traje feminino típico das regiões alpinas da Áustria, da Baviera e do Tirol.

Na página 36, Mrs. Harmon menciona que "a moça da Boots" lhe reservou um exemplar de *A morte sai da cartola*. A Boots é uma rede inglesa de farmácias, fundada em 1849.

***Mitteleuropa* é um termo alemão** para se referir a algumas regiões e alguns países do Leste Europeu e da Europa Central, como Polônia, Ucrânia, Romênia, Hungria e a antiga Tchecoslováquia, que fizeram parte de planos de expansão territorial da Prússia, depois reaproveitados pelos nazistas.

Llandudno, citado por Miss Blacklock na página 59, é um balneário no País de Gales.

Mencionada na página 119, *Tiffin* é uma refeição feita à hora do chá da tarde na Índia. Já *Chota Hazri* é uma refeição feita ao entardecer, costume adaptado durante os tempos do Raj britânico.

O poema da página 131 é uma paródia de "Birds in the High Hall Garden", de Alfred Tennyson.

A brincadeira na página 131 é uma referência a *Speedy Phil*, um tipo de caneta-tinteiro fabricada pela Conway Stewart & Company, empresa britânica especializada em instrumentos de escrita.

A brincadeira com Joan na página 131 é uma referência a *Trabalhos de amor perdidos*, Ato V, cena 2, de Shakespeare.

O Povo Peculiar, mencionado na página 150, é uma seita fundamentalista protestante do Reino Unido, que rejeita o uso de tecnologia e tratamentos médicos.

Sobre a piada na página 160, Pip e Emma se referem à antiga gíria inglesa com a pronúncia fonética de p.m., sigla de *post-meridian* ("após o meio-dia", em latim), usada para dividir as horas no sistema de doze horas.

Apesar de ser incomum hoje, as carnes de cavalo e de asno eram consumidas na Inglaterra, pelo menos, até a década de 1930, e em períodos de escassez após a Segunda Guerra Mundial.

***Pukka* é uma gíria anglo-indiana** usada para dizer algo que não é "genuíno".

A citação da página 264 é do Cântico dos Cânticos, 2:12. Na tradução inglesa mais popular, da Bíblia do Rei James, feita em 1611, a palavra *turtle* era na realidade uma apócope para *turtledove*, nome da pomba-rola comum.

Este livro foi impresso pela Ipsis,
em 2024, para a HarperCollins Brasil.
A fonte usada no miolo é Cheltenham, corpo 9,5/13,5pt.
O papel do miolo é pólen bold 70g/m²,
e o da capa é couché 150g/m².